# Une plongée dans le noir

Céline Servat,
Tomas Jimenez
Avec la participation de Luna Jimenez

# Une plongée dans le noir

Nouvelles

M+ ÉDITIONS
5, place Puvis de Chavannes
69006 Lyon
mpluseditions.fr

Composition Marc DUTEIL
ISBN : 978-2-38211-120-8

# PASSAGE À L'ACTE

## Céline Servat

Ce texte au format court est aussi l'un des premiers que j'ai écrit, en tant que jeune adulte. L'écriture m'a donc servi d'exutoire, pour éviter, dans la réalité, un passage à l'acte…

Il a fait troisième du concours de nouvelles du village où j'ai grandi.

## Passage à l'acte

Marie n'en peut plus. Elle ne supporte plus ce bruit de fond. Tout ce monde, présent autour d'elle… Et pourtant, personne ne la voit. Personne ne l'entend. Comme si elle n'existait pas.

Au départ, Marie était ravie que son oncle et sa tante viennent passer quelques jours chez eux. Il lui tardait tellement de les voir ! Marie imaginait des moments privilégiés, où ils lui poseraient des questions, s'intéresseraient à elle, riraient ensemble de souvenirs communs… Mais rien ne se passe comme elle l'avait prévu. Elle se sent autant considérée qu'un meuble, une commode un peu encombrante, qui ne sert pas à grand-chose mais qu'on laisse là, par habitude.

Marie sent bien que dans les conversations, le monopole de la parole est détenu par ceux qui ont le plus de culot, la plus grosse voix ou un humour décapant. Or, elle n'a rien de tout cela. Petite blonde menue, elle a du mal à s'affirmer. Elle essaie souvent de donner un avis, de placer une idée, mais n'y arrive pas. Sans cesse interrompue, jamais écoutée, Marie se tait. Elle ne finit pas sa phrase et personne ne s'en aperçoit. Cette fois-ci, comme toutes les autres fois.

Pourtant, aujourd'hui, elle ne le tolère plus. C'est trop dur pour elle ! Marie sent le désespoir monter en elle comme une vague. Elle voudrait le stopper, prendre sur elle mais c'est impossible. Elle a beau faire du mieux qu'elle peut, personne ne lui prête une once d'attention. C'est si douloureux qu'elle suffoque, comme si l'amertume voulait sortir de sa bouche, ne plus faire partie d'elle. L'adolescente ne tient plus, elle se lève, entre dans la salle de bain, s'enferme. Rester seule face à elle-même. Se confronter à ce qu'elle est. Marie regarde son reflet dans le miroir, longuement. Son jugement est sans aménité. Tout en elle évoque la banalité. Taille moyenne, visage sans caractère, que l'on s'empresse d'oublier. Elle se cache derrière de longs cheveux blonds. Un corps simple, ni trop beau ni trop moche… Aurait-elle préféré être laide ? Attirer les regards nauséeux, la pitié, les moqueries ? Marie ne sait pas, elle n'en est pas là… Elle aurait surtout aimé être une autre. Quelquefois, elle s'est permis de rêver à une vie idéale, mais elle n'ose plus. Le retour à la réalité la laisse trop meurtrie, au final.

Le bilan de sa courte existence ? Des études normales, sans éclat, sans gros échec non plus. Quel constat affligeant ! Marie passait à côté de sa vie. Pourtant, elle savait que si un regard se posait sur elle, si seulement quelqu'un croyait en elle, elle pourrait gravir des montagnes, franchir les barrières du raisonnable pour respirer enfin !

Marie s'était confiée à celle qu'elle croyait son amie. Elle lui avait parlé de ses peines, de ses peurs, ses angoisses, des questions qui l'animent. Elle s'était sentie si soulagée ! Enfin, elle mettait ses sentiments à nu devant quelqu'un. Lui avait-elle fait peur ? Elle avait fui. Marie se disait que cette fille était peut-être trop ancrée dans sa propre vie, ses choix, sa routine. Avait-elle semé un doute auquel l'autre ne voulait pas se confronter ? Ou bien, hypothèse plus dramatique, qui pourtant lui semblait être souvent la bonne, son ancienne amie l'avait-elle prise pour une folle ?

Marie voulait être une adolescente normale, elle le souhaitait de toutes ses forces, mais elle n'y arrivait pas. Comme cette fois où elle était tombée follement amoureuse… Le garçon était beau, il avait un sourire qui la faisait fondre et à chaque fois que leurs regards se croisaient, elle avait l'impression que le temps s'arrêtait, les isolant tous les deux du reste du monde. Car il l'avait regardée, lui avait souri. L'avait approchée. Ce jour où il avait passé sa main sur sa joue, dans ses cheveux, gardant une mèche enroulée autour de son doigt… Son cœur battait à tout rompre, ne l'entendait-il pas résonner dans sa poitrine, alors qu'elle affichait un sourire béat ? Pourtant, autour d'eux il y avait d'autres filles, et un coup d'œil de Marie confirma qu'elles étaient bien plus belles qu'elle, tellement plus intéressantes… Il allait s'en apercevoir, l'abandonner, c'était couru d'avance. Elle ne pouvait pas le laisser faire. Elle savait que sinon, elle ne s'en remettrait jamais. Elle s'était dégagée de sa si douce étreinte et était partie : elle devait l'oublier immédiatement, avant qu'il ne quitte plus son esprit. Elle avait déjà tellement mal…

Perdue dans ses souvenirs, Marie n'a pas vu le temps passer. Des bruits la sortent de ses réflexions, ceux de chaises qu'on tire et de pas dans le salon. Elle regarde sa montre : c'est l'heure de dîner. On l'appelle pour mettre la table. Voilà son rôle dans cette famille :

écouter leurs sempiternels problèmes, assumer les conneries de son frère, de ses parents. Garder les pieds sur terre tandis que tous font des projets faramineux. Et écouter. Écouter, écouter, écouter. Elle en a tellement assez d'écouter, qui l'ENTEND, elle ?

Ils l'ont trouvée. *C'est ridicule, qu'est-ce-que tu fais là ? Sors !*

C'est bien là le problème : sortir. Revenir quand elle retient ses larmes en évitant de s'effondrer, où chaque pas vers l'autre lui coûte tellement ! Sortir. Réintégrer l'anonymat, rester pour tous la petite fille raisonnable. Sortir la tête basse, honteuse et tremblante, sans éclat, il n'en est pas question ! C'est trop dur. Marie a une autre solution : elle peut revenir vers eux avec éclat, justement. Poser un acte important, pour que plus personne ne l'oublie ou ne la cantonne dans un coin. Si elle fait une connerie, on la verra, enfin.

Marie ne veut plus se résigner. Elle n'en peut plus de parler dans le vide, de ne recueillir aucune attention. Elle doit le leur faire comprendre par un geste fort ! L'adolescente farfouille autour d'elle, à la recherche d'une idée. Elle le sait, le rasoir à main de son père est dans le tiroir du haut. Retenant sa respiration, elle compte jusqu'à trois. Elle pousse un cri déchirant, chargé de douleur, de haine, et d'envie d'amour tout à la fois. La douleur l'envahit tout entière, et pourtant, elle ne doit pas flancher. Elle doit leur montrer, même si ses jambes chancellent. Marie se tourne, saisit la poignée. Elle peut ouvrir la porte maintenant. Elle se sent prête à affronter le monde ! Elle tourne la clé et sourit à sa famille. Sa mère hurle devant sa bouche ensanglantée, alors que sa tante vomit sur le sol.

Derrière elle, sa langue gît dans le lavabo.

# LE GANG DES DÉMARREUSES

Céline Servat

Cette nouvelle a été écrite pour la finale du concours organisé par Sacha Bandreas sur internet. Elle a fini deuxième. Cela a été un bon moment d'écriture. À l'époque, elle s'appelait l'ardillon du complot car la consigne était de mêler deux mots d'une liste donnée et d'écrire un texte en ce sens.

# Le gang des démarreuses

Octave ne sait pas où il se trouve. Il s'est réveillé avec une monumentale douleur dans le crâne qu'il n'associe à aucun souvenir. Sa mémoire ne va pas plus loin que la veille, puisqu'il devait fêter ses vingt-cinq ans avec ses potes du rugby. Vingt hommes body-buildés qui débarquent en boîte de nuit, cela fait son effet et promet des festivités animées ! Pourtant, il n'a aucune réminiscence de sa soirée. Ses amis l'ont-ils abandonné là ? Il était peut-être trop déchiré pour rentrer.

Octave secoue la tête et ouvre les paupières, malgré la douleur. Il cligne des yeux et frissonne un peu. Le jeune-homme se frotte les bras et ce contact l'étonne : il ne porte aucun vêtement, mis à part son boxer qu'il a choisi avec soin, dans l'éventualité qu'une rencontre se concrétise.

Gêné, Octave regarde autour de lui. Il ne veut pas que quelqu'un le surprenne dans cette tenue ! Mais très vite, cette idée passe à la trappe, trop stupéfait par la vision de son environnement. La situation le ragaillardit aussitôt. Devant lui, des femmes passent, à pas lents. Des dizaines de femmes ! Elles défilent, là, offertes à sa vue et peut être même plus, qui sait ? Excité par cette chair à portée de main, Octave se colle à la vitre de séparation pour profiter du spectacle.

Ses copains ont eu une riche idée ! Pour une surprise, celle-là n'est pas des moindres ! Tiens, la blonde qui passe lui plairait bien... Minute, qu'est-il autorisé à faire avec elle ? Le jeune homme espère qu'ils lui ont pris l'option la plus haute, il a un petit côté sadique qui ne demande qu'à être aiguisé. Et puis… pourquoi s'en tenir à ce qui est autorisé ?

Octave a toujours eu du succès avec les filles, et il aime en abuser. Après tout, une brune un jour, une rousse le lendemain, il ne les force pas ! Enfin, selon son avis, car il y a sans cesse des pleurnicheuses pour ne pas assumer ensuite… À elles de ne pas s'attacher, il ne leur promet rien !

Octave se penche, regarde de haut en bas les corps qui défilent derrière la vitre. Aura-t-il le droit d'en prendre deux pour le prix d'une ? Si c'est un cadeau d'anniversaire, cela ne se refuse pas.

Justement, l'une d'elles s'approche : ce n'est pas celle qu'il aurait choisie, il la trouve quelconque. La jeune femme se colle à la vitre, entoure son visage de ses mains, feint de l'observer de plus près. Jolie stratégie ! De là, il a une vue plongeante sur son décolleté, c'est du combien, du 105C ? Mais cela ne suffit pas à le décider, il préfère la rousse qui passe derrière elle. Pourquoi cette brune ne se pousse pas, elle lui gâche le spectacle.

L'a-t-elle compris ? La femme se détourne et s'adresse à quelqu'un.

Au même moment, Octave entend des bruits provenant simultanément du plafond et de la paroi située derrière lui. Une trappe s'agrandit et un hameçon de taille importante descend devant ses yeux. Il se demande quelle peut être son utilité, quand, dans le même instant, un carcan lui coince le cou et entrave tout mouvement de tête lorsque la mécanique se rapproche de son visage et se fraye un chemin jusqu'à sa bouche. Pourquoi l'entrave-t-on ? Il panique et dans un instinct de survie, tient sa mâchoire fermée plusieurs minutes, alors que la machine force le passage, lui lacère les lèvres et raye ses dents, jusqu'à ce qu'il cède devant ce crissement aigu insupportable et cette douleur perçante. Dès qu'il ouvre la bouche, tout se passe très vite. L'hameçon se plante dans la chair, à l'intérieur de sa joue et ressort sous sa pommette, lui arrachant un cri chargé de souffrance et d'incompréhension. Le sang s'écoule de la plaie, tel un geyser, et il appuie de toutes ses forces avec sa main, pour tenter d'enrayer le flux. Cette pression lui fait mal à en mourir. Le sang remplit sa gorge, Octave, effrayé, a peur de s'étouffer. Tout est si confus pour lui ! Il ne peut plus réfléchir, il sait juste qu'il a mal à en crever.

Son corps est brusquement soulevé du sol. Ses pieds pédalent dans le vide, dans un réflexe qui amplifie la douleur alors qu'une grue à plusieurs bras le sort d'une espèce de cage. Dans l'affolement, il voit des dizaines d'autres geôles en verre, alignées à quelques mètres d'intervalle. Chacune enferme un homme différent et ses yeux se posent sur une gigantesque pancarte accrochée sur le mur, proclamant : GRANDE PROMOTION SUR LES SPÉCIMENS MÂLES.

Octave se sent affreusement mal. Que fait-il dans cet entrepôt ? Comment osent-ils le malmener ainsi ? Il est le capitaine de son équipe de rugby, il joue en fédérale une, c'est un athlète, pas un gibier ! Il vit un cauchemar dont il veut se réveiller, à tout prix. Il se pince, sans résultat, alors que ses pieds touchent à nouveau le sol.

La brune à la forte poitrine s'approche de lui d'un air circonspect. Elle appuie sur ses joues afin de vérifier l'état de ses dents, sans se soucier de la souffrance qu'il endure. Sans façon, elle lui tâte les abdominaux, entrouvre son caleçon puis affiche une moue un peu déçue…

Octave, un peu honteux de subir ce comportement dégradant, a du mal à réprimer sa colère : il n'est pas une marchandise ! Ni même une de ses filles qu'il entraîne à l'arrière de sa voiture pour un petit coup vite fait. Il est un mec, un vrai ! Il tente d'invectiver celle qui ose le traiter ainsi mais à l'instant même où il émet un son, une décharge électrique irradie dans tout son corps : l'impulsion attaque son crâne et ses muscles se contractent jusqu'aux orteils, sous l'effet de la douleur.

Au même instant, la femme remet en place son oreillette et déclare :

– En fait, je ne sais pas, j'hésite… la marchandise du mois dernier était plus charnue, mieux pourvue… écoutez je vais l'essayer, mais s'il ne me convient pas je vous le ramène, d'accord ? Vous faites bien l'offre satisfaite ou remboursée ? Car je veux m'éviter des dépenses inutiles qui finissent au recyclage…

# LA VIDA ES UNA TOMBOLA

## Tomas Jimenez, Céline Servat

**Céline** : Cette nouvelle est celle qui m'a remis le pied à l'étrier. En effet, Tomas avait déjà écrit une nouvelle sur l'Espagne pour un recueil collectif et il m'a proposé d'en co-écrire une pour une commande sur la Russie de Lénine. L'idée est de lui et je n'ai fait que développer les scènes qui m'étaient dévolues mais nous avons pris un grand plaisir à l'écrire ensemble. De là est née l'idée de réitérer l'aventure avec une autre histoire, et le projet d'Internato s'est précisé, même si au final je l'ai écrite seule. Abel Mestre, critique du monde, l'avait qualifiée de « meilleure nouvelle du recueil » et avait parlé d'un humour bien maîtrisé. Nous n'étions pas peu fiers !

**Tomas** : Cette nouvelle est à l'origine une « commande » des éditions Arcane17 pour le recueil « Octobre Rouge, Nouvelles noires », sorti en 2017 donc, pour les 100 ans d'octobre 1917 ; Ma toute première nouvelle, El Comunero, publiée l'année précédente, était écrite dans un style réaliste, plutôt historique et j'avais envie de partir sur un style plus léger et plus drôle. C'est en plaisantant avec un autre auteur du recueil, Pierre Domenges, que j'ai eu l'idée de cette nouvelle.

# La vida es una tombola

*20 octobre 1917 Petrograd (calendrier julien).*

À l'institut Smolny une réunion de crise est convoquée. Cela fait trois jours que Lénine est revenu clandestinement en Russie, suite à son exil forcé en Finlande. Il doit être prudent car il est recherché. Kerenski a ordonné son arrestation. Affublé d'une perruque, et sans son habituelle barbe, que Staline lui a rasée il y a quelques mois, il est difficilement reconnaissable ; c'est justement le but recherché. La police le traque.

Les onze autres membres du Comité Central se sont tous tus lorsqu'il est entré dans la pièce. Il les salue, tour à tour. Si Lénine brave le danger en revenant au pays, c'est dans un but bien précis. Comme il l'a déjà écrit dans ses thèses d'avril, il est convaincu que les bolcheviques doivent prendre le pouvoir par la force.

Il s'en veut terriblement de ne pas avoir été présent quelques mois plus tôt. En février dernier, le peuple se soulevait, une révolution spontanée voyait le jour, un mouvement de masse, tel qu'il l'avait toujours imaginé. Mais l'exil l'avait empêché de prendre alors ses responsabilités, guider l'insurrection. Lui qui avait appelé ardemment de ses vœux à une révolution, lui qui l'avait anticipée, théorisée, avait raté le coche. Désormais, il en est persuadé, son seul moyen d'affirmer sa légitimité à diriger la Russie doit passer par l'accomplissement d'un haut fait d'arme révolutionnaire.

Il faut, pour la postérité, qu'il assume lui aussi une prise de risque.

Il avait alors imaginé cette conquête du pouvoir par la force. La prise de la Douma et des principaux centres du pouvoir au nom du peuple, et pour les soviets. Il avait déjà parlé de ce projet à Trotsky, qui avait accueilli l'idée avec enthousiasme.

Lénine commence par exposer son plan au comité, mais comme prévu, doit faire face à de nombreuses réticences. La débâcle des journées révolutionnaires de juillet a laissé des traces. Il a beau faire valoir ses arguments, il se heurte à l'opposition farouche de Zinoviev et Kaménev qui défendent, eux, une prise de pouvoir légale, par les urnes. Lénine s'apprête à reprendre un à un tous les arguments avancés par ses contradicteurs quand Lachévitch pousse un cri :

– Camarades ! Regardez là-haut !

Tout d'abord incrédules, les membres du comité finissent par regarder dans la direction désignée par leur compagnon. Là, s'élevant à quelques mètres au-dessus d'eux, se tient un homme. Il flotte dans les airs comme par magie. Il a l'air âgé et porte des lunettes. Ses cheveux sont gris, tout comme son costume duquel se détache un petit symbole rouge. Il est relativement bien vêtu même si ses habits paraissent étranges aux membres du comité. Ils ne sont pas luxueux mais les hommes n'en ont jamais vu de semblables. Il tient à la main un livre blanc sur lequel on peut distinguer le même symbole que celui qu'il arbore à sa veste... Il ne paraît tout d'abord pas porter attention à eux et semble s'adresser à quelqu'un qu'ils ne peuvent voir. Il s'exprime de manière étrange, dans une langue qu'ils ne comprennent pas.

– Ceci est un test ! Test ! Bon, je fais quoi moi, maintenant ? Hé ho ! Les gens ?

Au-dessous de l'homme flottant, c'est la panique. Certains crient de peur devant ce phénomène inexplicable. Staline, lui, sort un revolver et met en joue l'apparition. Lénine reconnaît cette langue. Il l'a étudiée. C'est du français. Il intime à tous l'ordre de se taire et interpelle l'homme en lévitation, dans sa langue.

– Salutations camarade. Déclinez votre identité et expliquez-nous donc la raison de votre présence ici ?

L'apparition regarde dans la direction de la voix qui l'a appelé. Il reste un moment interdit et examine les hommes au-dessous de lui :

– Mais... Qu'est-ce que... Je vous retourne la question ? Qui êtes-vous ? Où suis-je ? Et qu'est-ce que je fiche ici ?

– Je ne peux répondre qu'à deux de vos questions. Je m'appelle Vladimir Ilitch Oulianov. Et vous êtes en Russie. À Petrograd. À votre tour de m'en dire plus! Qui êtes-vous et d'où venez-vous ?

L'homme flottant a l'air totalement sous le choc de ce que vient de lui dire Lénine. Il pâlit soudainement et bredouille.

– Mais... Je... Je ne comprends pas : c'est... C'est impossible ! Vous vous moquez de moi ?

Soudain, une détonation retentit. Staline, qui avait gardé l'homme dans sa ligne de mire, a appuyé accidentellement sur la détente. La balle traverse l'homme flottant entre les deux yeux et s'écrase dans le plafond. Il ne saigne pas et n'a aucune trace de blessure mais s'effondre brutalement et disparaît.

***

*Paris. 23 octobre 2026.*

Au Q.G des Insoumis 2.0, une réunion de crise a été convoquée.

Les principaux collaborateurs de Jean-Luc Mélenchon ont été appelés d'urgence. Il y a eu un accident lors des tests menés en fin d'après-midi en vue du prochain grand meeting qui doit être donné simultanément dans plusieurs endroits de la France et du monde. Alors que Jean-Luc essayait le tout nouveau prototype d'hologramme qui devait permettre cette prouesse technique, il a subitement eu une réaction étrange. Il semblait être entré dans une sorte de transe et ne percevait plus les appels répétés auxquels on lui demandait de répondre. Puis, il s'est effondré brutalement. Les minutes ont paru des heures avant qu'il ne reprenne ses esprits. À son réveil, il a tenu des propos incohérents, et soutenait avoir été téléporté en Russie en 1917. Tous ses proches sont mis au courant des faits. Une décision rapide doit être prise car l'échéance présidentielle approche à grand pas. Il serait impensable de le laisser délirer en direct devant le monde entier.

– L'heure est grave et j'ai l'impression que vous ne vous rendez pas bien compte ! Nous avons un gros problème là. Il a de sacrées séquelles de l'incident.

– Mais non, ne t'en fais pas. Je connais bien Jean-Luc. Il a juste dû trop tirer sur la corde. Ilse donne beaucoup. C'est déjà sa troisième campagne présidentielle et elle est particulièrement éprouvante pour lui.

– La fatigue, je peux comprendre. Ça pourrait expliquer sa perte de connaissance. Par contre, j'ai parlé avec lui tout à l'heure et il était complètement délirant. Il est persuadé d'avoir voyagé dans le temps !

– Bof parfois tu sais, certains rêves ont l'air d'être particulièrement réalistes. Il n'y a rien d'alarmant.

– Je me demande si nous n'avons pas brûlé les étapes. Peut-être que nous avons sous-estimé les risques qu'il y avait à utiliser cette toute nouvelle technologie. Ils nous avaient bien dit qu'ils n'en étaient encore qu'au stade expérimental. Nous aurions dû prendre leurs avertissements plus au sérieux.

– Écoute tu sais bien que c'est Jean-Luc qui a décidé et il connaissait les risques. L'hologramme, c'était du déjà vu, il fallait ajouter une nouvelle dimension à son utilisation. Ce procédé promettait d'offrir un spectacle inédit ! Nous aurions pu diffuser son image en trois dimensions et en direct à n'importe quel endroit sur terre, y compris sur la lune si nous l'avions voulu. Et cette innovation qui consistait à connecter l'appareil à son cerveau devait simplement permettre à son hologramme de voir, entendre et générer des sons directement en se passant d'écran ou de système de diffusion. Pas le faire tomber dans les pommes.

– Je ne sais pas. Cela a tout de même l'air lié.

Les hommes se taisent soudain. La porte de la salle de réunion s'ouvre et le leader de la F.I.2.0 fait son entrée dans un silence assourdissant. Il est livide et semble épuisé. Il devine bien de quoi sont en train de parler ses lieutenants.

– Et oh, les gens ! Qu'est-ce que vous étiez en train de comploter. Je sais encore ce que je dis ! Je ne suis pas encore gâteux ou semi dément hein ! Si j'affirme que j'étais en Russie en 1917, c'est que j'y étais !

– Jean-Luc, avec tout le respect que j'ai pour toi, je dois mettre ta parole en doute. J'ai envie de te croire mais il n'y a aucune explication rationnelle ou scientifique qui puisse expliquer ce que tu décris. Je ne connais pas dans le détail le fonctionnement de ce nouveau système d'hologramme mais l'ancien n'est ni plus ni moins qu'une espèce de rétro projecteur ultra perfectionné en quelque sorte. Nous capturons ton image à un endroit avec une caméra spéciale, puis nous la diffusons ailleurs grâce à un projecteur et un écran adaptés, pour que l'on te voit en trois dimensions. Et les voyages dans le temps, personne n'a jamais imaginé cela possible. Ce n'est qu'une lubie d'illuminés et d'auteurs de science-fiction médiocres en manque d'inspiration.

– Jean-Luc, il n'y a pas de lien entre la technique holographique et une déformation de l'espace-temps.

– Écoutez-moi bien les gens ! Moi vos histoires d'espace-temps et de science-fiction, je m'en contrefous ! Si je dis que j'ai voyagé dans le temps c'est que c'est le cas, point final. Comment, je n'en sais rien et ce qui m'intéresse davantage c'est de savoir pourquoi. Il y a forcément une raison. Je dois y retourner.

– C'est hors de question. En tant que médecin, je m'y oppose formellement. Tu as perdu connaissance pendant au moins quatre minutes. Il faut prendre cela très au sérieux. Regarde-toi, tu as l'air d'un zombie. Nous en reparlerons demain. Va te reposer s'il te plaît.

Jean-Luc suit les conseils de ses collaborateurs,

regagne son bureau et s'allonge sur un divan. Il ferme les yeux. Mais il entend frapper doucement à la porte et reconnaît la voix de Gérard Miller :

– Jean-Luc, tu me permets d'entrer ?

– Aïe, s'ils m'envoient le psy maintenant, c'est que c'est foutu !

– La psychanalyse est un soutien Jean-Luc, c'est pas l'extrême-onction !

– Si tu le dis...

– Cette hallucination concernant Lénine, tu veux en parler ?

– Ce n'est pas une hallucination ! Je suis persuadé de l'avoir vu comme je te vois ! J'ai tout d'abord eu du mal à le reconnaître. Il portait une perruque et n'avait pas sa barbe, mais il m'a dit son nom. À ses côtés, j'ai reconnu Trotsky. Il y avait Staline aussi ! Il a même dégainé une arme et m'a tiré dessus.

Gérard sort un stylo et prend des notes dans un petit carnet.

– Oui. Bien sûr. Une perruque et pas de barbe... Trotsky... Puis Staline qui te tire dessus… Puis il referme son carnet et s'adresse au leader des Insoumis.

– Jean-Luc, c'est ton subconscient. Voir Lénine, avec une perruque et sans barbe, te faire supprimer par Staline, cela peut-être un message particulier ?

– Mais de quel message tu parles Gérard ? Ça a peut-être du sens pour toi qui a été dans les jeunesses communistes, mais moi je n'ai jamais été Coco bordel ! Pour la perruque et l'absence de barbe je sais ce que cela signifie. En octobre 1917, Lénine avait usé de ce stratagème pour se cacher de la police à son retour d'exil. C'est grâce à ça que j'ai compris après coup à quelle époque je me situais. Mais ce que je ne comprends pas, c'est le sens de ma présence à ce moment particulier de l'histoire. Je dois forcément avoir un rôle à jouer.

– Écoute, tu n'as pas de « rôle à jouer ». Tu n'as pas voyagé dans le temps, c'est juste ton subconscient qui...

– Mais tu me gonfles avec mon subconscient ! Aide-moi à comprendre ce qu'il m'arrive !

– Tu sais, dans des cas d'angoisse et de pression extrême, les poussées psychotiques peuvent apparaître. Ça peut arriver à tout le monde... une fois... à partir de deux, on parle de maladie mentale.

Gérard sort, fermant doucement la porte.

Ses derniers mots résonnent dans l'esprit du leader de la France Insoumise : « à partir de deux, on parle de maladie mentale ». Serait-il vraiment en train de devenir fou ou se peut-il qu'il ait réellement vécu ce qu'il pense ? Il est persuadé d'avoir bien vu ces hommes, qu'ils ont perçu sa présence. Et pourtant, il est pragmatique Jean-Luc, et c'est bien pour cela que ça le ronge...Comment croire quelque chose que l'on ne peut pas expliquer ? Il se sent seul, épuisé, à bout de nerfs, et se demande si c'est ce que ressentent les... Allez il ose le formuler, si c'est ce que ressentent les schizophrènes ! Comment savoir si la réalité en est une quand on la perçoit comme telle, alors que l'on est le seul à la ressentir ainsi ? Mais s'il avait véritablement trouvé le moyen d'influer sur l'histoire, de la rendre meilleure ? Et s'il arrivait à faire passer un message, combien d'erreurs pourraient être évitées... Il faut absolument qu'il en ait le cœur net. Il doit parler à Lénine, le prévenir, changer le cours des événements ! Sans attendre !

Il se rue vers la salle technique. Il connaît les

manipulations, sa curiosité naturelle l'avait poussé à demander des explications et à questionner les scientifiques à chaque étape du processus. Il est certain de pouvoir reproduire seul ce qu'il les a vu accomplir. Après tout, il n'a besoin de personne !

***

*21 octobre 1917 (calendrier julien). Institut Smolny.*

Lénine a convoqué une nouvelle réunion du Comité Central. Il devient urgent de mettre à exécution son plan d'insurrection dans les jours qui viennent. Elle doit avoir lieu avant le congrès des soviets prévu dans quelques jours. Il lui faut absolument rallier une majorité à sa cause dès aujourd'hui.

– Je vous dis que cette apparition n'avait rien de surnaturel ou de mystique, camarades. Je suis persuadé qu'il y a une explication logique. Vous savez, j'ai attentivement observé notre visiteur. Il n'avait pas l'air d'un être supérieur, et était aussi apeuré que nous. C'était un vieux monsieur. Vous imaginez un Dieu se présenter sous cette forme ? Je suis persuadé qu'il s'agissait d'une démonstration technique d'origine humaine, le signe d'un progrès considérable qui doit nous conforter dans notre idée de passer à l'acte.

– Camarade Lénine, malgré tout le respect que je te dois, nous ne pouvons pas tirer de conclusions hâtives de ce qui s'est passé. Et s'il s'agissait d'une nouvelle technologie secrète d'espionnage ? Notre plan pourrait avoir été découvert ! Nous devrions y renoncer.

– Cet homme parlait français. Pourquoi les Français chercheraient-ils à nous espionner ? Et puis n'oubliez pas que la France est le pays de la révolution. De plus notre plan est déjà connu : nous n'avons jamais caché nos intentions. La Russie tout entière et Kerenski lui-même s'attendent à ce que nous passions à l'acte.

– Certes, mais personne ne sait exactement quand, où et comment nous comptons procéder. Tout notre plan repose sur l'effet de surprise. Divine ou humaine, amie ou ennemie, cette apparition subite soulève trop de questions.

C'est un retournement de situation que Lénine n'avait pas prévu. Il savait que certains de ses camarades seraient réticents à son projet d'insurrection armée. Mais il comptait sur l'appui de Trostky et sur son autorité naturelle. Cette maudite apparition a rebattu toutes les cartes. Léon, son meilleur allié, semble maintenant réellement hostile à toute action. Il demande à avoir du temps pour comprendre avant d'agir en oubliant que c'est justement de temps qu'ils vont manquer. Staline prend alors la parole.

– Nous n'aurons plus à nous préoccuper de cette apparition, j'ai réglé le problème. Vous avez eu beau me faire des reproches pour mon geste, j'ai eu raison. J'ai tué cette chose, vous en avez tous été témoins. L'Histoire retiendra que c'est grâce à mon sang froid que la révolution a été sauvée.

– Je pense que le camarade Staline a en partie raison, répond vivement Lénine, nous ne reverrons plus notre visiteur. Mais la révolution ne sera sauvée que lorsque nous aurons chassé le gouvernement bourgeois au pouvoir et que nous aurons pris sa place au nom des soviets. Notre avant-garde éclairée pourra alors faire de la Russie le premier état socialiste.

Un cri retentit.

– Il est là ! Il est revenu ! Camarades, regardez !

Zinoviev, désigne d'un doigt tremblant, l'homme flottant, qui leur tourne le dos dans un recoin de la salle. Staline dégaine aussitôt son arme et s'apprête à tirer mais Lénine l'en empêche. Il intime à tous l'ordre de sortir et de le laisser seul avec l'apparition. Devant les protestations qui s'élèvent au nom de sa sécurité, il propose que son garde du corps finlandais et Trotsky restent dans la salle en se tenant à l'écart. Lénine interpelle l'apparition.

– Bonjour à vous étrange visiteur. Vous me devez des explications ! Qui donc êtes-vous et pourquoi venez-vous ici ?

– Je m'appelle Jean-Luc Mélenchon mais passons sur les civilités d'usage, je vous en prie. le temps nous est compté camarade Lénine. Vous allez avoir du mal à me croire, mais je dois vous révéler quelque chose d'incroyable. Je viens du futur. D'ailleurs, je ne serais même pas capable de vous expliquer comment exactement.

– Du futur ? L'homme est décidément capable des plus grands prodiges !

– Certes ! Et des plus grands sabordages également. D'où mes visites répétées. Écoutez- moi attentivement. Votre histoire-là, le parti bolchevique, l'insurrection, la prise du pouvoir au nom des soviets... Je comprends la démarche, je la trouve même louable par certains aspects. Vous savez, à mon époque et dans mon pays, je suis un peu comme vous. Le leader du principal parti de gauche non bourgeois, les Insoumis, ça s'appelle. Nos parlementaires ne portent même pas de cravates, c'est vous dire ! Mais votre idée là, ça ne marchera pas ! Du moins, pas comme vous le pensez.

– Que voulez-vous dire Janluk Mélounchoï ? Et comment puis-je être certain de pouvoir vous faire confiance ?

– Camarades, je n'ai pas de preuve à présenter. Je n'aurai que mes mots pour vous convaincre. Mais regardez attentivement ce symbole que je porte à ma veste. Le reconnaissez-vous ?

– Je crois reconnaître le symbole phi ?

– Exactement ! Il représente l'harmonie universelle, la création et l'équilibre. Autant de valeurs que vous partagez avec moi, j'en suis persuadé.

– Votre petit symbole et vos sympathiques explications ne peuvent pas suffire. Contre quoi voulez-vous me mettre en garde. Mon projet de prise du pouvoir ? L'insurrection est nécessaire, ni vous, ni les autres membres du comité ne me feront changer d'avis !

– Non ce n'est pas tellement ça. L'insurrection d'octobre, c'est mythique. Et puis il n'y a eu quasiment aucun mort. Non, non, c'est après que ça s'est gâté. La plus grande erreur que vous ayez faite c'est qu...

Les membres du comité qui sont restés à l'extérieur de la salle entendent un cri. Ils se précipitent à l'intérieur. Ils y trouvent Lénine, entouré de son garde du corps et de Léon Trotsky. Il a renversé du mobilier. Tous pressent leur chef de questions.

– Que s'est-il passé ? Où est l'homme flottant ? Qu'a-t-il dit ?

– Il venait du futur et il y est probablement retourné. Il n'a pas l'air de maîtriser encore tout à fait ses voyages dans le temps. Quelque chose me dit que nous ne le reverrons plus. Mais il a eu le temps de me révéler une chose cruciale avant de partir. L'insurrection est nécessaire. Il m'a avoué qu'elle faisait partie des épisodes passés à la postérité dans le futur. Camarades, nous avons rendez-vous avec l'Histoire. Préparons sans tarder le soulèvement.

***

*24 octobre 2026. QG des Insoumis 2.0, Paris.*

– Bon je sais que la journée d'hier a été particulièrement agitée mais je dois vous informer de nouveaux événements. Jean-Luc doit renoncer à se présenter à la prochaine élection. Son état de santé ne le lui permet plus.

– Comment ça ? Que s'est-il passé ? Nous l'avons tous vu hier et il paraissait simplement fatigué, à cause de l'expérimentation de l'hologramme. Le contrecoup...

– Justement, il est retourné dans le laboratoire et il s'est de nouveau connecté à la machine. Gérard, qui s'inquiétait pour lui, est revenu le voir dans la soirée. Ne le trouvant pas dans son bureau il a immédiatement compris. En arrivant dans le labo, il a découvert Jean-Luc en pleine transe. Il a coupé aussi vite que possible l'alimentation de l'hologramme et Jean-Luc s'est effondré. À son réveil, il a violemment pris à parti toutes les personnes présentes. Il a vociféré, hurlé, toujours les mêmes propos délirants, de voyages dans le temps, de rencontre avec l'Histoire gâchée par notre faute. Bref, il a totalement pété les plombs. Le surmenage. Gérard l'a aussitôt fait interner.

***

*7 novembre 2026. Centre Hospitalier Sainte-Anne.*

Aujourd'hui Gérard Miller rend visite à Jean-Luc qui a a insisté pour qu'il passe le voir. Il se renseigne à l'accueil où il apprend que son ami est au réfectoire. Une infirmière l'accompagne. Ils le retrouvent, chantant à tue-tête avec une autre patiente.

– C'est Mme Mourougov. Elle est ici depuis cinq ans maintenant. Mr Mélenchon a immédiatement sympathisé avec elle. Il lui a demandé de lui apprendre le Russe. C'est encourageant de voir qu'il noue des relations avec les autres.

Gérard reconnaît l'air qu'entonnent son ami et la vieille femme à qui il ne parvient pas à donner un âge : c'est un chant de la révolution Russe. Il interrompt le duo :

– Bonjour Jean-Luc. Tu as l'air en bien meilleure forme que la semaine dernière.

– Gérard, tu es venu ! Je te présente Yelena, ma professeure de Russe et de chant. Nous allons monter une chorale. Mais viens, suis moi, tu dois absolument voir quelque chose. Ils se rendent dans la chambre de Jean-Luc. Il y attrape un livre posé sur sa table de chevet. Une lueur étrange s'allume dans ses yeux ! Gérard tente de comprendre.

– Tu lis, c'est très bien !

– Oui. J'ai fait des recherches. Regarde, là. Cette photo ! Tu vois ? La voilà la preuve que je ne suis pas fou. Je l'ai montré aux infirmières mais elles ne comprennent rien ! Gérard se penche sur la photo que Mélenchon lui désigne. Lénine y pose dans un élégant costume sombre.

– Oui Jean-Luc, je vois, c'est Lénine. Mais il a une

barbe et tu peux toi-même constater qu'il ne porte pas de perruque !

Jean-Luc hurle.

– Je ne te parle pas de ça abruti, regarde, là sur le revers de sa veste ! C'est phi ! C'est phiiiiiii !

Gérard appuie sur un bouton et quatre infirmiers arrivent aussitôt dans la chambre. Ils maîtrisent Jean-Luc et l'attachent à son lit. Une infirmière lui administre un sédatif. Mélenchon ferme les yeux et s'endort. Gérard demande à parler à l'infirmière.

– Vous êtes sûre qu'il prend bien son traitement ? Les antipsychotiques n'ont pas l'air de faire effet. Il faudrait peut-être voir avec son psychiatre pour ajuster les doses.

– Il a dit que les dosages étaient déjà trop importants pour qu'on les augmente.

– Et ils restent inefficaces ?

– Oui ! Le docteur envisage sérieusement l'usage d'électrochocs…

# ENGRENAGES

Céline Servat

Cette nouvelles est la première histoire à énigme que j'ai écrite. Je l'ai remodelée un peu pour qu'elle passe le fil des années. À l'époque, je l'écrivais sur mes pauses, entre midi et deux et un petit groupe de mes collègues, mises dans la confidence, la suivait chaque jour comme un feuilleton ! La première version se passait dans le Comminges, à Soueich exactement, mais je l'ai ensuite transposée dans le Gers pour un concours qui devait se passer dans ce département.

# Engrenages

Sophie colla sa joue contre la vitre froide du bus. Elle revenait du lycée de Samatan où elle suivait des cours de terminale. Ses cheveux bruns frisés tombèrent en cascade sur son visage. Elle les repoussa machinalement, conservant l'air soucieux qu'elle adoptait souvent ces temps-ci. Avec son regard de braise et son teint hâlé, Sophie était d'une beauté subtile et sauvage. Ses amis la considéraient comme quelqu'un de droit qui savait affirmer ses choix, tout en possédant des qualités humaines d'écoute et de compréhension. Fille unique, elle avait toujours vécu à Lombez, petit village du Gers, avec ses parents.

Là était le nœud du problème. L'adolescente supportait de moins en moins le climat qui régnait chez elle. Les disputes incessantes du couple, sa mère qui s'enfermait dans un rôle de femme au foyer soumise et austère, l'ivresse quotidienne de son père… Elle ne supportait plus de les voir ainsi, et ces éléments ne lui laissaient pas envisager une vie commune très longue.

Et puis elle était en terminale, l'année du Bac, qui mène à des études, à Toulouse pour la plupart, ou bien à Auch. Elle voulait intégrer la fac de géographie mais se questionnait beaucoup. Son départ de la maison, alors qu'elle était la source de joie de son père, n'allait-il pas envenimer les choses ? Ne provoquerait-il pas la fin du couple parental ? Était-ce un problème, finalement ? Sophie ne pouvait s'empêcher de s'inquiéter pour eux, et cette situation lui pesait énormément.

Pourtant elle rêvait d'un ailleurs. Elle le désirait tellement... Elle habiterait avec Mathilde, sa meilleure amie et elle rencontrerait l'âme sœur au détour d'un chemin. Un peu rêveur, un peu romantique, ils s'aimeraient ardemment dès le premier regard.

Comme toutes les filles de son âge, Sophie s'intéressait aux garçons. Mais pas de la même façon que Mathilde qui ne pensait qu'à les collectionner. Elle rêvait d'un idéal partagé avec quelqu'un qui devinerait ses pensées et elle les siennes, quelqu'un qui permettrait qu'elle se sente si bien qu'elle n'imaginerait plus sa vie qu'auprès de lui. Un homme à qui elle oserait se donner sans honte. Sans regret.

La jeune fille leva les yeux : le car s'immobilisait sur la plaine. Une voiture en panne bloquait la circulation. Elle balaya du regard le paysage trop connu qu'elle traversait deux fois par jour. À cet endroit même, un accident avait laissé une marque dans le paysage La terre calcinée ressemblait à une cicatrice naturelle. Elle savait que l'événement était assez ancien. Sophie fronça les sourcils. Un petit bouquet de marguerites était posé sur le bord de la route, comme une offrande. Ce bouquet avait-il un rapport avec ce drame ? Était-ce un parent de la victime qui ravivait son souvenir en faisant du lieu de l'accident un lieu de culte ? Mais déjà, le bus repartait.

Arrivée chez elle, Sophie avala un jus d'orange et quelques carrés de chocolat avec du pain.

Ses pensées étaient occupées par ce bouquet. Elle chercha de multiples explications sans être satisfaite par une seule d'entre elle. Elle enfourcha alors son scooter : elle devait trouver une réponse.

Alors qu'elle roulait, un petit vent chaud balayait ses cheveux noirs dépassant du casque. Elle n'eut pas de peine à retrouver l'endroit. Sophie gara sa mobylette et se pencha vers le bouquet un peu flétri. Vu son état, il avait dû être amené la veille ou l'avant-veille. Il était posé sur une pierre grise, semblable à du marbre, qui portait une inscription gravée :

À mon unique amour.

Sur le chemin du retour Sophie imaginait déjà un homme romantique, inconsolable, un homme sensible tel qu'elle en rêvait. La destinataire du message avec sans doute péri dans l'accident.

Pourquoi n'avait-elle jamais entendu parler de ce qui s'était passé ? Elle qui espérait une réponse se retrouvait maintenant avec plein de questions. Elle savait à qui s'adresser : Yvonne, la mémoire du village. Elle la renseignerait à coup sûr.

Yvonne était une petite femme de quatre-vingt-trois ans qui, malgré les années de labeur et la mort de ses proches, gardait toute sa tête et son rire d'enfant. Elle connaissait tous les habitants et elle pourrait sans doute l'éclaircir sur les circonstances de l'accident.

La vieille femme était installée sur sa chaise, à sa place de prédilection, près de la cheminée constamment allumée. Elle regardait un match de foot sur sa télévision toute neuve.

– Ah, c'est toi ? Entre, pitchoune[1], ça fait longtemps que je ne t'ai pas vue. Que t'arrive-t-il ?

– Bonjour Yvonne. Je venais vous poser quelques questions.

– Des questions sur quoi, *drolle*[2] ? Dis-moi, je vais essayer de rassembler mes souvenirs de vieille femme pour te répondre.

– Il y a eu un accident sur la plaine entre Lombez et Samatan. Apparemment, il date un peu. Vous pouvez m'en parler ?

– Oui, c'est l'accident de la fille Péjol. Ah, ça, je m'en souviens comme si c'était hier, même si tu ne devais pas être née. Un *huec*[3] ! Si tu veux que je te raconte, assieds-toi, ça va être un peu long. C'était il y a dix-neuf, vingt ans. Lucie allait voir le docteur car elle était enceinte, et il la surveillait. Cette fille, elle avait pratiquement ton âge, elle était belle comme le jour. Elle avait aussi un tempérament de tigresse, une vraie sauvageonne. Tous les hommes du village auraient voulu l'approcher mais elle ne se laissait pas faire, sauf par un. On n'a jamais su de qui il s'agissait, elle gardait son secret. Même enceinte, elle ne voulait pas dire le nom du père de l'enfant, griffant et éborgnant quiconque osait en dire du mal. Son pauvre père l'admirait, la préservait de tout. Il lui parlait beaucoup de sa femme, morte quand elle avait mis Lucie au monde. Enfin bref, l'accident a été terrible. Elle est morte sur le coup, puis la voiture a pris feu. Des gens ont réussi à la sortir et les médecins lui

1. Petite, en occitan
2. Enfant, en occitan
3. Un feu, en occitan

ont ouvert le ventre pour sauver l'enfant. Ils font de ces choses, maintenant !

On ne voit pas beaucoup son fils. Je crois qu'il préfère chasser et pêcher plutôt que d'aller en cours ou de faire le joli cœur dans les fêtes ! Ce n'est pas comme celui qui vit en face de chez moi, il sort tous les week-ends ! Enfin, concernant son fils, il n'a pas eu de séquelles, il paraît. Mais le pauvre, il a grandi sans sa mère. La voilà l'histoire, elle n'est pas bien belle, tu vois… Mais pourquoi voulais-tu savoir cela ? demanda-t-elle, une lueur de curiosité dans les yeux.

– Il y a une pierre gravée avec l'inscription « à mon unique amour » sur le lieu de l'accident. Je me demande qui l'a réalisé. Peut-être son amoureux éperdu ?

– Tu vas trop au cinéma ma belle. C'est son père. Il l'aimait tellement qu'il a des photos d'elle partout. Bon, je suis fatiguée maintenant. Remonte sur ton engin et va réviser ton bac un peu, va. Je vais finir de regarder le match de foot.

Sophie rentra chez elle, pensive. Cette fille prête à devenir mère si tôt voulait préserver le nom de son amant, sans doute pour lui éviter un scandale ? Était-il marié ou ne pouvait-il pas moralement devenir père ? Un curé peut-être ?

« Non, tu divagues » se dit-elle en haussant les épaules.

Alors qu'elle garait son scooter, Sophie entendit des éclats de voix. Son père, la voix pâteuse, encombrée, accablait sa mère.

– Tu ne m'as jamais rendu heureux ! hurla-t-il, dans un cri chargé de désespoir.

– Ce n’est pas ma faute ! Ce n’est pas ma faute… répétait sa mère en pleurant.

La porte d’entrée grinça sur ses gonds et tout bruit cessa dans la maison. Ses parents agirent avec elle comme si de rien n’était.

– C’est toi, Sophie ? On peut se mettre à table puisque tu es là, hoqueta sa mère d’un ton faussement enjoué.

– D’où tu reviens encore ? questionna son père. Tu as oublié que tu as le bac cette année ?

– Je n’oublie rien du tout. Je n’ai pas trop faim, maman.

– J’ai fait un pot au feu. Mange, tu as besoin de force.

***

Sophie eut un emploi du temps chargé toute la semaine. Le samedi, elle décida de se rendre à Lombez. Elle trouva facilement la sombre bâtisse, près de l’église, et la regarda, de loin. Voir ces lieux les lui rendaient concrets, elle eut l’impression que Lucie allait sortir de la maison. Finalement, ce fut un vieil homme courbé qui se montra dans le jardin ; Il semblait porter toute la peine du monde sur ses épaules. Elle l’imaginait, rassemblant péniblement son bouquet… L’adolescente se rendit compte de son attitude voyeuriste et, honteuse, elle démarra son scooter.

***

Sophie repensait à cet homme voûté et au malheur qui avait anéanti sa vie. Ses pensées furent interrompues par un dur retour à la réalité. Son scooter toussota, crachota et s'arrêta. Elle se serra sur le bord de la chaussée. La panne d'essence. Elle était passée tout près de la station et, tout à ses pensées, elle ne s'était pas arrêtée. Que faire, rentrer à pied jusqu'à son village et demander à son père de la conduire à la station ? Non, elle n'aimait pas qu'il prenne le volant, l'alcool amenuisant ses réflexes. Son alcoolisme prenait une telle place dans sa vie que Sophie protégeait son père de lui-même. Par moment elle se demandait qui était le parent et qui était l'enfant. Elle était très indépendante, préférant faire des kilomètres sur son scooter plutôt que lui faire prendre des risques. Elle décida donc de pousser son véhicule jusqu'aux pompes à essence.

La chaleur était suffocante en ce mois de mai, elle eut besoin d'une pause.

– Je peux peut-être t'aider ? dit une voix derrière elle.

Un jeune homme d'une vingtaine d'années, une bicyclette à la main, arborait un large sourire. -Viens, je t'emmène. Rien de tel que le vélo.

– Merci, c'est gentil de me dépanner.

– C'est naturel, répondit-il, je n'allais pas te laisser dans la panade.

Un peu surprise, Sophie gara à nouveau son scooter sur le bas-côté puis monta sur le porte-bagages de la bicyclette, s'accrochant à la taille du conducteur.

Châtain, les cheveux souples, il était assez grand et les muscles de ses bras ressortaient pendant qu'il pédalait. Elle trouvait son parfum à son goût.

Une fois à la station-service, Sophie remplit un bidon. Elle ne put détacher son regard du jeune homme. Les minutes qu'elle venait de passer avec lui avaient été magiques, une connivence instantanée s'était installé entre eux.

Le rêve s'arrêta brusquement. L'un de ses voisins, s'apercevant qu'elle était à pied, lui proposa de la ramener. Elle accepta et se tourna vers celui qui occupait ses esprits depuis plusieurs minutes. Tout naturellement, il posa délicatement ses lèvres sur sa joue, puis près de ses lèvres. Elle ferma les yeux de plaisir.

– On peut se revoir ? murmura-t-il.

Elle hocha la tête en signe d'assentiment.

– Demain, même heure, ici ? proposa-t-il.

– D'accord.

Elle s'apprêtait à partir quand il la retint par le bras.

– Je ne connais même pas ton prénom.

– Ah oui, c'est vrai. Je m'appelle Sophie, et toi ?

– Jérémy.

***

Ils se virent souvent. Le temps passé avec Jérémy n'était qu'émerveillement pour Sophie. Ils avaient l'impression de se connaître depuis toujours. Sophie vivait l'amour dont elle avait rêvé. Jérémy devinait ses moindres désirs, devançait ses attentes. Il était affectueux, prévenant et plein d'humour.

Quand Sophie avait su qui il était, elle avait eu peur. Cette histoire prenait de grandes proportions dans sa vie, tout à coup. Puis, en y réfléchissant, cela lui avait semblé naturel, comme si cette rencontre était prédestinée. Elle avait abordé le sujet avec lui mais son interprétation avait fait rire le jeune homme.

Ce qui se passait entre eux devenait sérieux. Ils ne songeaient plus à s'arrêter au simple baiser. Leurs caresses se prolongeaient de plus en plus.

Un jour de pluie, Sophie brava les éléments pour

rejoindre Jérémy, mais elle arriva trempée. Il la frictionna, lui prêta des vêtements et, près de la chaleur du feu, les lui enleva. Elle sentit que le moment était arrivé et s'abandonna dans ses bras en toute quiétude. À partir de ce moment, le jeune couple se retrouva de plus en plus souvent, profitant des moments d'"absence du grand-père ou s'installant dans l'une des granges abandonnées qui se trouvaient à l'extérieur du village. Et chaque semaine, en rentrant chez elle, elle apercevait un nouveau bouquet de fleurs déposé sur la pierre.

Depuis quelques temps, Sophie se sentait anormalement fatiguée. Elle avait dû attraper un virus ou quelque chose de ce genre. Le médecin lui avait prescrit des analyses de sang pour vérifier son état général et lui avait proposé un rendez-vous.

« Cela tombe mal, se dit-elle, avec le bac la semaine prochaine. »

Elle attrapa sa carte vitale afin de se rendre chez le praticien. Au même moment, la porte du bureau s'ouvrit et son père l'appela d'une voix tremblotante. Elle monta les escaliers quatre à quatre, craignant qu'il n'ait eu un nouveau malaise. Un jour, elle l'avait trouvé étendu sur le sol, la tête en sang. Cette image l'avait hantée et elle avait souvent peur de se retrouver confrontée à la même situation, ou pire, de le retrouver mort. Quand elle entra dans la pièce, son père, assis dans le grand fauteuil, était livide. Il empestait le vin. Ce bureau était son lieu de refuge dans ses moments de déprime et d'ivresse. Personne n'avait le droit d'entrer, mis à part lui. Il se leva et, avant qu'elle n'ait le temps de réagir, il la gifla avec une force qui la fit choir. Sophie, choquée et interdite, se frotta la joue. Elle ne comprenait pas ce geste. Son père l'avait toujours choyée et ne s'était jamais permis de la toucher, même quand elle était enfant.

« Je te faisais confiance et qu'est-ce que j'apprends ? Le voisin me demande : alors, votre fille sort avec le fils Péjol ? Vous n'êtes pas inquiet quand on sait dans quelles conditions il vit ? Un petit sauvage, toujours par monts et par vaux. Et moi qui croyais que tu révisais ton bac sagement pendant que tu traînais avec cette fripouille. Je t'interdis de le voir, tu entends ? Je te l'interdis.

– Tu ne peux pas m'interdire de voir Jérémy !s'insurgea-t-elle. Tu crois que tu vas décider de ma vie ? De toute façon je n'en peux plus, je m'en vais. J'en ai marre de te voir dans cet état. Tu crois que je ne vois pas que tu es ivre à longueur de journée ? Tu penses que je ne sais pas que tu hurles sur maman ? C'est insupportable !

Son père marqua le coup en entendant ses reproches. Il lui barra la route vers la sortie.

– Ecoute Sophie, je ne voulais pas que tu vives dans un tel contexte. Mais je refuse que tu le fréquentes.

– Mais pourquoi est-ce que je ne pourrais pas le voir ? Tu n'as jamais rien dit sur mes autres copains.

Il semblait au bord des larmes. Il la prit par les épaules et l'attira vers le fond de la pièce.

– Tu sais, ta mère et moi ne nous sommes jamais entendus.

Alors qu'il achevait sa phrase, Sophie leva les yeux au ciel. Elle ne voulait pas entendre parler des problèmes de couple de ses parents, cela la dérangeait assez comme ça. Elle voulait juste vivre une vie d'adolescente normale, aux côtés de Jérémy. Elle balaya la pièce du regard et fronça les sourcils. Un bouquet de fleurs était posé dans le coin le plus sombre de la pièce. Qu'est-ce que ces marguerites faisaient dans ce bureau ? Elle reporta son attention sur les paroles de son père.

– Nous pensions qu'avec ta naissance, nos relations s'arrangeraient. On dit qu'il ne faut pas faire un enfant pour réparer, on en a la preuve. Rien n'a vraiment changé entre nous. C'est de ma faute. Je ne l'aime pas comme il le faudrait. Heureusement que je t'ai, toi, mais tu sais, je n'étais pas ainsi avant. Je me suis mis à boire parce que j'ai vécu un drame. Tu... Tu ne peux pas comprendre. C'est encore si dur...

– De quoi parles-tu, papa ?

Sophie c'était souvent demandé pourquoi elle était fille unique et si ses parents ne lui cachaient pas quelque chose. Les propos de son père lui remirent le doute : fausse-couche ? Décès à la naissance ? Toutes ces questions qui l'avaient hantée à un moment donné ressurgirent alors.

– Que s'est-il passé papa ? Pourquoi toute ces disputes entre vous ? Tu peux tout me dire.

Il releva la tête et la regarda. Ses yeux injectés de sang se mouillèrent de larmes. Tu sais, pendant que j'étais avec ta mère, j'ai fait une rencontre et... j'ai pensé la quitter. Mais j'ai trop attendu, trop tergiversé parce que ta mère était enceinte de toi et... J'ai perdu mon unique amour.

Sophie recula d'un pas et se dégagea de l'emprise de son père.

– Tu veux dire que... c'est toi ?

– J'ai trompé ta mère, c'est vrai, mais avec la personne la plus charmante qui soit. À sa mort, je me suis laissée aller par désespoir et depuis, je suis dans cet état.

– Ce n'est pas possible cria-t-elle, pas toi ! Alors, cela veut dire que Jeremy...

Sophie ne pouvait pas prononcer à voix-haute la suite de sa pensée. Elle suffoquait, à la limite du malaise et partit en claquant la porte.

L'air frais lui fit du bien. Vite, quitter cette maison de fous !

***

Elle roulait sur son scooter, des larmes lui brouillaient la vue. Elle revenait de chez le médecin. Sa fièvre la reprenait, mais elle s'en fichait.

« Tu es enceinte Sophie. Tu n'as pas pris tes précautions ? » lui avait dit le docteur en consultant le relevé du laboratoire.

Bien sûr qu'elle les avait prises. À chaque fois. Sauf cette première fois, après l'orage.

Tout tournait dans sa tête, elle était perdue ! Jérémy était le père de son enfant. Jérémy était son demi-frère ! Elle arrêta le scooter et descendit pour vomir. Ses larmes coulaient sans s'arrêter mais elle ne s'en rendait pas compte. Elle voulait lutter, lutter encore, mais pour qui ? Pour cet enfant qu'elle portait et qu'elle ne pourrait pas garder, tant pour des questions génétiques que morales ? Pour le gâchis qu'était sa vie ? Pour dépasser les mensonges de son père ? Non, elle ne trouvait aucune motivation et le fait de devoir s'arracher des bras de Jérémy la torturait plus encore.

La jeune femme reprit le scooter et avança, sans savoir où aller. Affolée, elle s'aperçut qu'elle roulait au milieu de la route alors qu'un camion fonçait dans sa direction, se rapprochant dangereusement. Sophie donna un coup de guidon et freina, mais elle n'avait pas vu la voiture qui roulait juste derrière elle.

Elle sentit le choc de son crâne contre la tôle. La

douleur fut fulgurante, insupportable. Mais bientôt elle ne sentit plus rien. Son corps ne fut plus qu'une coquille vide.

# EL COMUNERO

## Tomas Jimenez

C'est la toute première nouvelle que j'ai écrite et publiée. Il s'agissait d'une « commande » pour le recueil BRIGADISTES ! Paru aux éditions du Caïman en 2016, pour célébrer l'anniversaire des Brigades Internationales. Pour ce récit, je me suis directement inspiré de la vie de mi abuelo,[1] Manuel Jimenez, surnommé El Comunero. Même si j'ai volontairement romancé certaines choses -son ami anar Progreso qui était un clin d'œil à mon ami auteur Progreso Marin- j'ai essayé d'imaginer les trous qu'il pouvait y avoir dans l'histoire qu'il m'avait racontée… J'ai adoré l'exercice, l'écriture de nouvelle, que je pratiquais pour la première fois. Je l'ai vécu comme une véritable récréation (re-création) car je n'avais écrit jusque-là que des chansons. J'étais impatient qu'on me le propose à nouveau.

1. Mon grand-père

# El Comunero

– Mais bordel, qu'est-ce que je fous là !? se dit Manolo.

Après des heures de garde, debout sous la pluie torrentielle, transi de froid, à attendre, attendre...

Attendre quoi ? Il ne le sait même plus.

Il perçoit bien la fureur autour de lui, le vacarme des explosions, des tirs de canons, parfois des salves de mitrailleuses ou les invectives des gradés qui les envoient au carton. Mais depuis quelques heures, tout semble lointain. C'est comme un ronronnement, un bruit de fond.

Il est là sans être là.

– Couche-toi *Comunero* [1]!

---

1 Coco, communard, surnom moqueur pour désigner un communiste faisant ici référence aux guerres des communautés de Castille menée par les Comuneros entre 1520 et 1521 contre le pouvoir royal 2. le front de Jarama, L'enfer de Jarama

Il se jette instinctivement à terre et s'enfonce mollement dans le bourbier de la tranchée.

C'est à ce moment précis qu'il recouvre instantanément la mémoire...

*EL FRENTE DE JARAMA*

*EL INFIERNO DE JARAMA* [2]

Un enfer froid, humide, boueux...

Pas du tout celui que ces cons de curés décrivent dans leurs délires et leurs sermons.

Un enfer.... de merde .... Littéralement !

En ce mois de février 1937 on avait l'impression que le ciel avait fait exprès de dégueuler toute la flotte qu'il pouvait sur ce petit bout de territoire aux portes de Madrid que les deux camps se disputaient rageusement depuis des jours.

Vautré dans la boue, Manuel est sonné. Au bout de quelques secondes, quelques minutes peut être, il se retourne et s'allonge sur le dos. Son visage est couvert de terre. Il ouvre ses yeux noirs sur le ciel gris. La pluie tombe inlassablement comme pour tenter de le laver.

Vu la proximité de l'explosion cette fois, il hésite à se relever, à faire le moindre geste. Il décide de rester totalement immobile et tente alors d'écouter les bruits alentours. Mais ses oreilles sifflent et il a l'impression d'avoir la tête sous l'eau.

Puis il croit entendre un cri dans ce magma sonore.

– Putain d'enculés de fascistes de merde !

Il se frotte le visage, les yeux et esquisse un sourire. Au milieu de ce chaos c'est rassurant et presque drôle d'entendre Progreso gueuler. Et puis, il en a tellement l'habitude. Il ne sait même plus combien de fois il a entendu son ami insulter ainsi les nationalistes. Cette phrase avait rythmé toute leur épopée, celle qu'ils avaient commencée ensemble en quittant leur village de La Campana.

Quand étaient-ils partis ? Impossible de le dire avec certitude.

En réfléchissant il finit par se remémorer ce jour-là. Ou plutôt cette fin de journée là. On était le 18 juillet 1936, le jour maudit du coup d'état des généraux. Prog était venu le chercher.

– Séville est tombée aujourd'hui Manuel. Cordoue aussi ! Il faut se tirer au plus vite. Viens avec moi. Nous partons dans moins d'une heure.

– Partir ? Mais où ? Et comme ça, en laissant tout ? Et ma mère ? Ma sœur et mes frères ?

– Écoute-moi Manolo ! Ils sont tout près ! Dès demain matin ils débarquent ici. Et si tu ne viens pas, c'est sûr que tu y restes, mais pour de bon ! Des années que tu t'égosilles dans les rues pour refourguer ton journal de coco. Tu t'attends à quoi ? Ils ne vont pas te rater je te dis. Allez, tout est organisé. Viens ! Il va falloir pas mal crapahuter mais il faut essayer d'avancer le plus possible vers Jaen. La ville est restée fidèle à la république. C'est là-bas que s'organise la résistance et on pourra s'engager dans une milice.

– Jaen ! Mais tu es fou ou quoi ! C'est à plus de deux jours et demi de marche !

– Ne t'inquiète, j'ai prévu un parcours et des provisions. Je connais pas mal de *Jornaleros*[1] comme nous

1. Journaliers, ouvriers agricoles, (sous) payés à la journée par des « maîtres », grand propriétaires terriens.

qui militent à la C.N.T du côté de Baena. On pourra s'y arrêter et se reposer un peu.

– Et tu crois vraiment que tes copains anars vont m'accueillir les bras ouverts ? Comme tu me le fais si souvent remarquer, ou plutôt comme tu me le reproches, je suis communiste et je sais bien que vous nous portez pas dans vos cœurs.

– N'inverse pas les rôles s'il te plaît Manuel. Tu veux vraiment que je te reparle de Kronstadt ou de Makhno ? On n'a pas le temps pour ça et on sait tous les deux qu'aucun de nous ne changera d'avis. Regarde moi, j'ai beau être un libertaire, je t'ai toujours considéré comme un frère. Un frère un peu *cabezudo*[1] qui se dit rouge juste pour se distinguer de son grand frère qui se dit noir… Mais avec qui je partage tout depuis l'enfance. Et puis pour une fois t'es pas obligé de le gueuler partout que tu es coco. Allez, je suis ton aîné après tout, écoute la voix de la sagesse.

« Qu'est-ce que tu racontes, on vient tous les deux de fêter nos dix-huit ans y'a quelques mois ! On a à peine quelques semaines d'écart ! » protesta Manolo en souriant.

– Et puis moi je suis fier d'être un communiste, je n'ai pas à me cacher. Nous au moins, on est bien organisés !

– Tellement bien organisés que c'est moi qui te préviens de ce qui se passe. Allez arrête de faire ta tête de cochon *Comunero,* on part ! D'ailleurs, il te va à merveille ce surnom ; à partir d'aujourd'hui c'est comme ça que je vais t'appeler ; Je suis sûr que ça t'évitera des embrouilles et que ça fera marrer les *compañeros*[2]!

---

1. Têtu.

2. Compagnons avec un sens plus politique proche du ca-

*La burla*[1], c'était un sport national en Andalousie. Même dans les moments les plus graves, l'humour permettait d'affronter toutes les situations...

Et ils étaient partis. Au bout de quelques heures, la nuit tomba. Malgré la fatigue, due à la journée de travail éreintante qu'ils avaient passée dans les champs, ils firent peu de pauses, profitant de l'obscurité pour avancer au maximum. Quand le jour se leva, ils évitèrent les grands axes, car presque toutes les villes de la région étaient tombées dans le camp nationaliste. Ils marchèrent des heures et des heures durant sans dire un seul mot. Quand ils s'arrêtaient pour se reposer, pour manger, ils devaient se cacher et rester silencieux. Ils étaient toujours sur la route alors qu'il faisait nuit à nouveau depuis plusieurs heures maintenant. Manolo commençait à ressentir la douleur dans tous ses muscles, à chaque pas. Son ami lui désigna des lueurs, à une dizaine de kilomètres. Ils arrivaient enfin à Baena.

Ils rejoignirent un groupe de six hommes armés qui contrôlaient l'accès principal à la ville. Progreso, qui connaissait certains d'entre eux, s'occupa des présentations. Manuel était content de pouvoir parler et se reposer. Il se sentait à l'aise parmi ces hommes, apparemment *jornaleros* comme lui. Tous avaient déjà adopté, pour s'adresser à lui, le surnom de *Comunero* sous lequel il fut présenté.

Deux hommes restèrent sur place et le reste du groupe repartit après cette courte pause. Au fur et

---

marade

1. La moquerie

à mesure qu'ils s'éloignaient, la troupe se fit plus bruyante. Ils parlaient en marchant, leur pas ralentissait. Ils entonnèrent des chants.

« T'avises pas de chanter l'internationale hein *Comunero* ! » avait blagué Prog à voix basse.

Même si les heures de marches commençaient à se faire ressentir, et que la fatigue rendait les derniers kilomètres particulièrement difficiles pour eux, l'air était plus léger.

Ils furent conduits devant les responsables locaux de la CNT qui leur préparèrent de quoi manger un peu. Ils pourraient passer la nuit ici. Pour l'heure, il fallait leur expliquer la situation.

« Putain d'enculés de fascistes de merde ! » avait gueulé Prog. Mais cette fois-là, Manuel n'avait pas esquissé le moindre sourire.

Ils venaient d'apprendre ce qui se déroulait sûrement à ce moment même dans leur village et dans les villages comme le leur à l'arrivée des nationalistes. Les milliers de morts à Séville et dans toute l'Andalousie.

On leur avait raconté les mises en scène macabres devant les églises, les exécutions d'innocents, de femmes, d'enfants, qui n'avaient rien à voir avec la politique; les rivières de sang qui coulaient dans les rues de toutes les villes et de tous les villages pris par les fascistes.

Leurs familles étaient-elles sauves ? Impossible de le savoir.

Tout ce qu'on savait, on le tenait des vociférations du général Queipo de Llano, qui éructait sur radio Séville, appelant les phalangistes à éradiquer les « chiens rouges », incitant les soldats au pillage et au viol…

Sans Progreso, Manuel aurait été de ces fusillés…

Et eux ils étaient là. À la fois si près et si loin de La Campana. Un camarade leur expliqua alors qu'ici à Baena, ils s'étaient organisés. Ils avaient réussi à réunir une cinquantaine de fusils et avaient complété l'arsenal avec tout ce qui pouvait servir d'arme. Des haches, des bâtons, des pierres...Les hommes étaient nombreux et déterminés. Ils avaient proclamé la grève générale en réponse à l'état de guerre et ils étaient en train de reprendre cette nuit même la commune, quartier par quartier, maison par maison.

Épuisés par leur périple, Manolo et Progreso s'endormirent rapidement malgré l'effervescence ambiante. Le lendemain matin, ils furent réveillés par les *jornaleros*, qui avaient repris le contrôle total de la ville. Ils pourraient rejoindre Jaen le jour même. Une milice confédérale organisait le recrutement et la formation des volontaires. Ils seraient plus utiles là-bas. Ils repartirent donc en camion cette fois.

Arrivés à Jaen, la milice les équipa d'uniformes qui n'en étaient pas vraiment et on leur fit faire de l'exercice physique pendant environ un mois. Prog refusait de marcher au pas et s'entêtait à expliquer à ses supérieurs qu'il voyait mal comment ça pouvait aider à gagner la guerre contre ces « putains d'enculés de fascistes de merde ! ». Ils furent sommairement formés au maniement des armes mais il n'y en avait pas assez. Toutes celles qui étaient en état de marche étaient réquisitionnées. Ils apprirent qu'ils allaient malgré tout participer à leur première bataille. Le général Miaja avait un plan pour reprendre Cordoue et ils feraient partie de l'expédition.

Mais l'offensive républicaine avorta dans l'œuf et le repli fut ordonné. Si bien qu'ils n'eurent pas vraiment l'impression d'avoir réellement combattu.

Après cet échec stratégique Miaja et ses troupes avaient été réaffectés à la défense de Madrid. Ils devaient eux aussi partir. Et dire qu'ils avaient fui leur région envahie par les nationalistes pour aller là où ils savaient pertinemment qu'allait se dérouler une bataille aussi décisive qu'acharnée. Ils se jetaient dans la gueule du loup. Mais ils comptaient bien lui taper sur la gueule au passage ! Alors ils montèrent, ou plutôt ils s'entassèrent dans des camions inconfortables sur des routes approximatives, la tête remplie d'un mélange de tristesse et de colère aussi explosif que de la dynamite.

Les cahots de la route bringuebalaient les hommes qui ne cherchaient même plus à parler. Le bruit du moteur était le seul son audible...

La tête de Manuel bourdonne encore. Toujours ce sifflement strident dans les oreilles. *Que Jaleo* [1]! Mais à part ça il n'a pas l'impression d'avoir été touché. Il est comme engourdi, anesthésié par l'adrénaline. Il tâte tout d'abord son corps à la recherche d'une éventuelle blessure. Rien. Mieux vaut rester immobile. Des brancardiers vont peut-être se pointer. Et puis ça fait des jours qu'il ne peut pas se reposer. L'inconfort de la tranchée, la pluie quasi incessante, qui à force de te tomber sur le crâne, comme autant de petits marteaux, rend fou. Cette pluie de merde qui transforme tout en boue.

---

1 Quelle pagaille, quel bordel

De la boue partout, qui s'incruste sur toi et dans tout ce que tu touches, tout ce que tu bouffes. Les périodes de repos n'en sont jamais vraiment. Le manque de sommeil, les poux qui pullulent, finissent par saper définitivement le moral des hommes.

Et là pourtant, à cet instant précis, Manuel se sent bien. Putain il est vivant !

Sa tête a beau vrombir à présent comme le moteur à bout de souffle du camion qui les avaient emmenés à Madrid, la pluie peut lui fouetter le visage, ses vêtements ont beaux être trempés et couverts de boue, le froid peut bien le mordre, les hommes peuvent bien gueuler et les bombes exploser partout autour de lui, tout ce qui lui semblait insupportable jusqu'alors vient lui rappeler cette fois qu'il est vivant !Il est vivant bordel !

Vivant mais fatigué aussi. Très fatigué. Épuisé même. Et il a bien droit à une pause. Le camarade Staline en personne aurait beau se pointer là devant lui, il ne bougerait pas d'un petit doigt !

Il referme les yeux et son esprit vagabonde.

Il repense à sa mère, la dernière fois qu'il l'a vue. Il se souvient de ses yeux plein d'inquiétude. Comme elle l'avait longuement serré dans ses bras, sans dire un mot pour le retenir. Il ressent à nouveau ce mélange étrange de courage et de peur, de joie et de tristesse, qui l'avait envahi alors qu'il lançait un dernier regard vers le village, du haut de la colline. Ce moment précis où il avait compris que sa vie ne serait jamais plus comme avant...

C'était il y a combien de temps déjà ? Impossible de le dire précisément. Il a perdu tous ses repères et doit se concentrer pour calculer. Plusieurs mois, ça c'est sûr.

Tant d'événements se sont succédé depuis leur départ. Manolo a l'impression d'avoir vécu plusieurs vies. Après toutes ces années passées dans les champs, à bosser jusqu'à l'épuisement pour un salaire minable, soumis au bon vouloir *del Amo*[1] Tous les jours avaient fini par se ressembler. À La Campana, le temps bégayait. Comme un disque rayé il rejouait sans cesse le même bout de mélodie, la même fraction de vie. Au bout d'un moment soit on devenait fou soit on finissait par accepter cette routine en attendant la mort…

Il pense à son père, lui aussi *jornalero*, mort d'épuisement. Manuel, âgé de 12 ans avait alors rencontré José Ventura Castellon. Il avait été fortement impressionné par ce jeune homme plein d'assurance qui avait une dizaine d'années de plus que lui et qui venait de Séville.

José était bien habillé et soigné sans être pour autant richement vêtu. Le « Mundo Obrero »[2] à la main, il avait expliqué à Manolo ce qu'était le communisme. À la façon d'un conteur, il lui avait parlé de la révolution russe, de Karl Marx, de l'union internationale des prolétaires…

Manuel avait forcément été séduit par tout ce qu'il avait entendu. Inconsciemment, lui qui venait de perdre son père, avait sûrement été touché par la figure du débonnaire petit père des peuples, que José Ventura dépeignait, photos à l'appui. En plus,

---

1. Le maître, nom donné aux grands propriétaires terriens qui exerçaient un pouvoir quasi féodal à l'époque
2. Monde Ouvrier, journal du Parti Communiste Espagnol.

le parti lui permettrait de prendre une petite part sur les exemplaires du Mundo Obrero qu'il arriverait à vendre à la criée.

À tous les coups, Progreso n'allait pas manquer de se moquer de lui. Mais rien qui change de leurs habitudes après tout.

Depuis toujours, Prog avait l'habitude de lui trouver des surnoms. Quand Il avait surpris Manolo en train d'embrasser Paloma sa cousine, tout le village s'était mis à l'appeler *guapetón*[1]

Mais son ami n'avait pas plaisanté cette fois-là.

« Ton truc c'est des conneries ! » avait il dit de son ton le plus sérieux.

– J'en ai parlé à mon père et il m'a bien dit que ton petit père des peuples il a assassiné les nôtres, en URSS !

Manuel avait protesté tant bien que mal.

– Quoi « les nôtres » tu connais du monde là-bas peut être toi ?

Puis il avait dégainé les quelques mots que José Ventura lui avait répété :

– De toute façon toi, tu es une victime de la propagande anarchiste qui cherche à discréditer la seule véritable révolution prolétarienne !

– *Jajaja*,[2] je suis sûr que tu comprends même pas ce que tu es en train de me dire. Tu as beau vendre un journal maintenant, tu ne sais pas lire pour autant !

– Et toi tout ce qu'on t'a appris c'est à lire trois lettres de l'alphabet. Le C le N et le T. Tu en sais pas beaucoup plus que moi, va !

---

1 Joli cœur.

2. Ah ah ah.

Ils avaient passé quelques jours à ne plus se parler et à s'éviter. Mais l'amitié avait vite repris le dessus et les deux gamins s'étaient excusés d'avoir eu des mots aussi durs, sans pour autant renier leurs convictions politiques naissantes.

Manuel se relève lentement, encore sonné. Autour de lui tout semble confus. Il est dans la tranchée. Ses oreilles ne bourdonnent plus mais son corps se réveille. Tout d'un coup il se sent vidé, mâché.

Il regarde autour de lui. Des hommes réparent tant bien que mal les dégâts provoqués par les tirs de canons des nationalistes.

Son uniforme est sale et détrempé mais Manolo sait bien qu'il ne peut pas se changer. Il a beau avoir été incorporé dans *El Ejercito Popular*[1] il n'est pas beaucoup mieux équipé que dans la milice. Pas d'uniforme de rechange, pas assez d'armes pour tout le monde. Sur le front même, il faut s'armer avant tout de patience pour obtenir une arme. Attendre que celui qui est de garde meure ou quitte son poste pour prendre son équipement.

Tout ce qui lui appartient, sa seule source de réconfort dans cette tranchée, c'est sa petite couverture. Mais depuis quelques jours, la couverture est bien trop humide et boueuse pour le réchauffer vraiment. Les nuits sont glaciales et il est interdit de faire des feux : l'ennemi est tout proche, à portée de voix. De part et d'autres de la ligne de front, insultes, envolées

1. L'armée populaire, nom donné à l'armée de terre de la 2eme république espagnole créée après la dissolution puis la militarisation des milices.

politiques ou poétiques, moqueries et chansons parfois, fusent autant que les balles ces derniers temps.

Dire qu'au début il n'y avait même pas de tranchées. Les hommes sur la ligne de front avaient passé plusieurs jours à s'entre tuer à découvert. Du sang et de la pluie ruisselaient des collines du Pingaron après certaines opérations et les paysages prenaient des couleurs surréalistes. Les survivants de la 11ème brigade internationale avaient rebaptisé *Suicide Hill*[1] la colline où la moitié de leurs hommes étaient morts.

Les Brigades Internationales ! Comme Manolo avait été impressionné quand il en avait appris la création. Il le fût encore plus en les voyant défiler à Madrid. Il n'avait pas manqué alors de narguer Prog.

– Regarde, regarde bien *cabrón*[2]. La voilà la force du Parti Communiste. Regarde bien tous ces hommes venus des quatre coins du monde pour nous aider à vaincre le fascisme. Rajoute à ça l'aide logistique qui est arrivée d'U.R.S.S. La guerre ne va pas être la même ! Et grâce à qui ?

– *Comunero*, même si ça fait chaud au cœur, ce n'est pas ces quelques milliers d'hommes, dont la plupart comme nous n'ont jamais combattu, qui vont changer la donne. Et si tu vas par-là, je te signale que des libertaires, des centaines d'hommes et de femmes des quatre coins du monde comme tu dis, se sont aussi engagés entre autre dans la colonne Durruti qui arrive elle aussi à Madrid !

– Ouais mais nous on a même des Chinois, Prog

1. La colline du suicide
2 Enfoiré

tu te rends compte ! Je suis sûr que vous en avez pas, vous, des Chinois !

Cette dernière remarque coupa net toute envie d'argumenter à Progreso, et les deux amis avaient fini par exploser de rire, provoquant la curiosité des badauds qui regardaient le défilé.

Madrid ! C'est là-bas que Manolo avait dû tirer « pour de vrai » avec un fusil pour la première fois. Prog et lui étaient engagés dans des combats de rue près de l'université. Il fallut défendre chaque mètre, chaque centimètre de territoire occupé par les fascistes pour récupérer les positions et éviter l'invasion de la ville. Avait-il touché ou tué quelqu'un dans ces escarmouches ? Il ne le savait pas et ne tenait pas à le savoir. Il était bien conscient qu'il pouvait tuer mais n'avait pas encore vu la mort de masse.

Alors qu'ici sur le front de Jarama, les troupes tombent comme des mouches de part et d'autre et les mouches se délectent.

Au bout de deux semaines de combat, les positions de chaque camp étaient bloquées. Toute tentative de reprendre du terrain s'achevait dans un bain de sang. Les gradés avaient alors donné l'ordre de creuser. Les hommes ne pouvaient s'empêcher de penser qu'ils creusaient leur tombe.

Mais creuser dans ce terrain détrempé s'avéra plus que laborieux. Les espèces de fossés qu'ils avaient malgré tout réussi à construire ne leur apportait au départ ni confort ni véritablement de protection fiable, face aux canons, aux tirs de tanks ou aux bombes lâchées par les avions allemands. Alors on fortifia tant bien que mal les positions.

Après la débauche de fureur qui vit les premières semaines de ce combat provoquer des centaines de morts inutiles des deux côtés, on paraissait désormais résigné à ne plus pouvoir avancer. Depuis quelques jours, les combats et les grandes offensives devenaient plus rares, les échanges de tirs et d'obus sporadiques mais toujours meurtriers

« Mais où donc était passé Progreso ? » se demande soudain Manuel alors qu'il récupère peu à peu ses esprits. C'est en cherchant parmi les décombres qu'il trouve le corps sans vie de son ami de toujours.

Il prend une grande respiration et hurle…

– Putain d'enculés de fascistes de merde !

***

– Abuelo, raconte-moi s'il te plaît;

– Porqué ? Son viejas historias, no hay que removerlas[1]

– Tu sais ton histoire c'est une partie de mon histoire aussi. J'ai besoin de savoir.

(...)

– En el frente de Jarama, no habia ni trinchera ni... ni nada. Tenias que ponerte te alli y esperar horas y horas. Esperar que uno quita su guardia pa poner el ejercito suyo (...) y siempre mojados, enfangados ; Fue un frente muy malo el frente de Jarama[1] »

---

1. Pourquoi ? Ce sont de vieilles histoires, il ne faut pas les remuer. 16.Sur le front de Jarama n'y avait ni tranchées

– Abuelito, ne pleure pas, laisse tomber. Si c'est trop dur, ne me raconte pas.

– No hay nada que contar. [1]

---

ni … ni rien. Fallait te mettre là et attendre des heures et des heures. Attendre que quelqu'un quitte son poste pour prendre son équipement (...) et toujours mouillés et pleins de boue. Ç'a été un front très mauvais le front de Jarama

1 Il n'y a rien à raconter.

# CES PENSÉES QUI ME FONT VIVRE UN ENFER

Céline Servat

Autre nouvelle qui met en scène Marie, le personnage utilisé dans « passage à l'acte » ou « la randonnée ». Bien sûr, ici, elle n'a pas vraiment vécu la fin de la nouvelle « passage à l'acte » mais elle est rattrapée par ses démons. Ceux, insidieux, qui vous réveillent la nuit…

Ce texte participe au concours 2022 de Castelmaurou ; Au moment où j'écris ce recueil, je n'ai pas encore les résultats.

La consigne était de le commencer par la première phrase citée ici.

## Ces pensées qui me font vivre un enfer

Partir est toujours un moment difficile et, pourtant… rester l'est plus encore. Marie le savait bien. Elle fixait les rails depuis plusieurs minutes et le vide l'attirait, effrayant et si tentant en même temps.

Elle tergiversait depuis des années. À chaque coup dur, à chaque trahison ou déception, elle se renfermait sur elle-même et avait de plus en plus de mal à reprendre pied.

Depuis qu'elle était enfant, Marie avait déçu ses parents.

Elle n'y était pour rien. Eux non plus d'ailleurs. Elle n'avait jamais été à la hauteur de leurs espérances. Elle était banale, sans les attributs qui permettaient habituellement aux parents de se sentir flattés à travers la réussite par procuration de leur enfant. Et ce manque d'investissement l'avait poursuivi toute sa vie.

Tout avait commencé par un rendez-vous manqué. Celui de sa naissance. Alors qu'habituellement, les parents admirent leur enfant, les siens avaient compris que quelque chose n'allait pas chez elle. Urée, souffle au cœur, deux mois d'hospitalisation. Au moment où se tissait habituellement la relation d'attachement, ils étaient isolés, chacun de leur côté.

De petite fille discrète, elle était devenue adolescente rebelle. Une façon de leur dire qu'elle n'acceptait pas ce silence, ce froid, cette inertie des sentiments ? Pourtant, rien n'avait changé.

Marie avait grandi avec la sensation d'être la femme invisible. Elle commençait des phrases sans jamais les finir, faute d'auditoire. Elle s'était posé mille questions sans jamais les dire à voix haute. Des interrogations : pourquoi était-elle si insignifiante ? Comment exister, malgré tout ? Elle s'était toujours sentie comme un galet rond qu'on essayait à tout prix d'insérer dans une allée de pavés. Irrémédiablement différente.

Marie était toujours étonnée quand quelqu'un se souvenait de son prénom. Même s'il s'agissait d'un membre de sa famille. Combien de fois avait-elle entendu :

« Tu t'appelles comment, déjà ? »

Que répondre ? La plus gênée des deux, c'était elle. Elle se justifiait d'être oubliée, délaissée, et on ne la calculait déjà plus.

Elle n'avait pas les épaules d'une cheffe de bande, d'un leader charismatique. En revanche, elle était celle qui écoutait les autres. Alors, elle en avait fait son métier. Écouter ceux qui souffraient, ne pas les cataloguer... Marie aidait les personnes à trouver leur solution. Ça, elle savait le faire. Elle s'y employait, comme pour conjurer le sort. Comme pour leur donner une autre chance…

Marie sursauta. Le haut-parleur de la gare annonçait l'arrivée imminente d'un train, informant les voyageurs. Elle sembla se rendre compte pour la première fois du décor qui l'entourait, émergeant enfin de ses pensées.

– Madame, c'est dangereux de vous tenir si près du bord ! Vous devriez vous éloigner, lui souffla un vieux monsieur au regard inquiet.

Elle le regarda fixement, sans mot dire. Elle aurait aimé lui demander : « À quoi me servirait d'être prudente si je ne trouve pas un sens à ma vie ? »

Mais elle ne prononça pas un mot, replongeant dans ses souvenirs.

Elle se rappelait quand, un jour, tout avait basculé. Une rencontre l'avait bouleversée et le temps s'était arrêté. Marie avait rencontré celui qui partagerait sa vie. Et là, elle s'était enfin sentie vivre ! Il la regardait. Il la voyait.

Elle avait d'abord cru qu'au bout de quelques mois, il aurait fait le tour. Qu'il aurait découvert ses artifices pour ressembler à quelqu'un, pour être quelqu'un. Elle le craignait tellement qu'elle le provoquait, jusqu'à ce qu'il lui fasse comprendre qu'il resterait, de toute façon. Pour elle. Et pour la première fois, elle s'était sentie aimée.

Ce fut comme un répit pour Marie. Elle se trouvait plus forte. Et beaucoup moins seule.

Ils décidèrent d'avoir des enfants, et l'amour qu'elle avait ressenti l'avait bouleversée. Elle comptait tellement pour eux, elle voulait leur donner l'attention et le dialogue qui lui avaient manqué. Mais les enfants grandissaient et vivaient leurs vies. Ils avaient de moins en moins besoin de leurs parents... Une présence de loin, figée et rassurante, leur suffisait.

Son apparence avait changé. De filiforme, passant inaperçue, elle avait pris du poids avec les grossesses et les années. Les kilos s'étaient accumulés pour former une armure supplémentaire, pour étouffer le cri de révolte qui l'animait encore. De plus en plus souvent.

Son mari ne la voyait plus. Tant que le repas était servi, cela lui suffisait. Et puis, peut-être que lui aussi avait revu ses exigences à la baisse… Était-il déçu par ce qu'elle était devenue ?

Pour qui comptait-elle ? Peut-être pour quelques amis, au milieu de tant de connaissances ? Et encore, ne se lassaient-ils pas de son caractère versatile, de son émotion à fleur de peau ?

Si elle partait, elle ne manquerait finalement à personne. Surtout pas à elle-même. La douleur n'était pas que psychique, elle lui tordait les tripes, comme si ses organes cherchaient à se faire la malle.

Dans sa tête, mille émotions se bousculaient. La tristesse et le désœuvrement faisaient partie d'elle depuis si longtemps qu'elle les côtoyait comme des amies. Mais la peur, insidieuse, venait se rajouter au tableau, tandis qu'elle fixait les rails devant elle.

Marie ne pouvait détacher son regard des traverses de bois, alors que ses pieds étaient si près du bord. Une première, pour elle, qui avait le vertige. Depuis combien de temps se tenait-elle ainsi ? Elle ne connaissait pas la réponse.

Elle réfléchit. Elle ne souffrait pas vraiment, en fait, mais était-elle heureuse ? Vraisemblablement pas. Avait-elle le droit de l'être ? Là était le fond de la question.

Elle se pencha dangereusement, hésitant encore à franchir le cap, celui qui la délivrerait d'une partie de ses démons.

Il était temps. Un bruit de ferraille résonnait. Le train approchait.

Sa décision fut vite prise. Elle monta dans le premier wagon et s'installa sur un siège, le cœur battant.

Elle avait droit à une autre existence. Loin de tout et surtout, loin de l'ancienne Marie. Le changement viendrait de l'intérieur. Mais il devait commencer par une page blanche.

Elle méritait une chance de se reconstruire. Elle s'imaginait déjà dans des lieux inconnus, où elle serait libre d'être elle-même. Ou de devenir une autre femme.

Tout serait à dessiner dans un lieu où elle ne connaissait personne et où personne ne la connaissait.

Marie saisissait sa chance, maintenant.

# OH, LA BELLE VIE

Céline Servat

Cette nouvelle a gagné le prix de Fleurance. Je réfléchissais à un thème et je butais un peu quand ma nièce Luna m'a parlé de vente en viager. L'idée était partie ! Vous allez maintenant découvrir l'histoire de Prudence...

## Oh, la belle vie

– Pourquoi je dois partir en colonie ? C'est obligé ? Maman ! Répond-moi.

– Écoute Prudence, je ne comprends pas ta réaction. Le Gers, c'est une jolie région ! Ça va te changer de Créteil, des tours et du béton, tu verras.

Prudence ne voulait pas quitter sa famille. À dix ans, on a toujours peur de l'inconnu. Pourquoi sa mère la punissait-elle ? Elle faisait rarement des bêtises et elle écoutait presque à chaque fois qu'elle lui demandait de mettre la table… Mais rien n'y fit et le jour redouté arriva.

Prudence pleura au moment de monter dans le bus, et pendant de longues minutes encore. Jusqu'à ce que la fille assise à côté d'elle propose de lui prêter un de ses écouteurs. Elles avaient les mêmes goûts musicaux !

Lectoure. Elle eut un déclic devant ce village hors du temps, aux ruelles pleines de charme. Prudence avait adoré ce séjour et, malgré sa crainte initiale, elle s'était fait des amis et la semaine était passée à vitesse grand V, comme dans un rêve. Sur la route du retour, elle avait de nouveau pleuré à l'idée de quitter ce lieu enchanteur. Depuis, chaque année, elle se rendait au même endroit, près du lac des trois Vallées, une vaste étendue d'eau, aménagée avec des toboggans, des jeux et, surtout, des espaces verts. Prudence était enfin libre, elle était à sa place quelque part. De retour chez elle, elle parlait de ses vacances pendant des semaines.

Prudence grandit, elle devint trop âgée pour les colonies, mais elle n'oublia jamais cet endroit. Dès qu'elle commença à gagner de l'argent, elle se promit d'économiser pour s'installer à Lectoure définitivement. En attendant de réaliser son rêve, elle s'y rendait une fois par an. Elle déambulait dans les rues, s'imaginant dans une des petites maisons à étage. L'une d'elle attirait son attention et, chaque jour, elle l'observait longuement, projetant sa vie dans ce petit jardin tout mignon, derrière cette façade à colombages.

De retour à Créteil, elle parcourait les annonces mais, plus le temps avançait, plus Prudence se décourageait. Elle en avait encore pour des années à économiser sur son maigre salaire de serveuse, et puis, un CDD, ça ne rassure pas les banquiers ! Son projet piétinait et Prudence dépérissait, jusqu'à ce qu'un jour, elle tombe sur une annonce qui lui redonna espoir.

*Lectoure, Gers, vente en viager : petite maison de soixante-dix mètres carrés, deux chambres et un jardin de cinq cent mètres carrés.*

Prudence n'en croyait pas ses yeux ! C'était sa maison, celle qu'elle admirait pendant de longues minutes, à chaque passage dans la ville. Un viager, là était la solution ! La somme demandée au départ, appelée le bouquet, correspondait peu ou prou à ses économies. Et puis, elle pourrait obtenir un petit plus de la banque pour verser l'allocation mensuelle. Prudence n'en revenait pas. Folle de joie, elle s'imaginait déjà dans cette maison dont elle rêvait depuis si longtemps. Elle contacta immédiatement le vendeur, son numéro figurait sur l'annonce. L'échange fut très agréable. L'homme à la voix modulée par les années mais toujours dynamique, s'avéra charmant. Il se déclara enchanté à l'idée qu'une petite Parisienne puisse devenir la future propriétaire. Prudence raccrocha, ravie, avec néanmoins une petite pointe au cœur à l'idée de miser sur la mort de ce charmant monsieur pour habiter enfin cette maison, mais elle balaya ses scrupules d'un revers de main. Elle voulait fêter la bonne nouvelle ! Elle appela ses amis pour leur faire partager sa joie, même si elle n'y croyait pas encore vraiment.

Tout s'enchaîna assez rapidement, Prudence descendit un week-end pour visiter les lieux et signer le compromis de vente pour une maison dont elle n'avait vu l'intérieur qu'en photos. C'était un peu inconscient, mais elle savait qu'elle ne changerait pas d'avis.

Monsieur Robert, le propriétaire, avait quatre-vingt-trois ans et son gabarit un peu frêle était compensé par une verve et un humour décapants. Son visage doux s'illuminait dès qu'il souriait. Il lui fit visiter les lieux :

– Je vous évite la visite du garage attenant, il n'a pas beaucoup d'intérêt et j'y ai entreposé tellement de vieilleries qu'une chatte n'y retrouverait pas son petit. Voilà le salon. La tapisserie n'est sans doute pas à votre goût, je l'avais posée avec ma femme en 1972.

– Je n'étais même pas née ! releva-t-elle en souriant. Vous savez, je suis assez bricoleuse et je ne loupe pas une émission de Stéphane Plaza. Si ça vous dit, je peux rendre cette pièce très lumineuse avec les matériaux adéquats.

– Jeune fille, ne vous mettez pas en frais pour moi. Je suis habitué à ce motif fleuri, il plaisait beaucoup à Henriette, mon épouse. Et puis, vous ferez tout cela quand je ne serai plus de ce monde. Un vieux monsieur dans un décor de jeune, cela détonnerait !

Prudence était gênée de l'avoir amené à parler de sa mort prochaine. Elle se culpabilisait à l'idée de spéculer sur ce décès et n'insista pas, mais elle se sentait redevable. Robert était si gentil ! Elle aurait aimé que lui aussi profite de la villa, qu'il découvre, enchanté, une maison toute refaite, comme les participants de l'émission de M6. Son idée continua de germer et devint une obsession.

Un jour, elle se décida. Cela faisait des mois qu'elle dessinait des plans, découpait des revues, guettait les promotions dans les magasins. Elle planifia ses congés et se rendit à Lectoure. Toute excitée par la surprise qu'elle préparait, Prudence fit livrer du matériel de peinture dans le gîte où elle descendait depuis des années. Puis, elle se présenta devant la porte de Robert, souriante, en salopette de travail et les pinceaux à la main. Étonné de la trouver devant sa porte, Robert se départit rapidement de son sourire :

– Que faites-vous ici, Prudence ? Votre visite n'était pas prévue !

– Non en effet Robert, je voulais vous faire une surprise. Je vous ai réservé une chambre dans le gîte où je loge, et, en l'affaire de deux ou trois jours, j'aurai fait de cette maison un vrai nid douillet, vous n'en reviendrez pas.

– Je vous ai déjà dit que je ne voulais pas que vous touchiez à l'intérieur de ma maison. Vous n'avez pas à débarquer chez moi, comme ça, du jour au lendemain. Restez à Paris, nom de Dieu !

Furieux, l'homme claqua la porte sur le nez de sa visiteuse. Prudence s'attendait à quelques réticences, mais pas à ce point. Décontenancée, elle haussa la voix et tenta une dernière justification :

– Mais vous allez voir, Monsieur Robert, vous ne le regretterez pas ! On va faire du home staging et vous pourrez en profiter encore plus.

Elle attendit plusieurs minutes et le doute s'insinua en elle. Il ne revenait pas. Elle n'avait pas fait tout ça pour ça ! Elle voulait aller au bout de son rêve, elle visualisait déjà la maison après ses transformations. Robert ne se rendait pas compte du potentiel de son logement. Déçue, Prudence se dirigea vers la rue. Qu'allait-elle faire de la peinture et des accessoires ? Elle n'allait pas ramener tout cela à Créteil ? Sans compter qu'il pouvait toujours changer d'avis.

Indécise, Prudence tergiversa. N'y aurait-il pas un lieu où elle pourrait entreposer tout cela en attendant de convaincre Robert ? Elle contourna la maison, cherchant une solution et tomba sur l'endroit idéal. Le garage ! À en croire le propriétaire, il ne s'y rendait pratiquement jamais puisqu'il y entreposait ce qu'il n'utilisait plus. Il ne remarquerait pas les pots, si elle les mettait dans un coin… Décidée, Prudence poussa la porte. S'était-elle trompée de lieu ? Elle se retrouva nez à nez avec un homme en blouse blanche, attablé devant une paillasse, comme celle de la salle de physique, quand elle était au lycée.

Au même moment, une masse s'abattit sur sa nuque, et le choc résonna jusque dans sa colonne. Elle chuta et sa tête cogna le sol dans un bruit sourd, avant que le noir n'envahisse tout.

Quand Prudence reprit ses esprits, une douleur sourde explosa dans son cerveau. Elle avait si mal au crâne ! Que s'était-il passé ? Elle tenta de bouger mais sa main semblait bloquée, ou engourdie. Elle ouvrit les yeux et la souffrance s'amplifia, il lui fallut quelques secondes pour réaliser. Ses mains étaient attachées à un radiateur en fonte et ses pieds étaient entourés de scotch épais, la saucissonnant comme un colis.

Un rouquin de forte stature était assis devant un alambic. Il mâchonnait sa moustache, d'un air concentré. Des tas de récipients, tubes à essais et un réchaud étaient installés autour de lui. Prudence remarqua des sacs remplis de cristaux blancs, posés sur un établi. Il leva les yeux et leurs regards se croisèrent :

– Robert, ta donzelle se réveille.

Prudence fut un instant soulagé en apercevant le propriétaire de la maison, puis elle se fit la réflexion que non, il n'y avait pas de quoi être rassurée, finalement.

– Qu'est-ce qui se passe monsieur Robert ? Pouvez-vous me détacher, s'il vous plait ?

– Ben voyons, pour que tu continues à fouiner et à m'attirer des problèmes ?

– Je vous promets je ne vous embêterai plus avec la peinture ou la déco, supplia-t-elle.

– Si tu savais comme je m'en fous, de ta déco ! Mais sitôt libérée, tu irais trouver les flics pour leur parler de ça, dit-il en montrant l'installation. Dire que je pensais qu'en choisissant une Parisienne, on serait tranquilles ! Ma première acheteuse habitait Masseube, j'aurais pu me douter qu'elle serait envahissante, mais Créteil, ce n'est quand même pas la banlieue de Lectoure. Y a pas à dire, tu es une sacrée emmerdeuse.

Prudence était terrorisée. À quel moment la situation avait-elle dérapé ? Ces gens fabriquaient de la drogue, elle les avait dérangés et maintenant, elle allait en subir les conséquences. Mais pourquoi avait-elle insisté ? Elle avait du mal à respirer, sa gorge se serrait spasmodiquement sous le coup de l'angoisse et des larmes ne tardèrent pas à couler le long de ses joues.

– Je ferai comme si je n'avais rien vu. Je vous en prie, Robert, ne me faites pas de mal !

– Maintenant que tu t'es mise dans la merde, ma petite, tu vas en payer les conséquences. C'est trop tard pour regretter.

– S'il-vous-plaît… murmura-t-elle, dans un gémissement.

Mais elle ne savait que demander. Pourquoi l'auraient-ils écoutée, de toute façon ?

Walter, agacé, grommela :

– Fameuse idée ce viager, vraiment !

– Écoute, Walter, tu ne vas pas t'y mettre ! C'est toi qui m'as dit qu'on ne devait pas se faire remarquer, que personne ne devait imaginer ce qu'on fabriquait ici.

– Et tu trouves que c'est réussi ? Explosa-t-il.

– Tu sais bien que ma petite retraite ne me permettrait pas de garder cette maison. Je continue de penser que le viager est l'alibi parfait pour faire ce que l'on veut sans se faire repérer.

– La preuve...

Prudence tremblait. La frayeur avait pris toute

la place, elle n’arrivait pas à penser. Bon sang, elle n’avait rien fait de mal ! Elle voulait juste éclairer la vie d’une personne âgée avant son décès. Elle pleurait, la morve coulait de son nez, inondait sa bouche. Ses mains liées l’empêchaient de s’essuyer et elle frottait sans arrêt son nez et son menton contre son épaule, enduite de filets de bave et de sécrétions nasales.

À bout de nerfs, elle tenta encore :

– Je vous promets d’être sage. Muette comme une tombe !

– Justement ma petite, tu ne crois pas si bien dire…

Le rictus malsain de Robert la terrorisa. Prestement, il lui ouvrit la bouche de force, comme l’on fait avec un animal récalcitrant, et y enfonça un bout de tissu, avant d’entourer le bas de son visage du même scotch marron qu’il avait utilisé pour ses mollets.

Prudence hurla, mais son bâillon retint le cri et le transforma en gargouillement. L’effort la surprit et elle manqua de s’étouffer, alors que des bouts du tissu pénétraient dans sa gorge, irritait ses muqueuses, et qu’une envie de rendre l’assaillit. Son corps fut pris de hoquets, elle essaya de les contenir, de peur de s’étouffer dans son propre vomi. Elle ne voulait pas mourir et surtout pas comme ça !

Elle réussit à contrôler les spasmes de son estomac et soulagée, leva les yeux : Robert brandissait une masse et, la tenant à deux mains, l’abattit à nouveau sur son crâne, de toutes ses forces.

Prudence entendit des sons lointains, elle était dans un univers ouaté, où rien ne l’atteignait vraiment. Elle reconnut l’odeur de l’herbe, sans doute celle du jardin. Elle adorait l’odeur d’herbe coupée. En fait, il s’agissait plutôt de celle de la terre. Elle voulut gonfler ses poumons mais quelque chose la comprimait. Ses jambes. Ses cuisses. Sa tête… Tout son corps était sous tension. Paniquée, Prudence ouvrit les yeux, et de la boue tomba sur ses pupilles, la brûlant instantanément. Elle aurait voulu les dégager mais ses mains étaient bloquées. Où était-elle ? Elle avait si peur de comprendre… Ils l'avaient enterrée. Vivante.

Le moindre mouvement était impossible. La terre appuyait sur sa cage thoracique, engourdissait ses membres, provoquant des douleurs insupportables tandis que Prudence tentait encore de nier.

« Non, non, ce n'est pas vrai, c'est un cauchemar, sortez-moi de là, je ne veux pas mourir ! »

Des voix. Là, tout prêt ! Aurait-elle la force d'appeler au secours ? Elle hurla mais ce maudit bâillon étouffait tous les sons. Quelque chose se rompit dans son cerveau, une vanne qui libérait toutes les frayeurs les plus archaïques. Elle devenait folle de peur !

À quelques mètres d'elle, une voix féminine à l'accent britannique s'exclama :

– *My god,* votre maison est *so beautiful.* Je voudrais une comme vous pour *my* vieux jours. Vous vendez votre joli c*ottage* ?

– Justement, répondit Robert d'une voix plaintive, j'avais mis la maison en vente viagère mais mon acheteuse s'est désistée. Alors, pourquoi pas ? Vous vivez en Angleterre ? Vous êtes mariée ?

– *Sorry* je ne suis pas e*ngaged.* Comment dites-vous ici ? Célibataire ? Mais j'ai revenus, j'ai travail à la city à London. Mais je dérange-vous, *maybe* ? Vous plantez *some* fleurs ? Je vois la terre *turned* ?

– Non non, je prépare un petit potager, je vais y

planter des tomates, expliqua Robert, tapotant le rectangle de terre de sa semelle.

Prudence n'entendait plus rien, la terre pénétrait ses muqueuses, pesait de tout son poids, l'étouffait. Alors que Robert trouvait l'acheteuse idéale, elle mourut en quelques secondes, asphyxiée par le sol Gersois qui l'avait tant fait rêver.

# NUIT DE BARRICADE

Tomas Jimenez

J'ai écrit cette nouvelle pour un recueil publié par les éditions du Caïman en 2018 pour célébrer l'anniversaire de mai 68. Je voulais parler d'une femme et faire un clin d'œil si possible à la guerre d'Espagne. Je m'en suis largement inspiré. Le personnage de Nani est en partie inspiré par ma mère Danièle, dont c'est le surnom...

# Nuit de barricade

C'est une journée qui promet d'être chargée pour les forces de l'ordre. Aujourd'hui, vendredi dix mai, cela fait maintenant plus d'une semaine que le mouvement de contestation des étudiants de la Sorbonne a commencé et il fait tache d'huile. Les flics ont dû abandonner la place Denfert-Rochereau aux lycéens qui ont afflué par milliers dès dix-sept heures. Les agents en sont réduits à gérer la circulation et à dévier les voitures qui veulent emprunter ce chemin. Les jeunes ont l'air décidé et occupent les lieux jusqu'à l'arrivée des étudiants vers dix-huit heures trente. À l'arrivée du cortège d'étudiants et de carabins, tout le monde se dirige dans un premier temps vers la prison de la Santé. Ils tiennent à s'y rendre pour manifester leur soutien à leurs camarades, bien que ces derniers aient été, en réalité, emmenés à Fresnes, ce que les étudiants ignorent. Ils sont plusieurs centaines à avoir été arrêtés et emprisonnés quelques jours plus tôt, le trois mai.

Le cortège est impressionnant. Plus de vingt mille personnes participent à la manifestation qui se dirige maintenant vers le ministère de la justice. Le service d'ordre parvient relativement bien à contenir les débordements, et les flics se tiennent à l'écart pour l'instant. Dans le cortège, le bruit court qu'une délégation doit être reçue par le recteur dans la soirée. Cette manifestation doit être une démonstration de force et doit peser dans les discussions. Un mot d'ordre circule. Il faut occuper le quartier Latin, et le défendre à tout prix.

Les manifestants ont pour consigne de s'auto-organiser pour construire des barricades dans des endroits stratégiques et de tenir à distance la police. Différents groupes de jeunes s'éparpillent dans les rues et des assemblées s'organisent. Certains avancent l'idée que le mouvement doit demeurer pacifique. Pour d'autres, au contraire, il faut se préparer à un affrontement, un choc frontal avec les forces de l'ordre. Rue Legoff, on a déjà commencé à édifier la première barricade. Les grévistes se sont emparés de tout ce qui leur tombait sous la main pour la construire : voiture, panneaux de signalisation, grilles d'arbre et planches de bois. Un groupe s'est spécifiquement consacré à déterrer les pavés.

Danièle a tout juste dix-huit ans, l'âge idéal pour faire la révolution, comme lui a dit un de ses camarades. Depuis toute petite, tout le monde l'appelle Nani[1], du fait de son esprit rebelle et contradictoire qui lui fait dire non à tout ce qu'on lui demande de faire. Elle a de longs cheveux bruns, et le teint mat. C'est une jeune fille plutôt frêle, mais décidée. Elle s'est engagée dans le mouvement dès les premiers jours du conflit et a été révoltée par les arrestations

1. Nani signifie non en occitan

et les scènes de répression de ces derniers jours. Elle s'acharne sur les pavés, tout d'abord à mains nues, avant de s'aider d'un opinel. Une vieille dame, dont l'âge paraît osciller entre soixante et soixante-dix ans, s'approche d'elle et l'apostrophe :

– Vous ne vous y prenez pas comme il faut, vous devriez mettre des gants !

– Ne vous inquiétez pas pour nous. Ce ne sont pas quelques écorchures aux mains qui vont nous empêcher de faire la révolution.

– Ce n'est pas de cela dont je vous parle. Si je vous recommande d'en mettre, c'est uniquement pour vous éviter de vous faire repérer. Les policiers comprendront vite ce que vous avez fait en voyant vos mains noircies. Et ce détail leur suffira pour vous confondre et vous embarquer. Je vais retourner chez moi chercher mes gants et essayer d'en trouver quelques paires pour vous. Je ne vais pas tarder à revenir, je n'habite pas très loin.

Nani reste interloquée par cette rencontre inattendue. Elle regarde la vieille dame quitter les jeunes et se mettre en route, en direction du mur de CRS.

Du côté des flics, justement, personne ne bouge. Armés de leurs matraques et de leurs boucliers, ils attendent impatiemment qu'on leur donne l'ordre d'intervenir. Ils sont prêts à en découdre et ont préparé un stock de grenades lacrymogènes. L'un deux aperçoit la vieille dame au loin.

– Qu'est-ce qu'elle fout là la vieille ? Elle est maboule ou quoi ? Brigadier Joffrin, allez voir ce qu'elle fabrique, elle est complètement paumée.

– Mais chef, c'est que ça à l'air de bouger

sérieusement en face. Ce n'est pas pour rien qu'ils montent des barricades, ils veulent en découdre. Si j'y vais seul, je risque d'être pris pour cible.

– Je ne veux pas le savoir. Si jamais on apprend qu'on a laissé une mamie déambuler sous les cocktails Molotov sans intervenir, je peux dire au revoir à mon avancement pour un bout de temps.

Au quartier Latin, les barricades ont commencé à prendre forme. Certaines sont impressionnantes et s'élèvent sur plus de trois mètres ! Les étudiants occupent les rues et quelques-uns commencent à balancer des pavés et des cocktails Molotov en direction des flics. Au milieu de ce décor de guérilla urbaine, le brigadier se faufile pour récupérer la vieille dame que son chef lui a ordonné de sauver.

Quand il s'approche d'elle, elle a tout d'abord un mouvement de recul et fait quelques pas en arrière. Mais il la rassure et tend la main dans sa direction :

– Ne vous inquiétez pas ma petite dame. C'est la police, vous ne risquez plus rien. Je vais vous conduire en lieu sûr, il ne faut pas rester là c'est trop dangereux.

– Oh, vous savez, il en faut plus pour m'effrayer, j'en ai vu d'autres.

L'agent Joffrin a tout de suite noté un léger accent chez son interlocutrice. Mais il n'a pas le temps pour l'instant d'approfondir la question. Ils sont à découvert, il faut déguerpir au plus vite.

– Vous ne vous rendez pas compte. Ils sont capables de tout en face. Ces jeunes-là, c'est de la racaille. Des anarchistes, des gauchistes sans foi ni loi. Ils ne respectent rien.

Le brigadier fait quelques pas en avant et saisit la vieille dame par le bras en la tirant vers lui. Il l'entraîne derrière le cordon que forment les forces de l'ordre et les C.R.S. Le chef s'approche d'elle et commence par la sermonner :

– Vous êtes à la masse ou quoi, mamie ?

– Chef, je crois qu'elle n'est pas française !

– Vous comprenez ce que je dis ?

– Oui je comprends très bien. Arrêtez donc de hurler. Je ne suis pas sourde, vous savez.

– Sourde, peut-être pas, mais inconsciente, sûrement. Vous ne voyez pas ce bordel ? Vous devriez être calfeutrée dans votre maison, comme tous ceux de votre âge, à boire une tisane en discutant avec vos voisines. Vous n'avez rien à faire ici. Brigadier, raccompagnez donc cette pauvre femme chez elle !

– Oui chef !

La vieille dame donne son adresse, située à quelques rues. Le duo se met en marche. Sur le chemin, l'agent remarque que la vieille à l'air contrarié. Il décide d'engager la conversation :

– Alors, je ne me suis pas trompé, hein ? Vous n'êtes pas d'ici ? Vous êtes espagnole, c'est ça ?

– Pas d'ici ? Qu'est-ce que ça veut dire ? Ça fait des dizaines d'années que j'habite le quartier. Je le connais certainement mieux que vous. Alors, qui de nous deux n'est pas d'ici ?

– Non mais ce n'est pas ce que j'ai voulu dire. Moi, vous savez, je n'ai rien contre les étrangers, hein ! Enfin, contre les Espagnols en tous cas, rien de spécial.

– D'abord, je ne suis pas espagnole. Même si je dois avouer que j'ai passé un certain temps en Espagne. Non, moi, c'est en Argentine que je suis née.

– En Argentine ?! Eh bien, on peut dire que vous

en avez fait du chemin ! Moi je n'ai jamais quitté le pays. Avec ma femme et mon fils, on va tous les ans en vacances à Argelès sur mer, au bord de la Méditerranée. C'est encore la France, mais là-bas aussi ils ont un drôle d'accent.

– Oui je connais cette plage. C'est effroyable de voir que des gens puissent se prélasser au soleil sur ce qui a été un cimetière.

– Hein ? De quoi vous parlez ?

– De rien...

– Bon c'est encore loin ?

– Non, c'est juste là. Vous pouvez me laisser.

– Ah, non, ma petite dame. Le chef a dit de vous raccompagner jusque chez vous pour être sûr que vous y restiez bien tranquillement. Je vous ramène jusqu'à votre porte. Vous savez, dans pas longtemps, ça va être la guerre, là dehors.

La vieille dame s'arrête devant la porte d'un petit immeuble et s'engouffre à l'intérieur, suivie par le brigadier Joffrin. Elle prend les escaliers et s'arrête devant la porte d'un petit appartement au troisième étage.

Elle entrouvre sa porte et le brigadier tente de la suivre à l'intérieur. Mais elle se retourne et le salue poliment.

– Voilà, monsieur l'agent. N'ayez crainte. Je suis arrivée à bon port, vous avez parfaitement rempli votre mission. Vous pouvez retourner à vos affaires ! Vous avez certainement tout un tas d'étudiants à matraquer ! La France a besoin de vous. Adieu et merci.

Elle referme sèchement sa porte avant même que le policier ait pu lui répondre. Joffrin demeure un instant interdit, figé, devant la porte. Puis il reprend ses esprits et redescend les escaliers en marmonnant.

– Complètement à la masse la mamie. Pff, quelle rapiat ! Elle ne m'a même pas offert un coup à boire !

À l'intérieur de l'appartement, la vieille dame s'affaire. Elle trouve immédiatement sa paire de gants blancs dans le tiroir du petit meuble de l'entrée, où elle a l'habitude de la ranger. Au-dessus du meuble trône la photo d'un jeune homme souriant, coiffé d'un béret. Il porte l'uniforme des chefs de milice du P.O.U.M. Juste à côté de la photo, il y a un article de journal jauni, qui relate en français la mort d'un camarade nommé Etchebehere. Selon l'article, ce dernier a été fauché par une balle sur le champ de bataille, alors qu'il dirigeait un détachement poumiste sur le front de Siguenza, pendant la guerre d'Espagne.

La vieille dame s'arrête devant la photo et contemple l'homme qu'elle a aimé.

– Ay querido ! Si tu savais comme tu peux me manquer, depuis toutes ces années. Mais je n'ai pas le temps de faire la causette avec toi, ce soir. Tu sais bien que je n'ai jamais pu résister à l'appel des barricades ! J'ai même l'impression de rajeunir, tout d'un coup… Comme j'aimerais que tu sois là, avec moi. Je suis certaine que l'on s'amuserait bien. Allez, ne t'inquiète pas pour moi, tu sais que je me suis sortie de situations bien pires ; je t'embrasse mon amour, à demain.

Elle part fouiller dans une des commodes de sa chambre, d'où elle sort quelques paires de gants supplémentaires et deux écharpes. Elle regarde la rue par sa fenêtre et ne décèle aucune présence policière. À l'heure qu'il est, l'agent qui l'a raccompagnée doit déjà être trop occupé à tabasser du gauchiste. Elle passe par sa cuisine et imbibe les deux écharpes de vinaigre. Elle sort, ferme son appartement à clef et dévale les escaliers, aussi vite que le pourrait une gamine de soixante-six ans, impatiente de se rendre à une fête.

En s'approchant du théâtre des événements, elle se rend compte que les flics sont toujours impassibles : Ils éteignent bien quelques départs de feu dus à des jets de cocktails Molotov, et balancent de temps en temps quelques grenades lacrymogènes pour répondre aux grévistes, mais ils n'ont pas encore reçu l'ordre de charger.

La vieille dame parvient à se faufiler sans se faire remarquer par les cognes. Elle fait des détours pour les éviter au maximum, mais est parfois contrainte de passer à quelques mètres d'eux. Elle arrive à regagner la rue Legoff, où, à vingt et une heures quinze, s'est élevée la première barricade de la soirée, qui passera à la postérité sous le nom de « nuit des barricades ». Un jeune, juché tout en haut, l'apostrophe :

– Eh, mamie, qu'est-ce que vous faites là ? Vous êtes sûre d'être au bon endroit ?

– Une barricade n'a que deux côtés, et je suis certaine de me trouver du mien. À dire vrai, ça fait des années que je ne m'étais pas sentie autant à ma place !

Le jeune la regarde, stupéfait. Il ne sait pas quoi lui répondre.

De l'autre côté de la barricade, elle retrouve Nani, toujours occupée avec ses pavés. Elle enfile sa paire de gants et tend les autres à la jeune étudiante.

– Tiens, c'est pour vous. Distribue-les et explique le truc à tes camarades.

– Tu sais que tu es vraiment incroyable toi ? Je t'imaginais bien au chaud dans un petit intérieur bourgeois. Je ne pensais vraiment pas te voir revenir !

Nani, souriante, s'équipe et file expliquer l'astuce à ses collègues. Elle revient ensuite vers la vieille dame. Elle l'observe un instant déterrer les pavés. La vieille à l'air excitée comme une gosse mais reste très digne, parée de ses gants blancs qui se remplissent peu à peu de poussière.

– Merci encore hein, c'est vraiment sympa de nous aider !

– Tiens prend cette écharpe. Quand ils commenceront à balancer les gaz lacrymogènes, pense bien à la mettre sur ta bouche et ton nez ! Ça t'évitera d'étouffer.

– Toi, tu n'es vraiment pas banale! Comment tu peux savoir tout ça ? Dis, c'est quoi ton petit nom ? Moi, tout le monde m'appelle Nani.

– Moi c'est Mika, Mika Etchebehere[1]. Et il y a très

1 Mika Feldman est née en 1902 en Argentine, dans une famille d'exilés Russes juifs fuyant les pogroms. Elle y milite dès l'âge de quinze ans, dans différents groupes anarchistes avant de rencontrer Hipolito Etchehebere. Elle décide de s'engager, au côté de celui qui deviendra son compagnon au Parti Communiste Argentin, dont tous deux seront très vite exclus pour leurs idées anarchisantes et leur soutien à Trotsky. Ils fondent ensuite le Parti Communiste Ouvrier, de tendance trotskyste et anti bolchevique. Ils se rendent en Europe en 1930 et s'engageront en Espagne dès les premiers jours du coup d'état fasciste, dans une colonne motorisée du P.O.U.M. dont Hipolito prend le commandement. Il meurt au combat pratiquement un mois plus tard

longtemps, on m'appelait « Capitana ». Mais c'était une autre époque. Peut-être que je te raconterai tout ça un jour. Je suis enchantée de faire ta connaissance.

---

et Mika est élue responsable de la compagnie par ses frères d'armes. Lors de la militarisation des milices, elle intègre la XIVe division del Ejercito Popular, dirigée par Cipriano Mera, un libertaire. Elle est la première femme à intégrer le rang des officiers en étant nommée Capitaine. Elle est arrêtée par les staliniens, mais Cipriano Mera intervient pour la faire libérer. Elle milite alors auprès de l'organisation féministe libertaire MUJERES LIBRES et combat à leurs côtés jusqu'en juin 1938. Les femmes seront alors démobilisées et renvoyées vers l'arrière du front mais elle continue à militer dans le groupe et donne des cours d'alphabétisation à Madrid. Elle regagne la France au moment de la Retirada puis retourne dans sa famille, en Argentine, pendant la seconde guerre mondiale. Elle revient s'installer en France quelques temps après la Libération et continue ses activités militantes. En mai 68, elle participe à des assemblées de grévistes, où sa parole est remarquée et appréciée, et distribue des gants blancs aux étudiants qui dépavent les rues. Elle meurt le 7 juillet 1992 à Paris et ses cendres seront - clandestinement et conformément à ses vœux - dispersées dans la Seine.

# LE JOUR J

Céline Servat

J'ai été marquée, adolescente, par la chanson « Deuxième génération », de Renaud. Plus tard, en tant que travailleuse sociale, je me suis demandé comment les jeunes trouvaient leur place entre deux générations, entre deux cultures, dans une cité qui peut paraître inhumaine et enfermante.

# Le jour J

Aujourd'hui c'est le jour J. Le premier jour d'une nouvelle vie dans la lumière. Le jour où on va me prendre en considération. M'écouter enfin.

Je suis né il y a seize ans, dans cette ville. Dans ces HLM. Dans ce quartier. Dans cette famille. Je vis dans l'une de ces barres verticales pensées comme avant-gardistes et innovantes il y a soixante ans. Au bout du compte, des prisons à ciel ouvert. L'endroit désigné quand on est membre d'une famille issue de l'immigration.

Naître sur « le territoire français », comme ils disent, alors que mes parents, Marocains, ne parlent pas un mot de « ma langue » ce n'est pas évident. Passer pour un mitigé, un rebeu, alors qu'au Maroc on me traite de « Français ». C'est dur. Où que je sois, je suis différent. Je ne suis jamais complètement moi. Partagé entre deux pays, deux cultures, et un faciès qui parle pour moi. Il paraît que si j'étais fils d'immigré Espagnol ou Italien, je vivrais aussi cette fracture. Peut-être, mais je ne sentirais pas les regards racistes des bien-pensants qui détestent et ont peur de ceux qui ne sont pas comme eux.

Quand j'étais petit, je ne me rendais pas compte de cet enjeu. À l'école, j'ai travaillé comme un malade. Je voulais que mes parents soient fiers de moi, avoir plein de copains, me préparer un avenir, comme disait mon père. Puis, je me suis aperçu que cela m'éloignait des autres. De mes camarades, de mes voisins. Je travaillais «comme un bon petit français » me disaient certains. Ils me mettaient de côté, me fustigeaient, me disaient que je ne faisais pas partie des leurs. Mais alors, à qui ressemblais-je ? J'étais perdu, sans sentiment d'appartenance, de référence. Je pleurais sans arrêt.

Mon seul moment de détente était l'association de quartier ; Je participais à un projet cinéma où l'on décortiquait des films cultes. J'ai découvert « Usual suspects », « Les affranchis », « The wall » ou « Virgin suicide ». Un monde s'ouvrait à moi, un ailleurs mais toujours chargé de désespoir. Même mes tentatives d'échappatoire étaient sombres et sans issue ! Comme ma cité. Comme ma vie.

Je sombrais peu à peu, j'avais l'impression que les barres d'immeubles se resserraient, m'étouffaient, menaçaient de s'effondrer sur moi et de m'engloutir, me condamnant à finir ma vie sous les décombres.

Alors, j'ai pris une décision. J'ai arrêté toutes ces conneries, sous peine de devenir fou. Je ne pouvais pas devenir quelqu'un de bien, alors autant m'inscrire dans la lignée de mon quartier. J'ai laissé tomber les devoirs, les dictées et tout ce foutoir, et je les ai suivis. J'avais enfin un groupe de copains qui me ressemblait et qui avait les mêmes problèmes que moi avec leurs parents, leurs frères, la cité... et les autres.

Nous vivions dans des logements publics… Nos quartiers étaient des ghettos. On nous parquait dans des tours qui nous cachaient le ciel, on nous cantonnait dans des blocs de béton. On a vite compris que ce qui nous arrivait était à cause des autres : de la flicaille qui rêvait de nous passer à tabac, des fils à papa qui vivaient dans les beaux quartiers, des Français de souche qui nous dévisageaient dédaigneusement, des administrateurs de merde qui apposaient un tampon « refus » systématique quand ils voyaient un nom maghrébin sur un formulaire de demande de mutation de logement ou sur un CV.

Pourtant, on portait aussi des Nike, des Adidas ou des Lacoste, on suivait leur mode à la lettre, mais on n'était pas considérés comme faisant partie de leur monde.

On leur en voulait. On devenait obnubilés par cette injustice, cela devenait une obsession. Notre colère s'était transformée en haine, notre haine en soif de vengeance. Alors, en réaction à leur rejet, on parlait la langue de nos parents, on pratiquait la religion à outrance, on vantait les mérites d'une culture aujourd'hui disparue. Mais on n'était quand même pas des Marocains à part entière. On était les oubliés, les entre générationnels, les reclus, les exclus.

Comme on n'arrivait plus à s'en désoler, on en faisait un objet de fierté.

Mes parents étaient désespérés mais, peu importe la teneur de leurs propos, leur autorité était discréditée. Au bled, si tu bronchais tu prenais une baffe et tu t'arrêtais vite pour ne pas en prendre une deuxième. Ici, ils n'osaient pas me toucher, de peur d'être punis par la loi. Ils ne voulaient surtout pas d'une assistante sociale qui viendrait leur dire comment réagir, dans leur maison. Ils voulaient y arriver par eux-mêmes, comme leurs darons avant eux. Pourtant, ils n'arrivaient plus à me retenir par la parole, oscillant entre leçons de morale et suppliques. J'avais pris le dessus sur eux. J'en étais honteux et fier à la fois.

Un jour, la municipalité a décidé de faire des travaux, de tout repeindre en jaune, mettre un coup de neuf sur nos façades. De quel droit ? On ne leur avait rien demandé. Ils voulaient peut-être jeter un œil moins coupable en passant devant le quartier, le matin ? Pourquoi ne pas peindre que le haut des immeubles, tant qu'ils y étaient, histoire de masquer ce qu'ils apercevaient depuis l'autoroute, juste assez pour leur donner bonne conscience ? Pourquoi ne pas, plutôt, réparer les coursives pourries et les appartements pétés ? Alors on a tout bousillé. Puisqu'on ne pouvait pas vivre comme ces bourges dans leurs belles villas, celles que l'on regardait pendant des heures en faisant des plans sur la comète, on allait montrer aux médias dans quelle merde on créchait.

Ils n'étaient jamais revenus pour finir leurs mosaïques.

Quelques mois plus tard, ils nous avaient déniché un éducateur. Sans doute un jeune fraîchement diplômé et plein de bonne volonté. Ou un tellement naze qu'ils n'en avaient pas voulu ailleurs. En tout cas, on l'a fait plier, le gars. Premier jour, la bagnole. Deuxième jour, son local. Il était parti comme il était venu, précipitamment. On avait alors compris quelque chose d'important : on leur faisait peur. Quelle victoire quand on l'avait pigé !

Ce n'était pas du dédain, finalement, mais de la peur qu'ils éprouvaient pour nous. Les cartes avaient enfin changé de main. Mais qu'est-ce qu'ils croyaient ?

Qu'ils allaient nous calmer à force de nous saigner à blanc, de nous refuser tout boulot bien payé, de nous regarder mal ?

Tant qu'on serait en nombre, les autres ne choisiraient pas notre vie. Il y aurait toujours des cons pour nous refuser ce que l'on voulait. Alors on allait le prendre.

J'avais toujours eu envie d'être sous les lumières. Mon plan se précisait peu à peu.

On avait commencé par allumer le plus beau feu de joie de la ville. Les flics étaient venus, bien sûr. Mais qu'est-ce que ça avait changé ? La trouille les rendait impuissants. Même leur justice ne nous touchait pas. On était devenus les rois.

Une fois les dernières carcasses calcinées, j'ai cogité. Et après ? On ne pouvait pas s'en tenir à ça. Il fallait agir rapidement, avant que l'adrénaline ne retombe, aller toujours plus loin, frapper toujours plus fort ! On devait détruire les obstacles sur notre chemin : Les bureaucrates, les technocrates, les aristocrates de mes deux. Faire la guérilla. Pour cela je devais mobiliser mes troupes. Ma flamme en a découragé quelques-uns. Ils voulaient «juste s'amuser, rien de plus ». Ils trouvaient que, là, ça allait trop loin. Comme si on pouvait s'amuser avec une telle cause à défendre ! Pas de demi-mesure. Mon combat serait basé sur la prise en compte de notre ethnie comme une entité non négligeable. Il fallait frapper fort pour qu'ils comprennent le poids de leur rejet, qu'ils prennent la mesure de notre souffrance quotidienne. Nous devions donc user de tous les moyens possibles. De dernier arrivé, je devenais le chef de bande. Je leur ai fait visionner les films qui m'avaient façonné, j'ai conditionné mes troupes à coup de mots savants, entrecoupés de discours en arabe. Ça les a impressionnés, les a mis en transe.

Je les ai préparés à ne vivre que pour le jour J. C'est à dire aujourd'hui.

À partir de maintenant, tout va changer. Il y aura un avant et un après. Mon plan est simple. On va foutre le feu à ce qui nous entoure. Pour commencer, le supermarché, la salle de gym, les bistrots, les caves, les laveries. On commencera par balafrer notre quartier. Les flics et les pompiers arriveront. Timidement. Et nous, on les attendra sur les toits des tours. On se donnera du courage avec quelques verres, des pétards et de la musique. Mais surtout, en restant ensemble. Et, quand notre public sera là, quand ces représentants de la morale et du bon ordre nous chercherons, anxieux, craignant une énième attaque, nous nous jetterons des toits. Tous, sans exception.

Il y a des années, les héroïnes de Sophia Coppola m'ont ouvert le chemin. Ces jeunes filles désabusées avaient tout compris. Quand plus rien n'est possible, quand la vie ne pèse rien dans la balance, pourquoi continuer ? Le suicide est la seule option pour qu'ils prennent conscience de notre détresse, de l'impasse de nos existences.

La dalle qui a abrité nos rassemblements se chargera des corps sanglants de notre génération sacrifiée, de nos cervelles et de nos tripes. Tout le quartier portera les stigmates de notre geste. Il sera littéralement à feu et à sang. Il s'imprègnera de notre marque.

Mes compagnons savent que notre action sera

historique. Ils sont tous prêts. À moi de donner le signal.

On s'élancera dès les coups de frein des voitures à sirènes.

# LE SANGLIER DU LLOBREGAT

Tomas Jimenez

Tomas : L'idée de cette nouvelle m'est venue il y a deux ans. J'avais commencé à l'imaginer et à la mettre en forme, sans vraiment dépasser les quinze premières lignes, avant de l'oublier dans un coin de mon ordinateur. En retombant dessus pour ce projet de recueil, j'ai eu envie de la terminer.

## Le sanglier du Llobregat

Depuis des heures, une voix répétait en boucle dans sa tête « non mais quel con ! » sur un ton de plus en plus agacé et agressif. Une autre voix avait fait son apparition déjà bien avant celle-ci, mais elle était plus craintive et presque inaudible. Comme un gémissement, un murmure :

« Paumé, je suis complètement paumé ». Mais sa colère prenait de plus en plus le pas sur sa peur.

D'autres sons encore se bousculaient dans sa tête.

Certainement dûs à la douleur, au manque de repos, d'eau et de nourriture, pensa-t-il.

Comme pour les évacuer il se mit à hurler « MAIS BORDEL, QU'EST C'QUE JE FOUS LÀ ? »

L'écho de sa voix se perdit dans les montagnes du Llobregat avant de laisser place à un silence trop envahissant. Pourtant, quelques secondes plus tard, les chuchotements reprirent de plus belle... Devenait-il dingue ?

Quand il leur avait parlé de son projet, tous l'avaient averti. Mais plus on traitait Fred d'inconscient, plus on lui reprochait son inconsistance face aux dangers d'une excursion solitaire en montagne, son manque de préparation, d'expérience, sa condition physique incompatible avec un quelconque effort sportif... plus il se persuadait que c'était la meilleure idée qu'il ait jamais eue.

Et puis surtout, il s'entendait encore leur répondre, si sûr de lui, que de nos jours, avec les GPS et les portables personne ne pouvait plus se perdre quelque part, même en le voulant vraiment.

S'il restait des sceptiques, il rajoutait qu'enfant, il avait fait quelques excursions en famille sur des sommets pyrénéens, et s'inventait des souvenirs alors qu'en réalité il n'en gardait aucun. Pour achever de les convaincre, et de se convaincre lui-même, il exhibait alors la vieille carte IGN de montagne qui avait appartenu à ses parents et qu'il avait trouvée en fouillant dans leurs affaires.

C'est d'ailleurs ainsi qu'il avait choisi sa destination. Il avait pioché au hasard dans le tas et était tombé sur cette vieille carte du Llobregat.

Fred n'avait jamais entendu parler de ce coin auparavant et n'avait même pas spécialement envie de le découvrir. Là n'était pas l'essentiel. Il le sentait, le moment était venu pour lui, le citadin type, de se reconnecter à la nature et à son moi profond.

Après des années et des années de tournées à bouffer du bitume… Des kilomètres entassé avec son groupe, dans des mini bus trop petits et inconfortables. Agglutinés pendant des heures, dans des loges trop bruyantes et trop étroites. Hébergés dans des chambres d'hôtels minables, où la promiscuité avec un voisin de lit ronfleur ou fêtard rendait toute tentative de repos impossible. Tant de nuits souvent écourtées par les à-côtés, glorieux ou pathétiques, de la vie d'artiste. Fred avait besoin de grands espaces et de solitude.

Il venait, en plus, de se faire jeter par sa compagne après quinze années de vie commune. Il n'avait aucune perspective sérieuse de boulot avant plusieurs mois et approchait dangereusement de la quarantaine. Il espérait que cette parenthèse en montagne pourrait l'aider à faire un point nécessaire.

Et c'est ainsi qu'il en était arrivé à se perdre ici, au milieu de nulle part.

Le premier jour, tout s'était merveilleusement passé. Il suivait des sentiers balisés et pas trop escarpés. Cela ressemblait presque à une promenade. Il s'émerveillait de la beauté qui l'entourait. S'il n'avait pas réussi à atteindre de refuge, il avait adoré passer sa première nuit à la belle étoile, emmitouflé dans son sac de couchage, satisfait d'avoir suivi son intuition. Au son rassurant des crépitements d'un feu qu'il avait allumé lui-même, et après avoir englouti un repas frugal mais suffisant, il avait admiré le ciel une bonne partie de la nuit. Fred avait l'impression de n'avoir jamais vu autant d'étoiles de toute sa vie! Malgré les quelques bruits de la nature, il s'extasiait du calme et de la sérénité environnante. Il avait dormi d'un sommeil profond, sans même prendre la peine de monter sa tente. La deuxième journée, les chemins qu'il parcourait se firent plus étriqués et plus raides. Fred fit une mauvaise chute. Il suivait un sentier étroit quand il avait trébuché et avait dévalé la pente. Il s'en tirait avec quelques écorchures et une cheville foulée. Après avoir constaté que son téléphone portable s'était fracassé dans sa dégringolade, et s'être maudit cent fois de n'avoir rien pris d'utile pour l'aider à surmonter cette situation, il s'était contenté d'avaler deux dolipranes, et de fourrer la demi-plaquette restante dans la poche de son pantalon. C'est tout ce qu'il avait pris en cas de pépin.

Fred décida de se remettre en route. De ce qu'il avait cru comprendre après une étude attentive de la carte, le refuge ne devait plus être qu'à une demi-heure de marche, pour un homme valide. La meilleure solution était d'abandonner son sac, bien trop lourd, et de ne conserver que sa gourde, son paquet de clopes, sa boulette, son feu et ses feuilles. Son kit de survie quoi ! Il parviendrait plus facilement jusqu'au refuge, où il trouverait probablement de l'aide auprès d'autres randonneurs mieux équipés.

Il ramassa un bâton pour se faire une canne et soulager sa cheville douloureuse. La marche resta toutefois une épreuve et il progressa très péniblement.

Il errait depuis des heures, et ne parvenait pas à retrouver la piste balisée. Il eut bientôt la conviction qu'il tournait en rond. La nuit commençait à tomber. Fred commença à douter de l'existence même du refuge salvateur. Il pesta alors contre le manque de fiabilité de « l'antiquité » qui était censée lui servir à s'orienter :

– Putain de vieille carte de merde, tu ne sers à rien dit-il en la froissant rageusement.

La faim le gagna et il se rappela avoir abandonné toute la nourriture dans son sac à dos et n'avoir rien avalé depuis la veille. Le niveau d'eau dans sa gourde baissait rapidement, désespérément. Il s'en voulait tant !

C'était foutu. Il allait probablement finir par crever là, perdu dans la montagne. Des randonneurs le découvriraient dans quelques jours.

Il essaya de se calmer et décida de se rouler un joint pour faire le point. Au fur et à mesure qu'il le fumait, son esprit embrumé divaguait.

Au moins, pour une fois, on parlerait de lui dans la presse et les médias. Fred était même certainement en passe de devenir une gloire nationale. Il passerait peut-être même à la postérité, comme l'exemple type de tous les trucs à ne pas faire quand tu pars en rando, et les vieux raconteraient son histoire en se foutant de sa gueule, pour mettre en garde les plus jeunes pendant les veillées.

Il trouvait cela injuste. Bien qu'il n'ait jamais fait son métier pour la gloire ou l'envie d'être connu mais par pure passion, il était parvenu à se faire un petit nom comme guitariste dans la scène alternative et les milieux underground. Cependant, il vivotait de son art sans être célèbre et sans chercher non plus à gagner plus que de quoi subvenir à ses besoins. Et c'est finalement pour un accident à la con en montagne qu'on se souviendrait de lui, plus que pour ses années d'engagement sur scène. Quelle ironie !

Perdu dans ses pensées, Fred ne réalisa pas qu'il faisait à présent nuit noire. Et il n'avait ni abri, ni la force ou l'énergie de réunir de quoi faire un feu. Il commença à grelotter et regretta son confortable duvet, acheté pour l'occasion, mais abandonné dans son sac-à-dos.

Soudain, il entendit un bruit provenant des fourrés. Comme un grattement. Sous l'effet des fumées psychotropes, de sa peur décuplée par l'obscurité, il fut gagné par une bouffée de paranoïa, imaginant se faire charger par une bête sauvage. Au moins, ici, il n'y a pas d'ours, pensa-t-il. Et si c'était un sanglier ? Voilà qui était beaucoup plus probable. Il y en avait des tas dans le coin. Que fallait-il faire quand on se faisait charger par ces bestioles ? Est-ce qu'un sanglier avait déjà attaqué un homme ?

Le bruit recommença, plus proche cette fois. Oui, il en était persuadé maintenant. Un sanglier était là, tout proche, et allait bientôt l'agresser alors qu'il était déjà blessé et sans défense. Il se redressa tant bien que mal pour paraître le plus impressionnant possible. Il hurla en direction des fourrés avec l'intention d'effrayer l'animal. Quelle ne fut pas sa surprise quand une voix calme répondit à son cri et qu'une forme humaine sortit des fourrés.

– Qué estàs cridant, estúpid ?[1]

Il ne comprit pas les mots et la langue de son mystérieux interlocuteur mais ressentit un profond soulagement à l'idée de ne plus être seul et de trouver de l'aide

– Monsieur, señor, je suis français. Francès. Je suis perdu et blessé. Perdido et euh , putain comment on dit déjà ? Ah oui herido. Perdido y herido señor. Aidez moi. Ayudame por favor !

L'homme lui parût sans âge quand il se rapprocha de lui :

– Parla català!

1 Que cries-tu, homme stupide ! (catalan)

– Señor, no hablo catalan. Solo un poco de español.

– A donde te duele ?

– Je me suis tordu la cheville. Oh putain je ne vais jamais arriver à traduire ça, merde.

Il désigna sa cheville blessée.

– Aqui senor.

– Deja de llamarme « señor ». Soy Ramon. "Raymond" como se dice "en France". Espera un momento. Voy a volver.

– Vale, vale ! Moi c'est Fred. Ne me laissez pas ici hein ! No debes abandonarme, Ramon.

Fred eut à peine le temps de prononcer sa phrase que l'homme disparut dans la nuit noire. Le "momento" dura un certain temps qui parut une éternité au randonneur amateur. Était-ce une hallucination ? Est-ce que Ramon existait vraiment ou commençait-il à perdre les pédales ?

– RAYMOND ? RAMON ? hurla-t-il dans la nuit.

Mais personne ne lui répondit. Son angoisse grandissante le faisait penser à deux cents à l'heure.

Avait-il vraiment rencontré cet homme étrange et échangé avec lui ? Oui, il en était persuadé ! Ramon l'avait-il abandonné à son sort ? Non, impossible ! Il y avait, sûrement, une espèce de code d'honneur ou un truc du genre en montagne. Le vieux était certainement parti chercher du secours. Oui, c'était ça ! Mais vu la dégaine du mec, il paraissait hautement improbable qu'il possède un téléphone portable ou un autre moyen rapide de les contacter, mis à part celui de crapahuter des heures en montagne dans l'obscurité… Fred l'imaginait bien communiquer par signaux de fumée, à la manière d'un indien, mais bon en pleine nuit...

Soudain, sans faire le moindre bruit, Ramon réapparut. Il ne tenait aucun téléphone dans sa main et aucun secours ne l'accompagnait. Il portait seulement un bouquet de fleurs jaunes. Fred se dit alors que le vieux avait définitivement fondu les plombs. Ramon s'assit près de lui et enleva les fleurs et les parties hautes de la plante. Il les broya dans une vieille écuelle d'alu, qu'il sortit de sa besace sans couleur et d'un autre temps. Il les malaxa longuement après y avoir ajouté un peu d'eau, puis appliqua le mélange pâteux sur la cheville du blessé et, sans un mot, lui fit signe de ne pas bouger. Au bout d'une dizaine de minutes, Fred ressentit un soulagement incroyablement réel. Relevait-il de l'effet placebo ? Il constata vraiment, au bout d'un bon moment, que sa cheville dégonflait et que la douleur, jusqu'alors lancinante, s'atténuait.

Pendant tout ce temps, Ramon s'activa. Il ramassa du bois sec et alluma un feu près du randonneur du dimanche. À la lueur des flammes, Fred devina des cicatrices sur le visage du vieux. Ramon semblait si peu enclin à l'échange que le blessé n'osa s'aventurer à discuter avec lui, ou à lui poser la moindre question. Après tout, il avait la gueule ravagée mais il faisait preuve de bienveillance en s'occupant de lui. Et si c'était pour mieux endormir sa méfiance pour l'égorger ensuite dans son sommeil ?

Le vieux sortit justement un grand couteau de sa besace. Le cœur du randonneur amateur s'emballa, mais Ramon s'éloigna de nouveau. Il s'approcha d'un arbre, une espèce de pin, et dessina un grand rectangle sur une partie du tronc dont il ôta l'écorce. Il passa de longues minutes à découper des couches dans le bois et revint après en avoir extrait des espèces de lanières et des copeaux, prélevés dans la partie plus tendre du tronc. Toujours silencieux, l'homme des bois fit bouillir le tout dans sa gamelle cabossée. Fred l'observait. Était-ce la préparation d'un nouveau remède pour sa cheville ? Une fois la petite cuisine du vieux terminée, Fred comprit qu'il voulait qu'il mange cette mixture.

– Tu veux me faire bouffer du bois ? Tu n'es pas sérieux là ?

Le regard de Ramon confirmait qu'il ne plaisantait pas du tout. Fred n'y couperait pas.

– Bon, je goûte un tout petit peu pour te faire plaisir mais ne compte pas sur moi pour bouffer ça.

Il fut surpris par le goût de la préparation et finalement, la mangea entièrement. Il était affamé et n'allait pas faire le difficile.

Fred se sentit requinqué par ce repas surprenant mais salvateur. Le vieux examina la cheville du blessé.
- Tu dois te reposer et dormir maintenant, lui dit-il, dans un français impeccable, quoique marqué d'un fort accent espagnol. Demain on va avoir une longue journée.

Fred n'en crut pas ses oreilles !

– Ah mais tu parles le français alors ?

Ramon ne prit même pas la peine de répondre. Le blessé n'insista pas et ne se fit pas prier pour s'endormir promptement.

En pleine nuit et dans un demi-sommeil, il crut distinguer le vieux, debout à quelques mètres de lui.

Il ne comprenait rien de ce qu'il déblatérait, certainement encore un truc en catalan. Mais le rythme des mots, les sons qu'il percevait sans les comprendre, lui donnèrent l'impression que l'homme des montagnes à la gueule ravagée déclamait une poésie.

Il replongea dans les bras de Morphée, amusé par cette scène improbable et rassuré de ne pas le trouver penché sur lui, son couteau à la main.

– Vinga, aixeca't, anem !

Fred ouvrit les yeux au son de la voix du vieux et constata que le jour s'était levé. L'ancien avait veillé sur lui et n'avait probablement pas dormi. À la lumière du jour, le blessé constata que les cicatrices qu'il avait devinées sur le visage de l'homme étaient des brûlures. Elles avaient l'air d'être anciennes, mais il n'osa toujours pas lui poser la moindre question. Ramon éteignit le feu puis il entoura la cheville de Fred, qui avait nettement dégonflé, d'une bande de gaze. Le vieux l'avait préalablement enduite dans une nouvelle mixture à base de plantes qu'il était allé ramasser. Il lui avait également fabriqué une espèce de béquille, avec des branches et de la ficelle, pour l'aider à marcher et à se tenir debout.

Bien que la blessure de Fred aille beaucoup mieux, sa progression demeurait lente. Mais “gueule brûlée”, comme il le surnomma alors dans sa tête, l'aida et le guida sur les sentiers qu'il semblait connaître par cœur. Au court d'une courte pause, le blessé osa engager un embryon de conversation

– Dire que la première fois que je t'ai vu je t'ai pris pour un sanglier. Tu comprends ce que je dis Raymond ? Comment on dit ça en espagnol ? Un sanglier.

– Un jabali. C'est comme ça qu'on dit. Oui je comprends bien ce que tu dis. Tu n'es pas le premier à me le dire.

L'échange s'arrêta là, plongeant le blessé dans un abîme de perplexité.

Ils reprirent la route et aperçurent bientôt le fameux refuge, au loin. Fred devina qu'un groupe de randonneurs occupait les lieux car de la fumée s'échappait de la cheminée. Son cœur se gonfla d'espoir et il eut soudain envie de hurler de joie et de chanter. Il voulut serrer son sauveur dans ses bras et le remercier chaudement mais celui- ci s'était tout bonnement volatilisé.

– Eh oh, Ramon ! Où es-tu passé ? Ramon ?

Devant l'absence de réponse, il conclut qu'il s'était discrètement éclipsé, tel un Lucky Luke des montagnes, sachant sa mission terminée. Il ne restait plus que quelques mètres à parcourir.

Quand il ouvrit la porte du refuge, Fred trouva un petit groupe de randonneurs qui prit aussitôt soin de lui et organisa son "rapatriement". Le guide du groupe était catalan mais l'engueula pourtant en français quand Fred commença à raconter ses mésaventures.

– Tu aurais pu mourir. Tu as eu énormément de chance de tomber sur nous. Si nous n'étions pas en pleine excursion sur la route de Cara Cremada, tu n'aurais personne pour t'aider.

– La route de Cara Cremada ? C'est du catalan ? C'est presque comme en espagnol, cara quemada. c'est ça ? Ça veut bien dire gueule brûlée non ? Pourquoi cette appellation ?

– Oui c'est bien ça ! Cara Cremada était un anarchiste catalan. Nous randonnons sur les chemins qu'il empruntait pour ses activités de passeur et de résistant antifranquiste.

– C'est lui que j'ai rencontré ! Il m'a sauvé la vie ! Il n'est pas très causant mais je sais que c'est lui, il correspond à la description. On a pu un peu discuter, quand même. Ramon s'est occupé de moi, m'a nourri en me cuisinant un arbre, m'a soigné avec des fleurs jaunes puis m'a remis sur le bon chemin. C'est grâce à lui que j'ai pu arriver jusqu'ici.

– Qu'est ce que tu racontes ? La fatigue te fait halluciner, mec ! Tu dois être fiévreux, tu délires !

– Qu'est-ce que tu veux dire ? Je ne comprends pas.

– Celui que tu prétends avoir rencontré, Ramon Vila Capdevila, cara cremada ou cara quemada, mais aussi appelé largo paso ou el jabali…

– Ah oui Jabali, sanglier ? C'est un de ses surnoms ? Je comprends mieux maintenant. Eh bien ? C'est quoi le problème ?

– Cet homme, il s'est battu en Espagne puis en France pendant la seconde guerre mondiale, avant de revenir ici, dans le Llobregat, pour lutter dix-huit années supplémentaires contre le franquisme, en se cachant et en survivant dans ces montagnes…

– Ah ok, j'ai rencontré une légende, un héros. Vous êtes des fans et vous le traquez pour le rencontrer c'est ça ?

– Tonto ! Nous honorons sa mémoire et son combat. C'est le dernier guerrillero Catalan. Il est mort en 1963 dans une embuscade !

# LA FORCE DE L'ORDRE

Céline Servat

Cette nouvelle a aussi été écrite quand j'avais une vingtaine d'années et je l'ai retravaillée. J'avais appelé le personnage Willy en lien avec la chanson La balade de Willy Brouillard, de Renaud. Dans toutes les professions, il y a des professionnels qui ont perdu le sens de leur travail, ou qui sont rattrapés par la peur. Willy est de ceux-là.

# La force de l'ordre.

Willy n'avait plus le choix. Il respira profondément pour trouver la force d'avancer, poussa la porte d'entrée et recula un peu, par réflexe, devant la chaleur de cette journée d'avril.

« Le monde se détraque. Même le temps ne respecte plus l'ordre des saisons. C'est à devenir dingue ! »

Willy s'accrochait à ces considérations pour contenir la panique qui le gagnait. Il regarda autour de lui, méthodiquement, de son regard de flic habitué à détecter l'ennemi parmi la foule. Le danger ne semblait pas imminent. Il posa un pied dehors et son angoisse déferla sans prévenir, telle une vague en pleine tempête. S'il s'écoutait, il rebrousserait chemin, resterait à l'abri chez lui. Mais il devait se maîtriser car son absence au commissariat ce matin entraînerait à coup sûr une sanction. Il n'était pas sorti depuis dix jours. Il avait tenu le coup grâce aux provisions dans son congélateur et, surtout, grâce aux bouteilles neuves, entreposées dans son buffet. Gin, whisky, vodka, il les avait bues l'une après l'autre, puis l'une avec l'autre. Il cherchait l'apaisement à travers ces mélanges sans fin, mais la panique ne l'avait pas quitté. Tantôt sourde et grondante. Tantôt trépidante.

Il avait voulu la noyer mais il s'était juste perdu, pendant des jours entiers.

Mais pourquoi avait-il choisi ce métier ? Pourtant, il avait tant rêvé de l'exercer ! Lui le trouillard, le lâche - comme on le surnommait à l'école - lui qui se faisait marcher sur les pieds par les plus grands, et par les plus petits aussi…

Sans doute pour défendre les plus faibles à son tour ? Faire régner la justice ? Il avait en effet espéré changer le monde, à sa façon. C'était aussi le souhait de son père qui se réalisait par procuration. Mais, au fond de lui, Willy savait que ce n'était pas totalement vrai. Il était aussi flic par lâcheté. Parce qu'avec un uniforme, il n'était plus le même. Il avait acquis un statut, une puissance qui lui permettait de choisir les règles du jeu, de filer un coup de pied à un clodo ou de coffrer un zonard. Il était le représentant des forces de l'ordre.

Grisé par sa position, Willy avait presque oublié sa peur qui, terrée au plus profond de lui, ne demandait qu'à se réveiller… Or, tout avait basculé, deux semaines auparavant.

Au vu de ses états de service, il avait été nommé dans une équipe d'intervention d'urgence dans des banlieues, alors qu'il était peinard dans les rues résidentielles du nord de Castres.

En un claquement de doigts, il s'était retrouvé au quartier du *Petit train*, à vingt-deux heures, accompagné de trois collègues, excités à l'idée de montrer leur savoir-faire. Ils se racontaient des blagues sur les Maghrébins qui les faisaient mourir de rire. Marrantes, les blagues. Mais tenaillé par l'inquiétude d'un possible affrontement, Willy n'avait pas envie de plaisanter.

Des jeunes avaient mis le feu à des voitures, sur le parking de la mairie annexe. Allait-il rencontrer des délinquants, le couteau entre les doigts, les attendant impatiemment, prêts à en découdre ? Peut-être seraient-ils armés ? La frousse revint à l'attaque, plus forte que jamais et Willy craignait que ses collègues s'en aperçoivent. Il était si fébrile ! Il aurait l'air de quoi ?

« N'oublie pas Willy, tu as ton uniforme et ton Sig-Sauer, c'est toi la loi. » Il se répéta ces mots jusqu'à y croire suffisamment pour reprendre contenance.

Ils s'étaient garés devant le lieu de l'incendie. Personne à l'horizon. Les dernières voitures se consumaient et Willy soupira de soulagement. Pas d'affrontement à craindre ! Ils feraient un petit rapport le lendemain matin, et ce soir, ils iraient boire une chope ou deux, trois, même. Peut-être que ses collègues pourraient lui répéter leurs blagues, il ne les avait pas toutes comprises tout à l'heure... Willy s'y voyait déjà. Quelle belle soirée ce serait ! Mais, son regard se figea et la fureur lui donna des ailes.

– Eh les gars, matez ce qu'ils ont fait, ces fils de putes ! Ils ont osé cramer un Porsche Cayenne, les enfoirés !

Sa rage prenait toute la place. Willy avait toujours rêvé de s'offrir ce modèle, gris métallisé, comme dans ses rêves les plus fous. Il s'imagina à la place du propriétaire de cette voiture, économisant suffisamment sur son maigre salaire pour se la payer enfin, puis se garant innocemment sur un parking comme celui-ci pour, au final, la retrouver dans cet état… Il aurait voulu se venger, c'était certain ! Quel sacrilège ! S'il tenait le salopard qui…

Son regard inquisiteur s'arrêta sur un jeune beur d'environ treize ans qui assistait à la scène, un petit sourire sur les lèvres.

« Le criminel retourne indubitablement sur les lieux de son crime ! triompha-t-il. Mais voilà, ici, c'est moi qui porte l'uniforme, c'est moi le représentant de l'ordre, et je vais lui montrer ce qu'il en coûte de commettre un acte de cette gravité ! Puisqu'il s'en prend à moi, il va en payer les conséquences ! »

Willy courut vers le pré-adolescent, menottes à la main, prêt à l'entraver. Le garçon ne bougea pas, mais son regard haineux le glaça. La froide griffure de la peur lui serra la gorge.

« Eh les gars ! Voilà le coupable » cria le policier.

En plein élan, il poussa le jeune qui chuta. Le garçon, affolé, voulut s'échapper mais il lui jeta un moellon dans les jambes, coupant court à toute idée de fuite. Un grand craquement résonna et le gamin poussa un long hurlement, chargé de souffrance et d'incompréhension. Ce cri affola Willy. Allait-on prendre le gamin pour une victime et non pour ce qu'il était, un brûleur de voiture, un casseur ? Il le frappa et frappa encore. L'adrénaline monta, et Willy se sentit libéré, plus puissant encore à chaque coup, à l'éclatement de la lèvre, au saignement de son arcade. Il le cogna même quand il perdit connaissance, petit corps inerte ballotté par les coups tandis que ses collègues tentaient de stopper ce déferlement de violence. Willy se vengeait de ces années de collège où il avait subi la maltraitance de types comme lui. Il allait lui montrer qu'il n'était plus le fuyard ! Il était le vainqueur ! Il s'arrêta après de longues minutes, essoufflé par tant d'efforts. Ses poings lui faisaient mal mais il était heureux, comme s'il avait fini un marathon.

Ses collègues ne dirent mot, puis ils échafaudèrent un scénario qui leur parut crédible pour expliquer les coups : le délinquant avait sauté sur leur collègue et ils l'avaient stoppé. L'essentiel était qu'ils avaient leur coupable.

Les agents s'arrêtèrent à l'hôpital afin d'y déposer le suspect, toujours inconscient. Enfin, ils allèrent boire ce fameux canon que Willy espérait tant.

Pendant la soirée il tacha de garder contenance, sans se poser de questions sur les conséquences de ses actes, qui viendraient bien assez tôt. L'essentiel était de savourer son acte de bravoure.

Le lendemain, Willy se considéra grandi, lavé de tout affront. Il n'était plus un lâche et ne le serait jamais plus. Si son père le voyait ! Il était le flic dont il avait toujours rêvé.

À son arrivée au commissariat, il récupéra le courrier, comme à son habitude. Il aimait deviner d'un seul coup d'œil le contenu des lettres. Une carte de Charly, son ancien collègue, depuis son nouveau poste à Nouméa, quelques lettres pour le capitaine, principalement des familles le suppliant d'intervenir auprès des magistrats pour alléger la condamnation d'un alcoolique repenti ou d'un jeune chauffard fauché…

Au milieu du courrier, une enveloppe vierge l'intrigua. Qu'est-ce que cela pouvait être ? Une publicité ? Une délation de plus ? Il la retourna et l'ouvrit, impatient, avant de se figer.

« J'aurai la crevure qui a envoyé mon frère dans le coma »

À la lecture de ces mots, Willy trembla de la tête aux pieds, alors que son cerveau cogitait à toute vitesse, embrumé par les menaces. La lettre n'était pas signée, mais il imaginait, derrière ce papier, une multitude de visages basanés, prêts à l'égorger. Son angoisse, désormais familière -bien qu'il ait eu tendance à l'oublier ces dernières heures- le regagnait peu à peu, sûre d'elle, reprenant du terrain, l'envahissant enfin, alors qu'il avait pensé la reléguer aux oubliettes. Willy perdit pied. Il ne pouvait plus rester là, c'était trop dangereux, il devait se mettre à l'abri. Il partit chez lui et s'enferma pendant dix jours. Calfeutré dans son deux pièces, il ne pensa qu'aux menaces proférées et aux risques qu'il prenait maintenant.

« J'aurai la crevure qui a envoyé mon frère dans le coma »

Les mots dansaient dans son esprit, une écriture déliée sur du papier blanc, si blanc…

Il palpa son Sig-Sauer comme l'on cherche un doudou, afin de se rassurer. Il était là comme toujours, fidèle protecteur… Cela ne le réconforta qu'à moitié. L'ennemi pouvait lui tirer dans le dos, comme un lâche, et l'arme ne lui servirait à rien. C'était terrifiant ! De rêve, il était passé au cauchemar.

Après s'être terré un certain temps, Willy devait maintenant affronter l'extérieur. Il scruta les visages de chaque passant, prêt à dégainer à la moindre altercation.

« Rappelle-toi, c'est toi le chef, c'est toi le flic, tu dois poser les règles, nom de dieu ! »

Les jambes tremblantes, la démarche vacillante, il monta dans le bus. Prendre les transports en commun alors qu'il était recherché, traqué, en danger de mort, quelle folie !

Il allait tomber dans leur piège se jeter dans les griffes acérées de l'ennemi. Pourtant, il continua. Il le fallait ! Il ne devait pas leur montrer qu'il avait peur et, de toute façon, il n'avait pas le choix. S'il n'allait pas travailler, il perdrait son boulot et, avec lui, son uniforme. Et que serait-il sans ce poste, cette profession qui le définissait ? Il ne pourrait jamais s'offrir la Porsche grise, ni la conduire. Ces arguments le décidèrent à continuer. Il devait regagner le commissariat de l'Embouchure et se mettre à l'abri. Pour commencer.

Il descendit du bus. Le commissariat était au croisement et Willy se détendit peu à peu.

« Tu vois, ce n'était pas la peine de paniquer, personne n'osera te porter atteinte. Tu es inattaquable. »

Rassuré, il atteignit la rue menant au commissariat et commença à siffloter l'air qu'il avait entendu le matin même à la radio. Puis, son regard se figea. À quelques mètres de lui se tenait une adolescente d'une quinzaine d'années. Son visage était doux, ses cheveux bruns et frisés tombaient en cascade sur ses épaules et sur ses hanches. Elle avançait nonchalamment, posant sur lui un regard de braise. Willy était sur ses gardes. Malgré la beauté et le calme de la fille, il ne voyait qu'une chose : elle était métisse.

« À tous les coups, c'est sa cousine, sa petite amie ou sa sœur. Et si le message de menaces émanait d'elle ? À notre époque, les femmes étaient pires que les hommes. Et puis, qu'est-ce qu'une maghrébine ferait près d'un commissariat, sinon l'attendre ?

Calme-toi, Willy », s'exhorta-t-il. Mais il n'obtint pas le résultat escompté. Ses mains tremblaient sans discontinuer.

« Des Arabes, il y en a plein Toulouse, pourquoi serait-elle nécessairement de sa famille ? Ce n'est qu'une putain, comme il y en a dans ces rues, dans cette ville à la con. »

Il poussa un petit rire lugubre qu'il ne reconnut pas comme le sien, et la jeune fille leva vers lui des yeux interrogateurs. Qu'allait-elle sortir, un couteau ? Elle le lui planterait dans le lard avant qu'il ait dit ouf, l'embrocherait comme un agneau le jour de l'Aïd. Il ne voulait pas finir comme ça !

« J'aurai la crevure qui a envoyé mon frère dans le coma. »

Voilà sa vengeance ! Elle était face à lui, la peur le paralysait. Willy tenta de reprendre ses esprits, inspira très fort, chercha l'air autour de lui. Il marchait vite, très vite, la regardant droit dans les yeux, posant sa main sur la crosse de son arme, cherchant à définir d'où viendrait l'attaque, et… la croisa. Elle n'avait fait aucun geste contre lui ! Alors, ce n'était pas elle ? Il souffla, soulagé. Qu'il avait été bête de s'inquiéter comme ça ! Personne n'oserait l'attaquer, ce n'était que des paroles en l'air.

À cet instant, il entendit un cliquetis derrière lui, semblable à celui d'un revolver que l'on arme… Toujours sur ses gardes, Willy se retourna et tira.

La jeune fille chuta, au ralenti, tandis que résonnait le bruit sourd du coup de feu du policier. Il chercha l'arme de l'adolescente et ne trouva qu'un Zippo. Son seul tort avait été de s'allumer une cigarette.

Le sang teintait le trottoir de rouge. La jeune fille, paniquée, agonisait devant le flic aux rêves de grandeur.

Loin derrière Willy, quelqu'un hurla.

# LE TESTAMENT

## Tomas Jimenez

Cette nouvelle a été écrite pour répondre à une « commande » des éditions Arcane17 afin de célébrer les 100 ans de Georges Brassens.

J'ai été bercé par les chansons de Brassens, que mon père adorait – et adore toujours – écouter et reprendre en s'accompagnant de sa guitare. Je suis moi aussi devenu fan de ses textes finement ciselés et de ses mélodies imparables. Il est en quelque sorte un « modèle » ou du moins une forte inspiration dans ma démarche de chanteur et musicien. Ce fut surtout le cas avec le groupe L'Air De Rien dans lequel je chantais et écrivais en français.

L'idée de cette nouvelle m'est venue un soir de 2021, un peu plus d'un an avant les échéances électorales de 2022.

# Le Testament

Quelques semaines après son échec à la présidentielle, Jean-Marine rumine.

Elle se repasse mentalement la séquence télévisée qui a fait d'elle la risée de la France. Les « *mèmes* » à base de « ils sont là, ils sont partout » répètent chaque jour à l'infini son pétage de plombs sur le Net.

Elle déprime. Ses proches doutent d'elle. Son compagnon n'est pas là pour la soutenir. Depuis le débat, il s'éloigne d'elle. Comme tout le monde d'ailleurs. Elle est devenue une pestiférée. Son père a été le premier à l'accabler, la rendant responsable d'un naufrage que lui aurait su éviter. Sa nièce s'y est mise elle aussi, moins frontalement, mais tout aussi efficacement.

Une réunion de crise s'est tenue sans qu'elle y soit conviée. Avec ou sans elle, il faut préparer 2022. Ce soir, un ami, cadre du Rassemblement Nazional, vient lui en faire un compte-rendu.

– Le constat est sans appel. Le comité directeur pense qu'il faut tourner la page et miser sur ta nièce, Marion Maréchal-Pétain.

– Mais c'est une gamine !

– Justement ! Les militants aiment beaucoup sa fraîcheur. Elle est restée très proche de ton père, sans être assimilée à ses débordements. Elle en partage le fond idéologique mais n'a jamais valsé avec des néo-nazis.

Jean-Marine fulmine. Sa nièce l'insupporte. Elle s'est installée dans les anciennes écuries de Montretout, la propriété familiale, à l'endroit même où vivait Jean-Marine quelques mois auparavant ! Après sa maison, sa nièce veut maintenant lui piquer sa place, à la tête du parti, mais aussi dans le cœur de son père. L'indulgence et le soutien inconditionnel du vieux à sa petite-fille met Jean-Marine en rage. Son géniteur est sa seule source d'inspiration et elle lui doit tout : sa fortune, son éducation, ses références... Mais elle est contrainte de se démarquer de lui, pour le bien du parti, pour la cause...Et il lui en tient rigueur. Ne comprend-il donc pas qu'elle le fait à contrecœur ? Elle cherche toujours à susciter son admiration et souffre de cet éloignement. L'invité poursuit :

– Selon tous les cadres, ton image est définitivement ternie.

Contrariée, Jean-Marine s'enfonce dans son fauteuil et peste :

– Quelle bande d'ingrats ! Je suis la seule artisane de la dédiabolisation, de la rénovation de l'image du parti.

Son interlocuteur tente alors une approche plus positive :

– Jean-Marine, même si tout paraît compromis, j'ai une idée pour reconquérir les faveurs du Net. J'ai étudié la question, commandé des études à des agences de com. Une conclusion s'impose. Sur la Toile, ce qui cartonne c'est les chats. Tu en as justement toute une smala, tu en parles en interview. C'est un très bon point pour nous. On va mettre l'accent sur cette facette de ta personnalité et inonder les réseaux de photos de toi avec tes matous.

– Attends, je t'arrête tout de suite ! Mes chats sont des bengals, pas de vulgaires matous. Et je ne suis pas une de ces folles qui vit avec vingt minous, collant leurs poils et pissant partout. Je fais de l'élevage. Je n'ai pas de chats de compagnie.

– Ah ? Je l'ignorais. Parle-moi de cette passion.

– Je suis une professionnelle diplômée. Mes bengals ont un espace spécialement aménagé dans une partie de la maison. Du personnel s'en occupe. Ils ont un pelage léopard.

– Comment en es-tu venue à t'intéresser à ces chats ?

– Au départ c'était juste pour faire chier le vieux qui ne jure que par les chiens. Puis j'ai vite compris qu'ils pouvaient être lucratifs. Un chaton bengal se vend autour de 1500 euros. Certains gogos paient le double. J'en ai même fourgué à 4000 euros pièce à des militants. Tout le monde s'y retrouve. Moi financièrement et eux ont l'impression de partager un bout de mon intimité. Une portée c'est 4 à 8 chatons et une chatte peut mettre bas trois à quatre fois par an. C'est un sacré argument contre la contraception ! Et c'est un petit pactole que je n'ai même pas besoin de déclarer totalement au fisc.

– Ouais c'est pas très glamour, évite de dire que tu fais ça pour le fric. Tu devrais peut-être envisager d'adopter un chat de la SPA ? Ça pourrait faire une chouette séquence. Tu t'attirerais les faveurs des défenseurs des animaux. Parce que ton business là, ça colle pas avec l'image populo qu'on essaie de donner.

– Pff je n'ai jamais été « du peuple » ! Je te rappelle que j'ai grandi dans un château. Adopter un bâtard, quelle idée. Qu'est-ce que je vais en faire ? S'il côtoie mes bengals, il pourrait les souiller, les contaminer. Ils sont de souche, génétiquement purs. Ils ne fréquentent que leurs semblables, de leur race. Ils sont vierges de toute influence, tout métissage. C'est ce qui justifie leur prix.

– Ça aussi. Parler de race pure, éviter tout métissage, etc. On croit entendre un vieux discours de ton père. Tu sais que c'est terminé ce style. On te trouve juste un chat de gouttière, tu le gardes quelques mois pour que les journalistes fassent des photos. Une fois qu'on a épuisé le sujet tu en fais ce que tu en veux.

– Faisons ça. Après tout, je ne suis plus à un compromis près. Je raconte tout et son contraire sans que les gens en aient quelque chose à battre. Je peux bien accueillir ta bestiole et prétendre que j'ai craqué pour elle.

Le lendemain, Jean-Marine reçoit un e-mail d'une militante sétoise. La fan étale sa dévotion, puis poursuit :

– J'ai appris que vous n'étiez pas en forme et connaissant votre amour pour les matous, je tenais à vous en offrir un, issu d'une portée d'une de mes chattes. Je sais que vous allez bientôt faire un meeting à Perpignan. Je comptais y venir et j'aimerais pouvoir vous y rencontrer pour vous confier l'adorable minet. Ci- joint une photo datant de quelques semaines.

L'animal, à peine sevré, arbore pourtant déjà une moustache proéminente et fournie.

La militante explique :

– Je l'ai baptisé Georges, mais vous pourrez lui donner le nom qui vous conviendra.

Le hasard fait bien les choses se dit Jean-Marine qui répond qu'elle accepte le cadeau et le rendez-vous. Elle ne prête pas attention à la photo et à l'air étonnamment narquois du minou qui fixe l'objectif.

Quelques semaines plus tard, un agent de sécurité du meeting perpignanais l'informe :

– Patronne, une militante qui se promène avec une cage à chat demande à vous voir.

Jean-Marine a presque oublié cette histoire et met un instant à s'en souvenir.

– Bien, récupérez l'animal et mettez-le dans ma loge ! Par contre, expliquez-lui qu'elle est bien gentille mais que je n'ai pas le temps de la rencontrer pour l'instant.

Elle retourne au bar jusqu'au début du meeting. L'événement terminé, elle regagne sa loge où elle découvre la cage, sur laquelle est scotché un mot. Jean-Marine ouvre la porte. Le chat qui a passé plusieurs heures sans boire ni manger, ou s'étendre refuse de sortir. Jean-Marine passe sa main par l'ouverture pour l'extirper de force mais le félin la griffe. Elle se retire promptement, claque la porte de la cage et gronde :

– Petit bâtard ! Je vais t'apprendre les bonnes manières.

Elle nettoie la blessure superficielle et ordonne à un de ses sous-fifres :

– Apporte une gamelle à cet affreux !

Elle retourne ensuite à la soirée d'après meeting où l'agent de sécurité l'interpelle à nouveau.

– Patronne, la militante de tout à l'heure insiste

pour entrer back stage. Elle dit que vous l'avez invitée et veut savoir pour le chat.

– Remerciez-la et dites-lui qu'il est adorable. Mais ne la laissez rentrer sous aucun prétexte. Trouvez n'importe quoi à lui dire. Je n'ai pas que ça à foutre !

Jean-Marine revient chercher ses affaires dans sa loge et constate que l'animal a bu et mangé. Il dort profondément dans sa cage. Elle arrive chez elle après un trajet de quelques heures qui lui a paru pourtant bien plus long car le chat réveillé n'arrête pas de miauler et de gratter. Dans son salon, elle le libère et il accepte enfin de se montrer. Ce qu'elle pensait être un chaton s'avère être un jeune adulte.

Il s'étire de tout son long. Jean-Marine l'observe.

– Vraiment aucune classe. Tu pues, en plus !

Voyant qu'il griffe son fauteuil préféré, elle l'expédie manu militari dans son garage. Elle l'y enferme en lui laissant une caisse improvisée pour ses besoins. En retournant au salon elle découvre qu'il a déjà déféqué dans sa cage. Elle peste après le « bâtard » et nettoie les excréments.

– Vivement que ce petit manège s'arrête, que je me débarrasse de cette sale bête.

Elle prend un repas frugal et se met au lit après avoir ingurgité un somnifère. Le spectacle qu'elle découvre en entrant dans son garage le lendemain matin la désole. Le chat a négligé la caisse qu'elle avait préparée et le sol est jonché de crottes. Elle saisit alors une baguette de bois et se précipite sur l'animal endormi dans un coin. Elle le réveille en le fouettant et en hurlant. Il bondit, fait le gros dos et se met à souffler. La lumière du garage s'éteint brusquement. Jean-Marine prend peur et quitte la pièce sans demander son reste. Elle appelle aussitôt son ami en l'engueulant comme pour passer sa frayeur. Elle lui explique les conséquences de son idée à la con et décrète que la cohabitation avec ce chat indomptable, probablement gauchiste, est impossible.

À son arrivée, le collaborateur, sommé de nettoyer le garage, rembarque le chat pour l'abandonner.

Mais à partir de ce jour fatidique, Jean-Marine a la sensation d'être épiée.

Elle entend une voix, des mélodies, sans comprendre d'où elles proviennent. Ces sons surgissent n'importe où, même quand elle n'est pas seule. La première fois, elle questionne sa voisine :

– Tu entends la musique ?

– De quoi parles-tu ?

– Ben cette guitare-là ?

Le regard étonné puis inquiet de son interlocutrice l'arrête, alors qu'elle voudrait tellement insister ! Elle n'est pas folle ! Elle l'entend cette voix qui découpe les syllabes avec application. Mais elle préfère se taire et simuler une plaisanterie. Pourtant, dans sa tête, la musique résonne toujours, comme si elle portait un casque au son poussé à fond, l'empêche d'écouter la radio, de parler au téléphone ou de suivre correctement les conversations. Elle est terrifiée mais n'ose pas en parler. Elle imagine déjà les blagues sur Jeanne d'Arc et les rumeurs qui vont suivre sur son état mental.

Un jour, elle fredonne certains airs à l'un de ses collaborateurs qui reconnaît Brassens :

– Je ne sais plus le titre du premier, mais pour le second je suis formel. C'est la ballade des gens qui sont nés quelque part. Je la connais car nos détracteurs l'utilisent souvent. Jean-Marine est pensive.

Comment peut-elle connaître un air qu'elle n'a jamais écouté??

Chez elle, les objets changent sans cesse de place sans qu'elle se rappelle y avoir touché. Elle cherche constamment ses clefs, ses papiers, un dossier, qu'elle retrouve toujours dans un endroit incongru et est systématiquement en retard à tous ses rendez- vous. La nuit, elle se réveille en sueur, haletante, avec toujours cette impression tenace que quelqu'un l'épie, lui veut du mal. Elle augmente les doses de somnifères et d'anxiolytiques, sans consulter de médecin, mais continue à être victime d'insomnies et de réveils intempestifs.

La vie politique n'attend pas cependant, et elle ne peut laisser le champ libre à sa nièce ou à d'autres concurrents. Elle accepte donc, après plusieurs mois de silence médiatique, d'être l'invitée du prime time politique le plus suivi du pays. Ses proches insistent pour qu'elle se prépare. Cette fois, elle doit paraître plus mesurée. Elle ne peut se permettre, encore une fois, de saboter une telle opportunité. Mais la veille de l'émission, elle ne peut trouver le sommeil. Elle est obsédée par des paroles chantées en boucle :

« S'il fouette mes chats y'a un fantôme. Qui viendra le persécuter. »

Aidée de Google, elle commence à chercher frénétiquement ce texte et découvre la chanson Le Testament. Elle se renseigne également sur la vie du poète qu'elle et sa famille ont toujours ignoré. Le vieux y fait parfois référence mais c'est juste pour faire chier les gauchistes. Il n'a jamais vraiment écouté un disque de ce sale libertaire. Lorsqu'elle constate que Brassens est Sétois, un atroce pressentiment la saisit. Elle se précipite dans son garage et y débusque la cage qu'elle a conservée après l'expulsion du chat indésirable. Elle retrouve le mot scotché, essuie la poussière qui s'est accumulée dessus, avant de lire à haute voix :

– Jean-Marine, je suis honorée de pouvoir vous offrir ce chat, je sais que vous les adorez. Je l'ai appelé Georges à cause de sa moustache mais aussi parce qu'il paraît qu'il est un descendant direct d'un des chats de Brassens, la star locale. Il n'a peut-être pas de pédigrée prestigieux mais il est spécial. Je suis ravie de savoir qu'il jouera avec vos bengals. Affectueusement »

Elle froisse le papier et le jette à la poubelle rageusement, comme pour conjurer un sort. Est-ce possible ? Le fantôme de Brassens qui joue à l'esprit frappeur ? Lui qui n'était même pas foutu de croire au paradis et qui a passé son temps à se moquer de Dieu et des bigots… Elle en a la confirmation quand la voix qui chantonne s'adresse distinctement à elle :

– Eh bien. Il t'en a fallu du temps. Vraiment pas fute-fute. C'est bien ça. Je viens pour honorer mon serment. Tu as fouetté un chaton sans défense. Qu'il soit un des descendants de l'un des miens est accessoire. Tu es non seulement limitée intellectuellement, dépourvue de culture mais aussi teigneuse qu'un berger allemand. J'étais bien peinard là où j'étais, mais je prends désormais comme une mission sacrée de venir te hanter chaque nuit.

FASCISTE ! TORTIONNAIRE ! HYPOCRITE ! MENTEUSE ! COLLABO ! RACISTE !

Le reste de la nuit, Brassens chante l'intégrale de ses chansons et interprète certains de ses inédits. En guise de pause, il hurle sur Jean-Marine les pires insultes. Il rameute ses amis et connaissances qui tiennent eux aussi tout autant à venger le pauvre chaton qu'à pousser la néo-fasciste dans ses retranchements. Bobby Lapointe, Raymond Devos ne s'adressent à elle qu'en phrases absurdes qu'elle ne comprend pas. Les personnalités s'invitent de plus en plus nombreuses, pour la sermonner, l'engueuler. Ils Elles viennent de toutes les époques et sont toutes de réelles amoureuses des chats : Georges Sand, Alexandre Dumas, Marguerite Duras, Hugo, Zola, Du Bellay, Jules Verne, Cocteau et bien d'autres, se succèdent pour harceler sans trêve l'insomniaque qui se gave en vain de cachets.

Elle se présente le lendemain sur le plateau télé, la mine défaite. La maquilleuse essaye tant bien que mal de camoufler ses cernes et constate son comportement étrange. L'animateur pense que Jean-Marine a tout simplement le trac et déploie mille attentions pour la mettre à l'aise.

– Vous vous souvenez qu'on est en direct ?

Elle répond machinalement :

– Oui oui.

Elle essaye en fait de se concentrer pour faire abstraction des voix qui envahissent chaque parcelle de son cerveau depuis des heures maintenant.

Le générique retentit. L'émission commence. Le commentateur rappelle le CV de son invitée et enchaîne :

– Votre dernière intervention télévisée date de plusieurs mois. Vous nous avez pourtant habitués à occuper constamment l'espace médiatique. Que s'est-il passé ?

Jean-Marine n'a même pas compris la première

question du journaliste tant le brouhaha constant des envahisseurs rend tout inaudible. Tremblante, à bout de nerfs, elle ouvre la bouche et ne peut s'empêcher de hurler :

– Mais vous n'entendez pas ????

Le présentateur répond, surpris

– Mais de qui parlez-vous, Madame Lepen ?

– Brassens, ses copains, les fantômes ! Ils sont là, ils sont partout !

Elle se bouche les oreilles et tente de couvrir les voix en beuglant le premier air qui lui vient à l'esprit :

– Maréchal, nous voilà…

Elle s'aperçoit soudain de sa gaffe, se lève d'un bond et part s'enfermer dans sa loge. L'émission coupe en catastrophe. En coulisse, ses collaborateurs commentent :

– Cette fois c'est foutu, elle est définitivement cramée.

– Il faut lui trouver illico un hôpital psy.

– L'ambulance est en route. Sa nièce a signé la décharge.

# DES LENDEMAINS QUI CHANTENT

Céline Servat

Cette dystopie est née d'un concours sur le thème racines, pour le muséum de Toulouse. Nous retrouvons les bases du thriller mais transposées dans un avenir lointain.

J'espère que l'on ne connaîtra jamais une telle issue. Mais vu ce que nous faisons subir à notre environnement, le doute est permis…

# Des lendemains qui chantent

Je m'appelle Ray et je suis un terrien. Je veux dire que je vis sous terre, comme tous les survivants. En 2028, la surface de notre planète est devenue non viable à force de substances chimiques et de catastrophes nucléaires. Les animaux ont succombé en premier, les humains mouraient très jeunes et dans d'atroces souffrances. C'était vraiment la fin du monde, enfin on le croyait ! Nos savants et nos dirigeants ont alors déployé en urgence des moyens incommensurables afin d'investir les sous-sols, couloirs de métro et autres souterrains. Ils ont créé des habitations et un système de filtrage de l'air et de l'eau, pour viabiliser les lieux en un temps record. Dans cette répartition, les espaces de vie ont été repensés, à raison de deux mètres carrés par humain. Plus aurait été du luxe. Les gens étaient placés selon leur niveau de vie, d'étude, leurs origines. Dites-moi où vous habitez sous terre, je vous dirai qui vous êtes. Bien sûr, les décisionnaires se sont réservé un quartier sécurisé, à l'abri des regards. Certains étaient rassurés de se retrouver entre eux, d'autres manifestaient leur désapprobation à l'idée de ce fonctionnement par caste. Mais peu, ont vraiment protesté devant cette différence de traitement : sans repères, la population est dépendante de ses dirigeants.

Depuis ce jour, nous nous calfeutrons dans des logements réduits et des tunnels humides, sans jamais voir la lumière du soleil et, malgré les années, les scientifiques n'ont aucun espoir sur un éventuel retour à la normale.

La vie est morose sous terre, difficilement supportable. Ceux qui, déjà sur Terre, vivaient mal la baisse de luminosité en période hivernale sombrent dans des dépressions devant l'absence de lumières naturelles. Les fragilités psychiques et les tentatives de suicide se multiplient. Des bandes rivales s'affrontent pour des territoires minuscules. L'ambiance est poisseuse, mauvaise, anxiogène. Nous vivons dans un assemblage de pseudo ruelles sombres et miteuses que nous arpentons la peur au ventre, toujours sur le qui-vive.

Au bout de quelques mois de survie souterraine, nous avons dû faire face à des disparitions régulières. Au départ, on les attribuait aux malfrats habituels, et les services de police ont enquêté, questionné. Mais cette hypothèse a été abandonnée, puisqu'aucun corps n'a été retrouvé. Mon père, policier, était obnubilé par ce mystère. Nous le voyions de moins en moins, et un jour, il y a dix ans maintenant, il n'est pas revenu. A-t-il été kidnappé lui aussi ? A-t-il découvert des choses compromettantes ? Nous ne le saurons jamais.

Je regrette de ne pas lui avoir dit à quel point je l'aimais et je l'admirais, tant qu'il en était encore temps. Je ne me rappelle pas bien de lui car j'avais neuf ans mais ma mère m'a souvent dit à quel point il était exceptionnel. Depuis sa disparition, elle n'a plus jamais été la même. Elle est éteinte, de l'extérieur et de l'intérieur, ne parle que de notre vie d'avant, des moments où nous étions heureux. Plus je l'écoute, plus je la sens désespérée et j'ai peur qu'elle attente à ses jours. J'affiche un sourire de façade pour lui donner envie de tenir bon, mais, quand je ferme notre porte, ma gorge se serre, l'angoisse m'oppresse et me submerge et je me demande à chaque fois dans quel état je vais la trouver à mon retour. Cette tension est horrible et je ne souhaite à personne de vivre avec une telle responsabilité : je dois donner à ma mère des raisons de m'aimer pour qu'elle choisisse de rester près de moi plutôt que de faire le grand saut. Je me suis donc fixé une mission : je dois retrouver mon père, mort ou vivant, je veux découvrir la vérité, trouver des réponses, tant pis si elles sont terribles, tout plutôt que cette incertitude qui nous ronge ! Mon obsession est si grande que, pour atteindre mon but, je suis devenu policier.

Quand j'ai signé, je n'avais pas imaginé les affres de la peur, l'angoisse qui m'étreint lors d'une situation de crise. Au début, je sentais monter une terreur irrépressible qui me paralysait. Maintenant, j'apprends à l'apprivoiser. Au quotidien, la proximité du danger aiguise mes sens, la peur m'envahit encore. Suis-je fait pour ce métier ? Est-il normal de se sentir continuellement tourmenté ? Je me pose des questions. Mais j'aime aussi quand l'adrénaline monte, au moment d'une interpellation. Je me sens puissant. Si vivant ! Enfin maître de mes actes.

Depuis quelques jours, mes chefs m'ont mandaté sur une enquête concernant des dégradations. Des tags insultants fleurissent un peu partout et nous n'arrivons pas à mettre la main sur les délinquants. Je rêve d'être le policier qui récoltera la gloire en arrêtant les coupables. Je les traque sans relâche, patrouille en dehors de mes heures, guette leurs endroits favoris pour les prendre en flagrant délit… Et aujourd'hui, cet acharnement porte ses fruits. Ce matin, aux alentours de six heures, j'entends le chuintement de bombes de peinture. Depuis l'angle de la rue, je discerne trois silhouettes masquées, en pleine action. Ça y est, je les tiens ! Stressé et excité en même temps, je m'enjoins à réfléchir. Que puis-je faire, seul face à trois individus ? J'ai appelé le central afin d'obtenir des renforts, mais les gars en poste se trouvent à dix minutes de là. C'est long dix minutes, l'attente est terrible ! À présent, les délinquants rangent leur matériel. Trois minutes seulement se sont écoulées. Si je pouvais, j'en crierais de rage ! Je ne peux pas les laisser s'échapper après tout ce travail de recherche, alors qu'ils sont sous mes yeux, à portée de main !

Je m'élance à leur poursuite tandis que les trois lascars s'engagent dans un tunnel. Un enchevêtrement de passages s'ouvre à moi, je ne dois pas les perdre de vue ni me faire remarquer ! Pourtant, un panneau me rappelle à l'ordre : Nous arrivons près de l'endroit interdit, celui de l'entrée des quartiers riches du monde souterrain. Je jubile. Les voyous vont être bloqués ! Enfin c'est ce que je crois, mais ils font rapidement émerger une trappe sur le côté, invisible à l'œil nu. Ils se faufilent et j'hésite à continuer. Quel dilemme ! Dois-je m'y rendre, malgré le tabou suprême ? Je ne veux pas abandonner, ils sont hors-la-loi ! Je n'ai plus le temps de tergiverser, je les suis. Impossible d'allumer ma lumière sous peine d'être repéré. Anxieux, je tâtonne, guidé par la lueur lointaine de leurs lampes. S'ils me distancent, je ne saurais pas revenir sur mes pas dans ce dédale ! L'excitation du début fait place à l'incompréhension, mêlée à une forte inquiétude. Où vais-je déboucher ? Qu'est-ce qui va m'arriver, maintenant que j'ai franchi les limites du territoire autorisé ? S'ils m'attrapent, ils feront de moi un exemple. Finalement, qui est le chat et qui est la souris dans cette histoire ? J'ai peur, j'ai des regrets, mais je continue inexorablement, comme si ma tête et mon corps étaient dissociés dans leurs décisions. Je les perds un moment de vue mais il n'y a plus qu'un boyau. Au détour d'un virage en épingle, je tombe sur une autre trappe, encore. Plus grande celle-là. Je la pousse et une forte lumière m'éblouit. Désorienté, je cligne des yeux un moment et m'appuie contre la paroi la plus proche, afin de me stabiliser, je n'ai plus de repères. L'air frais caresse mon visage et emplit mes poumons. C'est tellement agréable. De l'air ! Tout à coup, ma gorge se serre, la panique me submerge : je suis à la surface, sans protection, je vais mourir ! Je n'ai pas dit adieu à ma mère ni à mes amis, je n'ai presque rien vécu et je suis condamné ! Je suffoque, me tiens le gosier et tente vainement de retenir mon souffle, même si j'ai déjà inhalé l'air contaminé l'instant d'avant. Je m'affale, terrorisé à l'idée de mourir. J'éprouve le besoin irrépressible de me gratter le cou, comme pour ôter les agents polluants. Mais je ne tiens plus, mes poumons se gonflent et je ne peux m'empêcher de respirer de nouveau. Et là… rien. Mes bronches ne ressentent aucune brûlure, mes muqueuses ne sont pas irritées et l'air de l'extérieur me grise. Je vis ! Soulagé et confus, je ne comprends plus rien. Comment est-ce possible ? Je prends quelques secondes pour réfléchir. Malgré mon incursion à l'extérieur, je ne suis pas mort. On nous a menti sur la qualité de l'air ! Mais pourquoi ? C'est incompréhensible et ignoble ! Jusqu'où va ce mensonge ?

Je rejoins la sortie et cligne des yeux, le temps de m'habituer à cette soudaine luminosité, puis me frotte les yeux, ébahi : l'extérieur a radicalement changé. Les immeubles miteux ont été remplacés par des villas magnifiques, des parcs, des allées fleuries. Il y a même des voitures ! Je n'en ai pas vu depuis si longtemps…

Les trois lascars sont encore visibles, au loin. Ils ont ôté leurs cagoules et marchent dans l'avenue. Je continue ma filature, mécaniquement, même si tout est confus dans mon esprit. Il y a de la vie à la surface ! Ce n'est pas possible, je rêve ! Les maisons semblent sorties des plus beaux quartiers de la Côte d'Azur : piscines à débordement, propriétés immenses... Ils ne se refusent rien, tandis que, sous terre, nous nous terrons dans des habitations minuscules. Ils nous leurrent et nous confinent sans vergogne ! Voilà donc la zone interdite, celle où se prélassent nos dirigeants et leurs amis ! Depuis combien de temps vivent-ils dans ce paradis ? Plusieurs années, assurément. J'ai envie de mettre le feu à leurs résidences, de cogner dans leurs voitures allemandes. Je suis tellement en colère que je me déconcentre et dépasse les trois lascars qui entrent dans l'une de ces demeures de conte de fées. Pas question de les lâcher ! Je me cache dans un recoin de la haie, bien décidé à en savoir plus. Deux d'entre eux s'installent sur des chaises longues, au bord d'une piscine, tandis que le troisième revient avec un plateau chargé d'alcool.

– Aux ploucs d'en bas ! trinquent-ils.

– Oui, et à nos tags d'enfer !

La honte m'envahit alors. Combien d'autres personnes connaissent notre situation, se moquent de notre crédulité ? J'ai envie de sortir de ma cachette pour les affronter, leur demander des comptes, mais, si je me dévoile, que va-t-il m'arriver ? Le mieux est de retourner dans le tunnel afin de prévenir mon peuple de cette supercherie. Si nous venons en nombre, notre action aura plus de poids ! Je fais demi-tour quand un des jeunes hèle un homme qui entretient un massif de fleurs.

– Eh, toi, le mongol ! Fais moins de bruit avec tes cisailles ! Si tu n'es pas capable de faire ton travail correctement, je te renvoie dans le goulag, et j'en commande un autre pour demain.

L'homme auquel il s'adresse lève la tête : je le reconnais, il s'agit de mon ancien voisin, enlevé depuis plus d'un an. Que fait-il là ? Les disparus ne sont donc pas morts ?

– Mes parents sont allés le choisir exprès mais, apparemment, ce n'est pas une affaire ! continue l'adolescent.

– Il faut les tenir en laisse ces mecs-là, sinon, ils font n'importe quoi ! Une fois, on en a eu un qui venait à peine d'arriver d'en dessous. Son rendement était quasi nul ! Mon père l'a fouetté et l'a ramené direct au goulag. Là, ils l'ont mis au trou pendant une semaine et, quand ils nous l'ont renvoyé, il a enfin fait un boulot correct !

– C'est comme des animaux, si on loupe le dressage au départ, ils deviennent hargneux. Il paraît qu'ils peuvent même te mordre !

Je suis écœuré par leur échange. Comment peuvent-ils parler ainsi d'êtres humains ? Est-on revenu au temps de l'esclavage ? Pour eux je fais partie des êtres inférieurs, des prisonniers qu'ils ont le droit d'humilier, de maltraiter. D'ailleurs, où est ce fameux goulag ? Je scrute les alentours et aperçois de hauts murs, surplombés de barbelés, à quelques rues de là. Je quitte ma cachette et me dirige vers l'enceinte, jusqu'à ce qu'un mirador se détache clairement. Voilà où ils parquent nos disparus. C'est invraisemblable ! Je dois prévenir les miens, il faut les libérer. Vite, regagner l'issue par laquelle je suis arrivé. J'y suis presque quand j'entends :

– Haut les mains, retourne-toi doucement ou je te colle une balle en pleine tête !

Cette voix… Ce n'est pas possible, je dois me tromper ! Je pivote et ma peur est balayée par une joie immense : mon père me fait face.

– Papa, c'est moi, Ray ! Alors tu es vivant ? crié-je en m'élançant vers lui pour l'embrasser.

Il m'arrête d'un geste et désigne son arme. Il s'est empâté, ses cheveux grisonnent maintenant. Je suis étonné par sa réaction mais j'ai tellement envie de rattraper le temps perdu ! J'en oublie toute précaution. Et puis c'est mon père, pas un étranger !

– Que fais-tu ici ? dit-il froidement.

Son ton glacial me renvoie des années en arrière. Il avait l'habitude de s'adresser ainsi à moi, quand il était en colère. Comment ai-je pu l'oublier ? Je refuse de l'admettre, m'accrochant à l'image de la personne idéale que ma mère m'a contée pendant ses années d'absence.

– Papa, je suis policier, moi aussi. Je suivais des délinquants qui m'ont mené ici. Oh, je suis si content de te retrouver, maman va revivre ! Tu nous as tant manqué.

Je continue de parler et pourtant, l'ambiance est

glaciale. L'homme face à moi se comporte comme un inconnu.

– Tu ne comprends décidément rien. Tu crois que je vais revivre en bas ? Je suis parti pour fuir ce qui me freinait. Ta mère, toi…Vous n'auriez pas compris. Et ils ne vous auraient pas voulu, vous êtes trop quelconques. Ici, je suis quelqu'un ! J'ai une grande maison, une femme magnifique et deux beaux enfants. C'est le paradis.

Ces mots sont pires qu'un coup de poing. Je ploie sous le coup de la douleur. Il a choisi d'être ici, de nous abandonner en nous laissant dans l'incertitude ? Mon père ne perçoit pas mon effarement, ou il s'en moque.

– Mais pourquoi ne pas laisser chacun en profiter ? dis-je, choqué par son discours.

– On ne veut pas polluer notre environnement avec ceux d'en bas. Ici, pas de SDF, pas de smicards dans des immeubles mal famés et personne pour nous reprocher notre mode de vie.

– Mais vous enfermez des hommes dans des goulags, vous les traitez comme des esclaves ! Sans compter ce que vous nous faites subir.

– Dans l'histoire, il y a toujours eu des individus supérieurs, et d'autres pour les servir. C'est dans l'ordre des choses - il secoue la tête - Cela ne m'étonne pas que tu ne comprennes pas. Tu n'aurais pas dû venir.

Ainsi, voilà mon père. L'homme que j'ai idolâtré. J'ai passé des années à tenter de vivre avec l'absence d'un homme qui s'avère suffisant, égoïste, antipathique. Je le déteste ! Je ne retiens plus mes larmes, ma gorge se serre. Je le perds une seconde fois. L'homme que j'aimais n'a jamais existé. Écœuré, je me dirige vers le tunnel.

— Où vas-tu ? Je ne t'ai pas dit de baisser les bras, ni de bouger !

– Tu vas m'expédier au goulag ?

– Tu n'es vraiment pas futé ! Emprisonné, tu parlerais trop. Je ne prends pas ce risque.

Il vise mon front. J'entends nettement la détonation avant de m'effondrer.

# LA GIRANDIÈRE, RÉSIDENCE POUR SENIORS

Tomas Jimenez

Cette nouvelle est complètement autobiographique. J'y raconte un événement vécu lors d'ateliers d'écritures que j'ai pu animer auprès de personnes âgées résidentes de La Girandière… Ces ateliers ont duré quatre jours. Ils ont donné lieu à une représentation publique particulièrement touchante. En rentrant chez moi j'ai eu envie de retranscrire et de raconter cette expérience surprenante.

## La Girandière, résidence pour seniors

Honnêtement, en arrivant, je me demandais où je mettais les pieds. J'anime des ateliers d'écriture depuis longtemps maintenant. Auprès d'élèves d'écoles primaires, de collèges, de lycées... Auprès de réfugiés avec la Cimade, auprès de détenus...

C'est ce que je m'étais certainement dit pour me rassurer quand Pierre Domenges, directeur artistique du centre culturel « la Gespe » à Tarbes, m'avait proposé quelques mois plus tôt d'intervenir cette fois dans une résidence pour personnes âgées.

Je ne peux rien refuser à Pierrot. Pierrot, c'est une institution dans le milieu des musiques actuelles. Bien au-delà de Tarbes. Et c'est une des rencontres les plus importantes de ma « carrière » artistique. Depuis plus de vingt ans, il suit et soutient mes projets et c'est notamment grâce à lui que le groupe El Comunero a vu le jour lors d'une résidence à la Gespe. Je ne lui suis redevable de rien, en tous cas cela ne s'est jamais posé en ces termes entre nous. Mais en même temps, je lui dois tant. Je le considère comme un ami, bien plus que comme un copain, un collègue ou quelqu'un de mon « réseau ». Je le connais par cœur. J'ai une totale confiance en lui et je pense que c'est réciproque. Mais je dois avouer que cette après-midi-là, je me suis demandé s'il ne m'envoyait pas dans un plan galère.

Je n'ai rien contre tel ou tel public. En changer permet aussi d'aborder et de travailler sur des thématiques et des formes d'écritures différentes. Et puis j'aime bien discuter avec des vieux. Le projet El Comunero est au départ un hommage à mon grand-père, Manuel Jimenez. Combattant républicain, andalou et communiste, qui s'exila en France où il fut prisonnier du camp d'Argelès puis de la base sous-marine de Bordeaux dont il s'évada pour rejoindre la Résistance dans les Landes. Grâce à ce projet, j'ai pu rencontrer et échanger avec de nombreuses personnes d'un âge certain puisqu'ayant vécu ces événements. Je pense notamment à Josep Almudever, le dernier Brigadiste international, qui nous a quittés l'année dernière, à José Alonso, dit le commandant Robert, qui libéra Foix et l'Ariège des nazis... Et à tant d'autres, que je ne pourrais pas tous les citer. Certains m'ont raconté leur histoire, d'autres m'ont appris des chansons, certains m'ont juste glissé quelques mots de remerciements après avoir vu le spectacle ou m'ont simplement serré dans leurs bras.

Bref, j'ai donc l'habitude de parler, d'échanger avec ceux que l'on appelle, dans ce lieu où j'arrive, des seniors. C'est d'ailleurs écrit en gros sur le panneau d'entrée qui surplombe le gros portail mécanique fermé. LA GIRANDIÈRE, résidence POUR

SENIORS. Je suis malgré tout un peu inquiet. Les Seniors, que je pratique d'habitude, partagent avec moi d'emblée l'essentiel, une histoire, une culture et surtout des valeurs politiques. Ce sont des anars ou des rouges, aux vies si remplies qu'on pourrait en tirer autant de romans.

Le lieu a l'air plutôt très classe. Pierrot m'avait prévenu :

– Tu vas voir, c'est une résidence plutôt haut de gamme. Pas les espèces de mouroirs où ils maltraitent les vieux en rationnant leurs couches et leur repas. Ils sont autonomes, dans des appartements. Ici ils ont les moyens…

Ça aurait dû me rassurer, mais bon, je dois avouer que ça a produit l'effet inverse. Je suis barbu, chevelu et je ne fais pas très gaffe à ma façon de m'habiller. La plupart du temps je porte un tee-shirt anar ou troué et cela ne me pose pas de problème. Mais là ça risque de ne peut-être pas jouer en ma faveur... Je suis accompagné de Marine, la référente culturelle de la Gespe.

– Pourquoi as-tu pris une veste ? il fait au moins trente-quatre degrés, me dit-elle.

C'est vrai il fait super chaud. En plus j'ai passé la journée à courir et je suis déjà en sueur. J'avais prévu de me changer et de mettre une chemise mais dans la précipitation j'ai oublié. Du coup j'ai pris la veste pour camoufler le trou de mon tee shirt.

Le matin même, j'animais à quelques kilomètres un atelier d'écriture auprès de collégiens, sur le thème de la guerre d'Espagne, puis je devais me précipiter à la

Gespe pour enregistrer en un temps record la musique d'un projet en cours avec des lycéens à Bagnères de Bigorre avant de me rendre enfin à la Girandière. Et bien que nous soyons en mai, il fait beaucoup trop chaud pour mettre en œuvre mon stratagème en enfilant ma veste.

Tant pis... Trop tard.

Nous sommes légèrement en retard et nous entrons sans traîner dans les lieux. De grands espaces verts, des bâtiments entretenus... Un grand hall d'entrée où nous sommes reçus par un agent d'accueil en chemise cravate au look hyper soigné. Il fait appeler la directrice qui arrive accompagnée de l'animatrice culturelle du lieu. Alors que Marine fait les présentations, j'essaie de m'orienter de façon à cacher de leurs regards le trou incongru. Elles nous indiquent le lieu où aura lieu l'activité. Une salle pourvue de quelques tables et quelques chaises où je dispose des feuilles blanches et de quoi écrire.

Alors que le début de l'atelier est prévu à quinze heures, soit dans une vingtaine de minutes, les premiers participants arrivent déjà. Non pas tellement qu'ils ont hâte… Ils viennent tâter le terrain pour décider s'ils participeront ou pas. Certains viennent à reculons et je ne parle pas de moonwalk. Ils ne savent pas ce que nous allons faire ni ce qui est prévu véritablement et ils ont plein de questions. Pendant que les premiers s'installent, d'autres continuent d'arriver à leur rythme. Une dame en déambulateur et accompagnée clôture la marche.

J'explique à une dame qui était la première installée,

que nous allons travailler, écrire sur le thème des souvenirs et de la mémoire. Elle me dévisage de haut-en bas en s'arrêtant sur le trou que je ne cherchais même plus à cacher et manifeste son désintérêt par une moue dubitative. Puis elle se met à chanter « j'ai la mémoire qui flanche, j'me souviens plus très bien » avant d'ajouter sèchement « voilà, c'est fait, vous êtes content ! ».

J'avais déjà remarqué cette dame. Son air distingué, ses habits, sa coiffure, sont autant de signes d'appartenance à une classe sociale plutôt aisée... Sa manière de s'adresser aux personnels et aux autres résidents est assez abrupte voire carrément condescendante. Dans ma tête, la première image qui s'est imposée, c'est celle de Tatie Danièle. Ça commence fort ! Marine et l'animatrice de l'établissement me manifestent d'un regard leur solidarité.

Le groupe est quasiment au complet maintenant et tout le monde est installé. Il y a une majorité de femmes, et deux hommes dans la douzaine de participants. Je tente de les rassurer en leur expliquant un peu plus ce qui va se passer. Nous allons écrire de courts textes, basés sur leur plus fort souvenir, ou sur un souvenir qui leur tient à cœur, puis nous allons travailler sur leurs mises en musique, dans le but de nous produire sur scène quatre jours plus tard pour présenter nos productions en public. Certains sont manifestement anxieux, d'autres carrément réfractaires et me préviennent qu'ils participent aujourd'hui mais qu'il ne faut pas compter sur eux pour davantage d'investissement.

Je les rassure à nouveau :

– quoi qu'il arrive, je ne vous force en rien. Il n'y a

rien d'obligatoire et, au-delà du fait que cela ne fasse pas partie de ma philosophie, je n'ai quoi qu'il en soit aucun moyen de vous contraindre à quoi que ce soit.

Tous acceptent d'essayer et de suivre mes consignes.

ALEA JACTA EST !

Quatre jours plus tard, sur le chemin du retour, après le spectacle, je me remémore ce qui vient de se passer. Cette restitution avec mes nouveaux copains du 3eme âge c'est super bien passée. Franchement, je ne pensais pas rigoler autant et y trouver aussi autant de petites pépites et de rencontres émouvantes... Toute une palette d'émotions dans leurs courts textes : des petites histoires, de la poésie, de l'humour. Certains ont voulu évoquer un voyage en Italie, d'autres un rêve/cauchemar particulièrement réaliste et stressant, d'autres un anniversaire, une naissance en pleine guerre d'Algérie avec un papa redoutant d'être appelé, ou leur grand départ à neuf-cent kilomètres de leur famille et de leur Comminges natal pour la Normandie à dix-neuf ans, leur première leçon de conduite...

Touchant de voir leurs réactions après les quelques retouches (ou pas) de leur texte originel puis la mise en musique de leur plus fort souvenir. Certains m'ont dit qu'ils s'y revoyaient, ou avaient les yeux qui brillaient, voire carrément des larmes après avoir dit le texte en musique.

Marrant vraiment de les voir stresser une heure avant le spectacle, avec leur texte à la main en train de répéter, les voir se mettre sur leur trente et un.

Génial d'avoir incité Jeanine - qui a décrété qu'on se tutoyait alors que tout le monde lui donne du madame et du vous à longueur de journée - à ressortir son accordéon et à l'utiliser sur un texte. Elle y explique qu'elle n'aime pas ça et qu'elle préfère danser, mais qu'elle en a joué trente ans dans un groupe trad folklorique parce que ses « copains avaient besoin d'un accordéon ». Puis de constater qu'elle prend plaisir à en rejouer. D'autant plus que les derniers jours, elle m'explique qu'elle s'est fait, du coup, une copine mandoliniste, Béatrice, et elles ont décidé de jouer ensemble. Elles bossent déjà sur deux, trois morceaux. Je les entends d'ailleurs répéter, aujourd'hui, quand j'arrive bien avant les balances... Jeanine sort et vient me voir, excitée comme une gosse, pour me demander si elles pourront se produire sur scène.

Trop drôle d'entendre après le concert que sa copine n'était pas contente de leur prestation - pourtant très bonne – et qu'il fallait bosser plus pour la prochaine fois.

Émouvant de voir Jean lutter contre ses difficultés motrices et d'éloquence pour écrire et dire son texte, et sa fierté une fois qu'il y est parvenu.

Amusant, d'expliquer vingt-cinq fois à Marie qu'il fallait qu'elle évite de me dire «c'est bon?» après l'intro musicale et au moment de lire son texte, et qui l'a quand même fait vingt-cinq fois, y compris donc au moment du spectacle. Et aussi, finalement, celle qui m'a fait penser à tatie Danièle. Le premier jour, elle m'expliquait sèchement qu'elle ne viendrait pas au spectacle puisque « c'était l'heure de sa série et qu'elle en était esclave ». Elle a fini par se radoucir peu à peu, touchée et fière elle aussi du résultat, et par me remercier après le spectacle.

Bouleversant d'écouter cette vieille dame à l'accent que je connaissais qui est venue le premier jour - et avec qui donc je parlais en espagnol -, m'expliquer qu'elle ne savait pas lire ni écrire mais qui a commencé à évoquer son départ de Barcelone sous la dictature. Elle était trop préoccupée par son état personnel, une maladie incurable puisqu'elle était trop faible pour se faire opérer, et par la mort récente de son fils, pour participer mais elle souhaitait rester pour écouter. Ou par celui qui venait me voir à chaque fin de séance en me disant sur le ton de la confidence « tu fais du bon boulot » et qui était heureux de pouvoir taper sur le space drum qui lui rappelait le son du steeldrum qu'il aimait bien. Il m'a raconté son tout premier match de foot à Saint-Denis de la Réunion. Puis il a fini par me dire, après le spectacle, en me serrant dans ses bras, « tu es quelqu'un de bien »…

Si gratifiant de voir que tous ceux qui m'avaient dit le premier jour qu'ils ne diraient pas leur texte sur scène ou que leur histoire ne valait pas le coup, changer d'avis pour tous être fiers du résultat et de participer au spectacle.

Attendrissant d'écouter leurs retours sur ce qu'ils en ont retiré malgré les réticences que certains ont pu avoir en voyant ma tronche et mon tee-shirt anar.

Content de voir que ceux qui n'avaient pas souhaité s'inscrire sont venus me voir en me disant qu'ils auraient bien voulu après avoir vu leurs camarades, ou d'entendre les participants me demander quand est ce qu'on faisait le prochain et quand est-ce que je repassais les voir.

Mort de rire, d'avoir dit un gros «Chut!» au micro à un spectateur irrespectueux du moment en cours. Il parlait vraiment trop fort sans faire gaffe à ce qui était en train de se passer. On m'expliqua ensuite que c'était le maire de Tarbes. Il était lui aussi en représentation mais pour sa pomme et donc en concurrence avec le spectacle.

Bref tout un tas de trucs que je n'aurai pas imaginé en arrivant. Peut-être même de quoi écrire une nouvelle...

# UN AUTRE MONDE

Céline Servat

Cette nouvelle a été écrite pour l'un des concours du muséum de Toulouse. Elle devait inclure les données d'une image, que vous retrouverez dans le récit. Elle m'a fait sortir de ma zone de confort puisque je l'ai positionnée dans un contexte de vie parallèle.

# Un autre monde

Lily était vaseuse, sa tête douloureuse la lançait. Elle était désorientée, comme si elle se réveillait d'un sommeil profond. Où était-elle ? Ce lieu sombre et hostile, ne la rassura pas. Pourtant, elle avait une impression de déjà vu, notamment à la vue de cet arbre si particulier. Il ressemblait à un visage de vieille femme, marqué par les années. Inquiète, elle se releva précipitamment, mue par un sentiment d'urgence. Elle n'avait aucun souvenir immédiat, une angoisse grandissante prenait toute la place. Face à elle, une lumière étrange brillait, tel un écran projeté dans le ciel, ou… comment cela s'appelait déjà ? Un hologramme… L'image la décontenança. Une pomme, croquée sur le côté était mise en exergue. Elle ressemblait au logo de son ordinateur, pensa-t-elle, sauf qu'ici, le fruit était doré. Qu'est-ce que cela signifiait ? Elle envisagea le jardin des Hespérides, puis Adam et Eve… mais trêve de tergiversation, elle ne pouvait pas rester en ces lieux : elle devait trouver la réponse par elle-même.

Lily observa son environnement : des troncs, elle

ne voyait que des arbres, à perte de vue. De toutes tailles, de toutes formes, elle ne savait pas ce que c'était comme essences, mais, ce qui était sûr, c'est qu'elle en était cernée. Elle n'y connaissait rien, en fleurs, plantes et tout ce qui s'y apparentait. La nature, ce n'était pas son truc. Mais était-ce essentiel ? Elle ne comprenait toujours pas ce qu'elle faisait là et cette ignorance était au centre de son mal-être.

S'était-elle perdue ? Mais en partant d'où ? Elle se rappelait juste s'être endormie aux côtés d'Achille, son amant, après une nuit de folie. Cela faisait trois mois qu'elle partageait sa vie et elle lui donnait absolument tout ce qu'il voulait, de la lingerie aguichante à la sexualité débridée. Elle tentait surtout d'éviter qu'il ait des regrets et retourne, penaud, auprès de sa femme, la laissant seule et humiliée, une fois de plus. Alors elle était prête à tout, quitte à se coltiner le gamin, quatre jours dans le mois. Le petit monstre n'était pas désagréable, mais un peu trop gâté, surtout depuis la séparation. Elle savait que sa mère devait lui raconter des horreurs sur elle, qu'elle considérait à raison comme sa rivale, donc elle avait surjoué la copine, pour la mettre encore plus en boule. Cela marchait : le gamin l'adorait.

Lily frissonna. Elle portait un mini short et un top qu'elle ne reconnaissait pas. Elle n'en avait aucun de semblable dans sa garde-robe, et sa tenue n'était pas vraiment adaptée à la température. « Allez, secoue-toi si tu ne veux pas mourir de froid, s'encouragea-t-elle, tu dois comprendre où tu te trouves ».

Lily avança enfin, prudemment, sur le qui-vive. Elle guettait un indice de vie à proximité de son parcours. Malgré cela, au départ, elle ne perçut pas les pattes velues qui descendaient le long d'un fil pratiquement invisible. Pourtant, vu la stature de l'animal, il était difficile de les manquer ! L'araignée tomba à quelques mètres d'elle, dans un bruit sec. La bête était disproportionnée et impressionnante, elle devait mesurer quasiment la taille de Lily et elle darda sur elle un regard rond et menaçant. Lily ne réfléchit plus, elle courut, le plus vite qu'elle le put, zigzaguant entre les arbres afin de semer le monstre. Elle n'avait plus de souffle, ses poumons étaient douloureux, mais elle ne pouvait pas ralentir, sous peine de finir sa vie prématurément. Que lui voulait cette bestiole ? Comment pouvait-il en exister des pareilles ? Lily était paniquée, elle s'imaginait déjà à la place des pauvres mouches, prises dans les toiles en attendant une mort certaine, impuissante devant son sort. Non, elle ne voulait pas se résigner ! Elle trouva une énergie supplémentaire et, malgré la douleur qui se propageait dans ses muscles, elle continua à courir à perdre haleine. L'araignée comptait-elle la manger ? Ou bien la garder en réserve, dans une sorte de gros cocon où elle l'emballerait pour mieux la conserver ? Lily ne souhaitait pas savoir, elle retenait ses cris, terrifiée, et ne pensait qu'à une chose : se concentrer sur son parcours pour ne pas trébucher et détecter une échappatoire. Elle devait s'en sortir. L'itinéraire jouait pour elle : elle se faufilait dans des espaces étroits, obligeant le monstre à les contourner, et, donc, à perdre de précieuses secondes.

Elle ne repéra pas à quel instant elle l'avait semée, mais, à un moment, elle s'aperçut qu'il n'y avait plus de bruit, hormis celui de sa respiration. Soulagée, Lily ralentit avant de s'octroyer une pause. Elle s'appuya contre un arbre, courbée en deux par l'effort, haletante. La jeune femme s'efforça de calmer son rythme cardiaque. Elle était transcendée, mue par un sentiment de victoire. Elle était fière de sa performance, ces heures à trimer en salle de gym n'avaient pas été vaines ! Son acharnement lui avait permis de sortir vivante d'une telle situation. Tout à coup, elle eut un doute : rêvait-elle ? Elle se pinça, sentit la douleur mais rien ne changea autour d'elle. « Bienvenue dans la réalité », se dit-elle, sarcastique.

Lily haletait toujours, le dos appuyé contre un tronc. Que se passait-il dans cet endroit? Pourquoi était-elle désignée pour cible? Elle ne le savait pas, elle ne savait rien, mais son instinct de survie prenait le dessus sur tout le reste. Lily aurait-elle dû pleurer, s'effondrer, ou appeler à l'aide ? Elle sentait bien que cela ne servirait à rien dans cette forêt inconnue. Elle devait repartir, ne plus perdre de temps pour sauver sa peau, quand elle perçut un sifflement près de son oreille. Au même instant, une flèche se planta à cinq centimètres de son visage. Terrifiée, Lily hurla à en perdre haleine et reprit sa course de plus belle. Elle devait s'en sortir par ses propres moyens. Elle en était capable ! Elle capta un mouvement sur sa droite et amorça un crochet à l'opposé, tout en continuant son périple. Un projectile la rata de peu, se plantant dans le sol, à l'endroit où se trouvait son mollet une seconde auparavant. Le tireur l'avait manqué cette fois, mais qu'en serait-il à la prochaine occasion? La sueur dégoulinait dans son cou, sur son visage, pénétrait insidieusement dans ses yeux et les brûlait un peu plus. L'archer la coursait et il n'eut d'autre choix que de se montrer à découvert pour mieux viser sa cible, et Lily n'en crut pas ses yeux. Sa peur franchit encore un cran, alors qu'elle pensait avoir atteint le summum de la terreur : son poursuivant n'était pas humain, il avait l'apparence d'un squelette. Lily savait qu'elle ne rêvait pas, et pourtant, elle ne trouvait aucune explication rationnelle. Un squelette ? Mais comment un squelette pouvait marcher, courir, tirer à l'arc ? Devenait-elle folle ? « Achille, où es-tu quand j'ai besoin de toi ? » Rugit-elle, furieuse. Elle sentait un regain d'énergie, motivé par sa peur d'y passer. Lily ne devait pas perdre le rythme, ses muscles se tétanisaient, mais elle ne voulait pas imaginer ce qui l'attendait si elle flanchait. Un squelette espérait l'éliminer, et elle n'allait pas se laisser faire !

Soudain, la chance tourna enfin et elle éprouva un tel soulagement que des larmes inondèrent son visage. Droit devant, avait-elle bien vu ? Une maison, sa maison, apparaissait dans le virage. Elle savait bien qu'il était impossible que ce soit la sienne, puisqu'elle avait toujours vécu dans le quartier des Minimes, au cœur de Toulouse, alors que là, elle était au milieu de nulle part ! Mais tant pis pour cette incohérence, tant pis si ce n'était pas exactement la sienne, l'important était de se mettre à l'abri dans ce qui ressemblait comme deux gouttes d'eau à son cher chez-soi.

Lily allongea sa foulée dans un effort incommensurable, alors que le squelette, rejoint à présent par l'araignée, gagnait du terrain. Elle les devançait encore un peu, mais craignait maintenant de trouver porte close. Où trouver les clés ? Elle ne laissait jamais de double où que ce soit et elle n'avait pas son sac à main ! Tentant le tout pour le tout, elle poussa la porte et sentit un élan de gratitude : elle était ouverte ! Lily la claqua au nez de ses agresseurs qui gagnaient du terrain. Ils gémirent et grattèrent le huis alors que, fébrile, elle fermait le verrou à double tour.

Elle était saine et sauve ! Éperdue de reconnaissance,

elle n'arrivait pas à le croire. Pourtant, quand elle comprit que les deux monstres contournaient la maison à la recherche d'une issue, elle se précipita vers chaque fenêtre, abaissa les volets roulants et vérifia que tout était bien hermétique. Rassurée, elle se laissa tomber sur une chaise de la cuisine. Lily s'octroya un peu de répit. Son cœur battait si vite qu'elle aurait pu estimer qu'il cherchait à sortir de sa poitrine, et une transpiration âcre trempait son visage, ses épaules, son dos. Elle était exténuée. Elle se concentra sur sa respiration et réfléchit un peu plus posément. Achille, où était-il ? Il ne travaillait pas et aimait faire la grasse matinée. Dormait-il ? Peut-être avait-il l'explication ? Elle voulait tellement qu'il soit à ses côtés, elle avait si peur d'être seule ! Elle l'appela, longuement, mais ses cris n'eurent pour effet que d'exciter les monstres à l'extérieur.

Lily ouvrit le robinet et but longuement. Elle était chez elle, dans une sécurité relative. Cela lui donnait un peu de temps pour trouver une solution. Elle parcourut les pièces, mais comme elle s'y attendait, même la chambre était vide. Elle se laissa tomber sur le lit et sanglota un long moment, et cela lui fit du bien d'extérioriser sa frayeur, son angoisse, son incertitude. Elle était perdue, elle ne comprenait rien à sa vie. Quand les pleurs se tarirent, elle se rendit compte que quelque chose n'allait pas. Mais quoi ? Elle se leva difficilement et parcourut de nouveau les pièces, plus lentement. En effet, même si ce n'était pas flagrant, elle trouvait que sa résidence avait changé. Il y avait toujours le canapé crème dont elle payait encore l'emprunt, la salle à manger achetée chez *Maison du Monde*, mais rien n'avait sa place d'origine. Voilà. Lily était perfectionniste, très attachée à son intérieur, et elle constatait qu'il n'y avait aucun des objets qu'elle avait placés avec soin, que ce soit par commodité ou en décoration. Elle revint à la cuisine pour faire le point. Où était son Thermomix ? Et sa Nespresso ? La corbeille de fruits n'était plus là. Le plan de travail était vide, comme aseptisé. Décontenancée, elle se rendit dans le salon et elle eut la même impression. Ses bibelots favoris avaient disparu ! Elle devait appeler la police et signaler le cambriolage, il manquait tellement de choses auxquels elle tenait ! Lily était en colère, ce n'était vraiment pas son jour ! D'abord ce lieu qu'elle ne connaissait pas, puis cette course poursuite, pour se retrouver dans une maison vidée de ses biens… Et puis, elle eut un éclair de lucidité : bien sûr, ce devait être Achille qui lui jouait un tour ! Une sorte de caméra cachée grandiose, avec des effets spéciaux à couper le souffle… mais alors… Cela signifiait qu'elle était filmée ? Honteuse de son état physique après ces efforts surhumains, Lily mit de l'ordre dans ses cheveux à l'aide de ses doigts. Ah cet Achille, il avait de ses idées ! Si son image passait mal à l'écran, il allait l'entendre. Elle le héla à nouveau, sur un ton plus doux qu'à son habitude, au cas où les caméras captent ses appels. Elle ne voulait pas qu'on la prenne pour une mégère, mais Achille ne répondait toujours pas.

Concentrée dans sa recherche d'explication, Lily se rendit compte qu'un autre détail clochait. À la place de la télévision, une peinture particulière ornait le mur du salon. Intriguée, la jeune femme s'approcha et réalisa qu'il s'agissait de la représentation exacte de la pomme qu'elle avait aperçue lorsqu'elle était dans la forêt. Lily ressentit un infime espoir : et si l'explication se trouvait dans cette reproduction ? Elle escomptait que cette toile serait la clé de sa survie ! Elle toucha les esquisses, les effleura, appuya sur certains, mais rien ne se produisit. Tout à coup, alors qu'elle ne s'y attendait plus, la pomme se mit à briller, très fort, et un écran émergea sur la totalité de la peinture.

Inquiète, Lily recula et trébucha sur le canapé, au milieu des coussins de toutes les formes qu'elle avait chinés pendant des mois. Elle porta sa main devant ses yeux pour se protéger de la forte luminosité, le temps que ses pupilles s'habituent.

À l'écran, un nez apparut en gros plan, puis un visage se précisa à mesure que son propriétaire reculait. Adam ! C'était Adam ! Elle n'avait jamais été si contente de voir le rejeton d'Achille, et elle remua les mains pour le saluer avec animation.

– Adam, tu m'entends ? Je suis tellement heureuse de tomber sur toi ! Adam aide-moi ! Ton père est avec toi ? Appelle les secours, je suis coincée ici avec des méchants, tu comprends ? Aide-moi à sortir de là !

Elle doutait qu'un garçon de huit ans puisse trouver la solution à son problème, mais elle voulut y croire, de toutes ses forces. L'espoir était de retour, et elle lui sourit avec tendresse. Puis, une voix retentit derrière le petit :

– Adam, mon chéri, tu ne joues qu'une demi-heure, d'accord ? On passe à table bientôt.

Une dame brune apparut en second plan et Lily retint son souffle : l'ex-femme d'Achille la scrutait maintenant, et elle ne semblait pas amicale…

– Adam ! Je ne peux pas le croire ! Tu profites de tes parties de jeu vidéo pour recréer l'appartement de la pouffe de ton père ! Et, qu'est-ce que je vois, tu y as même ajouté son avatar ! Alors ça s'est trop fort, je te désinstalle ce jeu, c'est fini !

Lily était catastrophée. Elle était terrifiée, elle ne voulait pas disparaître, éradiquée de la surface de la Terre. Elle eut beau crier, supplier, elle ne put empêcher l'index de sa rivale d'appuyer sur la pomme. Elle la condamnait, purement et simplement… son hurlement résonnait encore quand elle se retrouva dans le noir total, puis elle perdit rapidement connaissance.

Lily était vaseuse, sa tête douloureuse la lançait. Elle était désorientée, comme si elle se réveillait d'un sommeil profond. Où était-elle ? Ce lieu sombre et hostile, ne la rassura pas. Pourtant, elle avait une impression de déjà vu, notamment à la vue de cet arbre si particulier. Il ressemblait à un visage de vieille femme, marqué par les années. Inquiète, elle se releva précipitamment, mue par un sentiment d'urgence. Elle n'avait aucun souvenir immédiat, une angoisse grandissante prenait toute la place…

# L'EXPÉDITION

Céline Servat

Cette histoire est fictive mais le personnage, ses manies, sa façon de parler et son entourage sont directement inspirés de mon grand-oncle. Une variante de cette nouvelle est arrivée en finale du concours d'Airbus. Dans les prochaines lignes, vous allez donc rencontrer Jeannot.

# L'expédition

Jeannot regarda autour de lui. C'était incroyable ! Il avait suivi le chemin et, pourtant, il s'était perdu. Il allait se faire gronder par sa sœur quand il rentrerait....

S'il ne retrouvait pas la bonne route, partirait-elle sans lui ? À cette idée, il paniqua. Qu'allait-il devenir ? Augustine serait-elle capable de l'abandonner ? Non, il savait bien qu'elle ne le laisserait pas. Jamais.

Augustine et son mari avaient prévu de passer les vacances chez leur fils, dans ce village des Pyrénées. Au départ, il devait rester avec l'une de ses nièces mais il avait insisté pour qu'ils l'emmènent avec eux. Augustine avait protesté, pour la forme, avant de céder. Elle n'aimait pas laisser son frère, elle se sentait responsable de lui. Depuis la mort de leur mère, Jeannot habitait chez elle. Malgré ses soixante-dix ans passés, il avait un âge mental de dix ans. « C'est à cause d'une méningite ! » expliquait sa sœur. Jeannot ne savait pas trop ce que c'était mais il se méfiait de ce truc qui l'avait déjà attrapé une fois, quand il était petit. « Peut-être qu'alors, je ne courais pas assez vite pour lui échapper ? ».

Ses autres frères et sœurs rechignaient à l'accueillir et, tout naturellement, Augustine l'avait installé chez elle, avec ses sept enfants.

Jeannot pratiquait la marche. Il aimait suivre les militaires de la base toute proche dans leurs exercices, imitant leurs démarches saccadées. Mais les soldats, qui n'appréciaient pas d'être talonné par un homme de son âge, l'avaient sommé de cesser de les importuner. Pourtant, lui aussi avait une casquette, et même une veste de costume ! Il n'avait pas compris leurs réactions, mais ils avaient l'air fâché, alors il n'avait pas insisté.

Souvent, il restait assis dans la cour, regardant passer les voitures. Des automobilistes lui demandaient parfois leur chemin et, avec sérieux, Jeannot leur indiquait l'itinéraire, à grand renfort de mots qu'il ne connaissait pas. La gauche, la droite, cela servait à quoi ? Les conducteurs redémarraient, rassurés par ses indications. Souvent, ils repassaient devant lui, tournant et retournant sans fin. Il leur adressait un geste amical, content de les reconnaître, mais ils ne répondaient jamais. Pourtant, il les avait aidés ! Quels ingrats…

Dans le quartier, des adolescents se moquaient de lui, et même l'insultaient. Quand il s'en rendait compte, une boule montait dans son ventre et sa gorge. Ces jeunes lui faisaient peur, et ils le mettaient en colère. Il en parlait alors à son neveu, et tout rentrait dans l'ordre. « Ne t'inquiète pas. Il n'y a rien de mieux que quelques baffes pour leur remettre les idées en place », lui expliquait-il.

À présent, Jeannot était excité par le voyage. Assis à l'arrière, il se frottait les mains et touchait sa casquette sans arrêt, signe de grande émotion. Les mots étaient compliqués, alors, il fallait bien qu'il bouge, pour faire sortir tout ce qu'il avait dans la tête !

Augustine, pour l'occuper, lui lisait les panneaux de signalisation. Il frémit en entendant un nom qu'il connaissait : ils passaient près du village où il était né.

– On va à Mane ?

– Non, Jeannot, on ne va pas faire un détour. Je suis fatiguée, je conduis depuis presque deux heures.

Déçu, il s'enfonça dans le siège, le cœur serré. Si, pour une fois, sa sœur pouvait dire oui ! Il cacha sa déception et son regard se perdit vers les montagnes enneigées.

À leur arrivée, les enfants étaient excités. Il ne supportait pas bien les bruits, ni les petits, de manière générale. Ils ne lui laissaient pas choisir le programme télé, c'était énervant !

À la fin du repas, Jeannot avait voulu se dégourdir les jambes, et il se retrouvait maintenant au bord d'un chemin qu'il ne connaissait pas. Que faire ? Il s'assit sur un banc, pour ne pas montrer qu'il était perdu. Et puis, cela lui donnait un air sérieux ! Il réfléchissait à l'attitude à adopter pour la circonstance, quand une voiture ralentit, puis s'arrêta.

– S'il vous plaît, Monsieur, connaissez-vous le village de Mane ?

– Et comment ! J'y suis né, moi, à Mane ! dit-il, bombant le torse.

– C'est loin d'ici ?

– *Oh* non, c'est pas loin. Je viens avec vous, si vous voulez.

– Ce n'est pas de refus. Merci, vraiment.

Jeannot monta dans la voiture de l'étranger en costume cravate, excité à l'idée de connaître enfin son lieu de naissance. De ce village, il ne gardait que quelques souvenirs d'enfance. Pourtant, il s'accrochait à l'idée que cet endroit était différent. Une fois sur place, tout lui reviendrait. Il s'y sentirait chez lui.

– Tout droit ? demanda le conducteur.

– Oui oui, répondit-il, dépassé par les événements.

Jeannot reconnaissait son chemin à présent, il passait devant la maison de son neveu. Il aurait pu demander à l'homme de s'arrêter, mais il n'y pensait déjà plus. Il n'avait qu'une chose en tête : rejoindre Mane.

– Il fait froid pour la saison, non ? proposa le conducteur, pour engager la conversation.

– Oui, dit Jeannot, haussant les épaules, plusieurs fois, car il aimait bien ce mouvement.

– Et ce village, Aspet, doit-on le traverser ?

– Tout droit, s'exclama Jeannot, au comble de la joie.

– Désolé, je suis incorrigible, je ne me suis pas présenté : Claude Martin. Et vous êtes ?

– Oui, répondit Jeannot, concentré.

Il imaginait déjà son arrivée à Mane. Tout le village le reconnaîtrait, chaque habitant le prendrait dans ses bras. Il y aurait des guirlandes, et, peut-être -il ferma les yeux, submergé par l'émotion- il y aurait sa mère ?

Jeannot passa en revue plusieurs scenarii, tous plus extraordinaires les uns que les autres, tandis que l'homme s'épanchait sur le difficile métier de vendeur d'aspirateurs.

Le silence s'installa. Le représentant attendait-il qu'il parle ? Justement, Jeannot avait une passion. Il affectionnait la politique, connaissait tous les présidents de la cinquième République et avait appris leurs programmes par cœur.

– Ce Chirac, je ne l'aime pas. Ah, non, je ne l'aime pas. Je préfère Jospin. Vous le connaissez, Jospin ?

– Oui, bien sûr, répondit Claude Martin, un peu inquiet de la tournure de la discussion. Dites, comment prononcez-vous le nom de ce village : izo ? Izaou ?

– *Pfff*, souffla Jeannot. J'ai pas de lunettes.

– Comment ça, vous n'avez pas de lunettes ? Vous n'avez pas vos lunettes, voulez-vous dire ?

– J'ai pas vos lunettes, mais j'en ai pas moi non plus !

– Alors, comment lisez-vous ? À votre âge, tout le monde a des lunettes ?

– Et ben je ne sais pas lire, puisque j'ai pas de lunettes !s'écria Jeannot, épuisé par tant d'explications.

Monsieur Martin plissa les yeux et le dévisagea. Il avait dû dire une bêtise ! Désolé que des lunettes posent tant de problèmes et surtout, craignant de ne jamais revoir Mane, il s'empressa de répondre :

– Mais ma sœur elle en a, chez nous, à Castres !

– Castres, ce n'est pas dans le Tarn ?

– Oui, c'est là que j'habite.

– Et… vous connaissez la région ?

– Et non, moi, je suis de Castres, alors…

À ces mots, le conducteur, furieux, pila :

– Vous voulez dire que vous me baladez depuis tout à l'heure ? Je suis pressé, j'ai dix aspirateurs à vendre à la mairie de Mane. Vous pensez que je m'amuse ? Descendez!

– Ah non, vous m'avez dit qu'on allait à Mane, on va à Mane !

Jeannot se frottait les mains d'indignation. Qu'est-ce qu'il croyait, l'autre ? Il lui annonçait que son rêve allait se réaliser, et, maintenant il le laissait là ? Pas question !

Monsieur Martin apostropha un chasseur, posté au bord de la départementale et lui demanda des indications, avant de démarrer en trombe, toujours aussi furieux. Sa colère fut à son comble quand Jeannot pouffa.

– Qu'est-ce que vous avez à rire comme ça ?

– L'autre là, il vous a raconté n'importe quoi ! Moi, je dis pareil à ceux qui me demandent la route !

C'était trop pour Monsieur Martin, qui freina d'un coup sec.

– Ecoutez, j'ai été bien gentil jusque là, mais si vous continuez à vous foutre de ma gueule, je vous fais bouffer un aspirateur au complet !

Jeannot se tut. Tant pis si l'autre s'énervait, il voulait simplement rejoindre sa destination. Et il ne devait pas être loin. Justement, le représentant se garait :

– Ça y est, ma bonne action est terminée. Sortez ! On est arrivés.

L'homme claqua la porte du véhicule et se dirigea vers la mairie.

Jeannot descendit, clignant des yeux, se préparant déjà à accueillir la foule en liesse. Mais la rue était déserte, le paysage désolé par les caprices de l'hiver. Le village paraissait morne, gris, semblable à tous les autres villages. C'était tout ? C'était donc cela, Mane ? Il ne pouvait pas le croire, ses jambes flageolaient. Jeannot emprisonna son visage dans ses mains, alors que des larmes coulaient le long de ses joues. Pourquoi n'était-ce pas comme dans sa tête ? Alors, il ne verrait plus jamais sa mère...

Qu'allait-il devenir ? Il était loin de chez lui, il ne connaissait même pas la route pour rentrer chez son neveu. C'était si dur ! Il voulait Augustine, il voulait sa famille, sa maison, ses habitudes. Il voulait partir d'ici et tout oublier. Il se berça lentement, cherchant à se calmer. Qu'allait-il faire ? Jeannot ne sentait pas le froid de ce mois de décembre, il était dans son monde. Pourtant, il entendit des voix. Et si c'était l'autre qui revenait pour l'engueuler ?

– Non, ne m'approchez pas, l'autre il va encore me gronder. C'est un couillon, il connaît même pas la route ! C'est pas ma faute, à moi !

Jeannot était indigné et apeuré par le comportement du représentant, il ne savait plus que faire ; jusqu'à ce que résonne la voix la plus douce de la Terre :

– Monsieur, je suis la secrétaire de mairie. Le représentant nous a raconté votre expédition. Si vous me suivez, il ne vous sera fait aucun mal, et nous pourrons téléphoner à votre famille.

Jeannot gémit, comme un petit enfant apeuré, avant de s'extirper complètement du conduit. Une belle jeune femme aux longs cheveux bruns lui souriait, entourée par des pompiers en uniformes et une dizaine d'autres personnes qui l'intimidaient beaucoup. La secrétaire lui tendit la main et le conduisit à l'intérieur de la mairie.

– Comment s'appelle votre neveu ? demanda-t-elle en saisissant l'annuaire.

Jeannot répondit docilement, même s'il n'avait jamais compris l'intérêt porté à ce gros bouquin sans image. Alors, José figurait dedans ? Il devait avoir un poste important !

Enfin, la voix inquiète de sa sœur retentit à l'autre bout du combiné :

– Mais Jeannot, que fais-tu ? Où es-tu ? Je me suis inquiétée !

Quel soulagement d'entendre Augustine ! Sa

crainte s'envola instantanément, laissant place à l'euphorie. Tout allait redevenir comme avant ! Rassuré, il sourit et s'accrocha au combiné :

– À Mane ! s'exclama-t-il d'une voix triomphante.

# L’ADIEU

## Tomas Jimenez, Céline Servat

**Céline** : Thomas a subi l’écoute d’un concert de variété d’un chanteur pas très doué, lors de ses vacances. À chaque chose malheur est bon puisque cela lui a donné l’idée de cette nouvelle ! On a fait un brainstorming sur le sujet et on s’est bien amusé à l’écrire à quatre mains !

**Tomas** : Un soir, sur la terrasse de l’appartement où je logeais pour des vacances en Espagne, j’ai été désagréablement surpris et contraint d‘entendre un chanteur espagnol s’attaquer au répertoire d’un « chanteur » français que j’ai toujours détesté. L’espace d’un millième de seconde, j’ai peut-être envisagé qu’il disparaisse d’une mort si possible violente...

# L'adieu

*12 juin*

Je n'aurais jamais pensé tenir un journal intime.

Pour moi, c'est quelque chose qu'on ne voit que dans les films ou les romans. Un simple procédé bien pratique pour raconter une histoire, mais que personne ne fait vraiment, dans la vraie vie. Pourtant, ce soir, je ressens ce besoin irrépressible et je comprends ceux qui l'ont fait avant moi.

Mes parents ne m'ont jamais encouragé à lire ou à écrire et, s'ils apprennent que je couche sur le papier mes ressentis, mes émotions, mon intimité, ils ne comprendraient pas. Ils considéreraient cela comme une perte de temps, comme toute activité intellectuelle, d'ailleurs. Chez nous, c'est le triomphe quotidien de la télé.

Pourtant, j'adore lire. Je pense même que c'est ce qui m'a permis de m'en sortir scolairement parlant. Mais c'est aussi ce qui m'a éloigné de mes parents. Quand mon père a su que j'étais premier de ma classe, cela n'a pas provoqué la reconnaissance que je pensais. Il s'est mis à me surnommer « l'intello », et, dans sa bouche, ce n'est pas un compliment. Dès qu'il me surprend un livre à la main ou si j'utilise des mots qu'il ne connaît pas, il m'engueule et me dit d'arrêter « de me la péter ». Mais lire est si important pour moi ! C'est à la fois un moyen de m'évader de la médiocrité ambiante familiale et d'échapper à des conversations tournant autour des matchs de foot dans le meilleur des cas, et de politique dans le pire.

Je trouve mes parents complètement rétrogrades. Je les aime, mais je ne supporte pas de les entendre déblatérer -comme c'était le cas ce soir- des âneries sur tel ou tel sujet d'actualité. Les homosexuels, les étrangers, les assistés, les « gauchiasses », comme ils disent… Je suis en totale opposition avec ce qu'ils disent mais dès que j'essaie d'en parler avec eux, de leur donner des arguments, ils ne m'écoutent pas et me répondent que ce n'est pas un gosse qui va leur apprendre la vie. Je les aime, mais quelquefois… Je les déteste…

*25 juin*

Aujourd'hui, avant d'écrire dans mon journal, j'ai relu mes états d'âme d'il y a quelques semaines… Les choses ne s'arrangent pas.

Hier, j'ai suggéré à mes parents l'idée de m'inscrire à un club de théâtre. Mon père a dit qu'il était hors de question qu'il paie pour ces conneries et m'a proposé de m'inscrire au club de foot à la place. J'ai tenté une approche différente, proposant de faire de temps en temps des sorties familiales et culturelles, de visiter les musées alentours qui sont gratuits les premiers dimanches de chaque mois. Mais cette option aussi a été balayée par mon géniteur d'un revers de la main. Le dimanche il a « besoin de se détendre et de se reposer, pas de se prendre la tête avec des trucs d'intellos ».

*1er juillet*

Je ne supporte plus cette maison. Tout à l'air figé dans les années 80. La déco est à l'image des idées de mes parents : de mauvais goût et d'une autre époque. J'ai longtemps eu beaucoup de tendresse pour ma mère, même si, quand j'y réfléchis, elle n'en a jamais vraiment manifesté à mon égard. J'ai longtemps cru que sa discrétion et sa façon de se tenir en retrait témoignait d'un malaise ou d'une opposition silencieuse à mon père, mais les discussions que j'ai eues avec elle lorsque nous étions seuls ont vite douché mes espoirs.

Elle est exactement comme lui. Quand je lui ai parlé de mes envies artistiques, elle m'a invité à pratiquer, comme elle, le macramé et le canevas. Selon elle, c'est de l'art. Selon moi, c'est le summum du kitch. Depuis des années maintenant, les murs du salon se recouvrent peu à peu de ses plus belles productions. C'est son petit musée, comme elle dit. Celle dont elle est le plus fière trône au-dessus de la télé. C'est une tentative maladroite sensée être à l'effigie de celui dont elle et mon père sont absolument fans, Michel Sardou. À chaque fois que mon regard se pose sur elle, j'ai envie de hurler et de tout casser dans cette baraque. Je n'ai pas ma place dans leur monde.

*3 juillet*

Aujourd'hui j'ai eu les résultats du bac. J'ai eu la mention très bien. J'étais si fier que mes efforts aboutissent…

Je l'ai annoncé à mes parents. « Maintenant ils le donnent à tout le monde ! » a conclu mon père, sans lever les yeux de son écran.

*13 juillet*

Je suis à bout. Comme tous les ans à la même période, nous sommes partis pour notre traditionnelle semaine de vacances au camping des Flots bleus. La route était interminable. Non seulement, des bouchons monstres nous ont retardés pendant deux bonnes heures, mais, en plus, j'ai dû me coltiner le best off de Sardou pendant tout le trajet. J'ai eu la nausée en entendant mes parents reprendre en cœur « Je suis pour », « Femmes des années 80 », « Si les ricains n'étaient pas là » « Je suis français » ou d'autres horreurs réacs dont ce connard a le secret… Dire que mon prénom vient de ce sale type… Ça me donne envie de gerber !

*20 juillet*

Ces vacances ont été atroces. J'aimerais tant voyager, visiter d'autres pays ! Je n'en peux plus de vivre tous les ans la même chose dans ce camping miteux. Les mêmes animations et les mêmes habitudes, chaque année. Cette fois-ci, le bal du quatorze juillet a été particulièrement éprouvant pour moi, alors que mes parents étaient aux anges. Le camping avait confié l'animation de la soirée à un sosie de Michel Sardou. J'ai refusé d'y aller. Mes parents se sont offusqués et mon père a rajouté « toi qui voulais faire des sorties culturelles... ». Pendant tout le reste du séjour et sur tout le trajet du retour, je n'ai pas décroché un mot.

*21 juillet*

Puisque j'ai enfin dix-huit ans, j'ai pris une décision. À la rentrée de septembre, je prendrai un studio et je quitterai mes parents. Je ne couperai pas les ponts, je passerai les voir de temps en temps mais je ne peux plus vivre avec eux. JE DOIS VIVRE MA VIE.

*10 septembre*

Je n'ai pas rouvert ce journal pendant plusieurs semaines. Il faut dire que j'ai été particulièrement occupé ces derniers temps. Trouver un appart, un boulot, les inscriptions à la fac. Je n'ai pas vraiment eu le temps ou le besoin de m'épancher. Bien que mes parents prennent très mal mon départ et mon désir d'indépendance, et même si je sais que je ne vais pas avoir une vie facile, j'ai l'impression que tout est possible. Je suis enfin libre.

*12 septembre*

La liberté se paie. Hier soir, alors que je tentais de me reposer avant de partir taffer, j'ai été réveillé en sursaut par un bruit assourdissant provenant de l'appart de mon voisin de palier. Cet abruti était en pleine session de karaoké et beuglait comme un veau sur « Les lacs du Connemara ». Je me suis senti agressé, poursuivi par tout ce que je voulais fuir. Sa voix chevrotante associée à la chanson maudite m'ont irrité au plus haut point et m'ont énervé vitesse grand V. J'ai sonné chez lui en lui demandant de baisser. Il m'a rétorqué « qu'on était en France et qu'il faisait ce qu'il voulait ». Mon énervement s'est commué en rage et je n'ai pas pu m'empêcher de lui coller mon poing dans la gueule. Il est tombé à la renverse, saignant du nez sur le parquet.

Le type a porté plainte et je suis convoqué chez les flics. Il a aussi tout raconté au proprio qui m'a enjoint à me chercher un autre pied-à-terre au plus vite. Pour couronner le tout, ce maudit voisin fête sa victoire en passant du Sardou à fond dès qu'il me sait dans mon appart. En tous cas, hors de question que je retourne chez mes parents. De toute façon, je pense qu'ils n'accepteraient même pas de m'accueillir. Pour eux, je suis devenu un étranger. Et ils n'ont jamais aimé les étrangers...

*24 décembre*

Mon nouvel appart est moins bien que le précédent. Il est plus petit et plus cher, je ne m'y sens pas à l'aise. Mais je n'ai rien trouvé de mieux. En plus, c'est mon premier Noël tout seul. Ils ne m'ont même pas invité. Je me console en me disant que, cette année, je vais enfin parvenir à éviter tout ce que j'ai toujours détesté dans cette période. Les cadeaux à côté de la plaque, la bouffe insipide de ma mère, le sapin en plastique, le macramé entouré de guirlandes clignotantes, les décors de table et la vaisselle « des grandes occasions, les repas interminables et les veilles familiales devant tel ou tel programme télé pourri, « spécial Noël »... D'un autre côté, la solitude me pèse et je suis toujours envahi par ces sensations de spleen. Et puis, je me rends compte que je ne peux plus continuer ainsi. J'adore la fac, toutefois, je n'arrive pas à suivre correctement mes cours, vu que je bosse pour subvenir à mes besoins. Mes parents ne m'aident absolument pas et je suis obligé de me débrouiller comme je peux pour vivre à peu près normalement. Le patron de la boîte où je travaille m'a proposé de m'embaucher à plein temps en CDI. C'est peut-être la solution, arrêter la fac et me lancer dans la vie active. Je pourrai toujours reprendre mes études plus tard ?

*06 janvier*

J'ai passé la période de Noël la plus difficile de ma vie ! J'ai tergiversé pendant des jours. Dois-je abandonner mes études et avec elles, mes rêves de devenir professeur de philosophie ? D'un autre côté, j'ai profité des vacances scolaires pour faire des heures en plus, et je mesure combien c'est confortable de toucher une paye plus consistante.

Je me suis renseigné pour des cours par correspondance. J'ai bien envie de tenter, mais vais-je m'y tenir ? En tout cas, j'ai sauté le pas et j'ai confirmé mon engagement auprès du directeur pour travailler à plein-temps. Au moins pendant quelques mois, le temps de mettre de l'argent de côté et de voir venir.

Mon patron m'a à la bonne. Il fait un peu « vieux beau » comme s'il ne se rend pas compte que le temps qui passe lui creuse des pattes d'oies et lui gonfle le bide. Il a l'impression que les minettes n'attendent que lui pour se pâmer. Mais il est réglo avec moi, bien qu'un peu trop familier. Enfin jusque-là, je le voyais peu mais depuis que je suis présent trente-cinq heures par semaine, il me demande de le seconder au bureau et je me rends compte qu'il commence à me taper sur les nerfs. En même temps, je n'ai pas prévu de devenir son copain, je dois juste prendre un peu sur moi. Il a des traits qui me sont familiers, mais je n'arrive pas à savoir à qui il me fait penser…

Je partage donc mon temps entre le travail à la chaîne et les courriers du patron. J'ai l'impression de manquer de stimulation, comme si mon cerveau s'engourdissait… Je n'ose plus me projeter, et j'ai peur de me contenter de cette existence morne et sans saveur où je n'éprouve plus rien, où je ne vis pas grand-chose… Mon seul plaisir est de me plonger dans mes livres quand je rentre du travail.

*02 février*

C'est officiel, mon patron est un connard ! Il n'arrête pas de commenter le physique de toute femme qui passe la porte du bureau, et même les adolescentes sont déshabillées par son regard lubrique. Je vais travailler la boule au ventre et je me retiens de lui dire ses quatre vérités plusieurs fois par jour. Il ne se rend même pas compte que ses propos me répugnent et je suis soulagé quand il me demande de faire plus d'heures à la chaîne, comme ça je n'entends pas ses propos salaces. Depuis une semaine, il me demande de réserver mon vendredi soir car il a une surprise pour moi. Je n'ose pas refuser et pourtant, je j'imagine le pire ! J'espère surtout qu'il ne va pas me présenter sa fille en m'imaginant en futur gendre.

*05 février*

Quelle soirée de cauchemar ! Cela fait deux heures que je suis assis, dans le noir, terrifié, sans oser bouger.

Je savais que je n'aurais pas dû me rendre au rendez-vous, je le sentais ! Mon patron m'avait laissé une adresse en me demandant d'y être à vingt heures précises. J'étais soulagé que ce ne soit pas à son domicile ! Je suis arrivé devant un cabaret. « Le luxe et les paillettes ». Pourvu qu'il ne m'emmène pas voir du french cancan ou de la lap dance ! Rien ne m'étonnerait venant de sa part. J'ai donné mon nom à la personne de l'accueil et elle m'a placé devant la scène, comme un invité VIP. J'ai commandé un jus d'orange et assisté au show : des sosies de stars se déhanchaient et chantaient en play-back sur des bandes sons. Une fausse Britney Spears, coiffée de couettes et en tenue de lycéenne interpréta avec plus ou moins de talent « Oups, I did it again », avant de laisser la place à une Barbara habillée d'un costume en plumes sombres pour figurer l'aigle noir.

Je m'ennuyais un peu et guettais la porte, attendant que mon boss me rejoigne pour une soirée « entre mecs » comme il devait les aimer, quand j'ai entendu des notes honnies. Je me suis crispé sur ma chaise mais je n'ai pas pu y échapper. Un sosie de Sardou a déboulé en interprétant la chanson « Mon fils ».

Je détestais cette chanson. Mon père l'adorait, lui, ce texte dans lequel un homme explique à son enfant qu'il va quitter sa mère car il ne la désire plus et du coup, il ne le verra que de temps en temps, et qu'il doit se faire une raison. Le faux Michel entonnait les premières notes, puis il est descendu de scène, s'approchant de moi de façon gênante. Alors qu'il me lançait un clin d'œil, j'ai compris avec horreur que l'homme était mon patron. Voilà pourquoi son visage ne m'était pas inconnu ! Néanmoins, ses traits ressemblaient plus au portrait au canevas au-dessus de la télé de mes parents qu'au chanteur réel. Toute cette mise en scène lui servait à quoi ?

Je réalisais qu'il était venu près de moi pour me susurrer : « mon fils, essaie de me comprendre… » Mais comprendre quoi ? Ce con transférait sur moi. Se prenait-il pour mon père ? J'en avais assez d'un qui ne pensait qu'à sa gueule et ne se demandait même pas ce que je devenais puisque j'étais sorti de son quotidien étriqué. Je n'avais pas besoin de sa copie conforme ! J'étais stupéfait par son culot et, alors qu'il sortait de scène, je n'ai pas supporté cette mascarade plus longtemps sous peine d'imploser. J'ai fini mon verre et me suis levé pour quitter les lieux afin d'éviter un affrontement où je ne pourrais plus faire semblant.

Encore tremblant d'indignation, j'ai récupéré ma veste et coupé par la ruelle derrière le cabaret. Et là, j'ai découvert un spectacle d'horreur. Mon patron, encore grimé en Sardou, avait troussé la robe de la fausse Britney Spears et la prenait par derrière, alors qu'il tirait violemment sur ses couettes.

Je restai figé, trop stupéfait pour réagir. À ma vue, il ne s'est pas troublé et, au contraire, sembla plutôt fier de lui.

– Approche fils, quand il y en a pour un, il y en a pour deux. Je termine et je te la passe !

Je me suis appuyé à la façade pour ne pas vaciller. C'était impensable, je ne pourrais plus travailler avec un tel type, j'allais devoir tout recommencer, mettre encore ma vie entre parenthèses. Tout ça par sa faute. Il ne pouvait pas rester à sa place ? Je ne lui avais rien demandé !

La gouttière à laquelle je m'étais accroché comme si ma vie en dépendait céda, m'entrainant dans sa chute.

– Alors, tu es tout intimidé ? Viens, approche ! continua-t-il.

Ce fut le mot de trop. J'ai saisi le tuyau de canalisation et, armant mon bras, je lui ai fracassé le crâne, frappant encore et encore. Il a glissé au sol, sans bruit, son sexe toujours érigé.

La fille a hurlé avant de s'enfuir. J'ai alors pris conscience de mon passage à l'acte et couru à mon tour, à perdre haleine, jusqu'à mon studio.

Depuis, je suis rentré et maintenant j'ai peur : que va-t-il m'arriver ?

Je ne peux pas rester ici. Ils vont me retrouver, m'arrêter. Je dois fuir.

*16 février*

Il s'en est passé des choses en dix jours ! Le soir où j'ai tout quitté, j'ai chargé ma voiture à la va-vite et j'ai roulé, faisant fi des radars. Mes larmes coulaient sans discontinuer, j'étais pris dans des émotions contradictoires. Qu'avais-je fait ? Où pouvais-je aller ? Comment allais-je m'en sortir ? Je ne voulais pas finir en prison, rien de tout ce qui s'était passé n'était de ma faute. Cet homme m'avait provoqué, il m'avait poussé au bout de mes limites. Et puis, j'avais rendu un sacré coup de main à la société en me débarrassant d'un tel énergumène ! Plus je m'éloignai, plus je me détendais. Pas de barrage de flics, de contrôles aux péages…Petit à petit, le soulagement a succédé à la peur. J'avais choisi ma destination, suffisamment éloignée pour me mettre au vert mais atteignable dans la journée. J'ai passé le panneau « Espagne » en poussant un rugissement de victoire.

Sur place, j'ai trouvé une agence qui m'a proposé un studio, tout confort, à cent mètres de la plage. Je le louais pour deux semaines, histoire de voir venir. Je profitais enfin de temps pour moi, le farniente me plaisait assez, même si je savais que cela ne pouvait pas durer.

Le mardi, alors que je prenais l'air sur le balcon, j'ai entendu une musique provenant d'une sono sans âge qui hurlait jusqu'à saturation. J'avais l'impression d'être aux premières loges d'un concert. Pendant une heure trente, la voix de Paco, chanteur en herbe, a résonné dans tout le quartier. Le problème était surtout le manque de qualité de la prestation.

On avait beau être dans une station balnéaire espagnole, l'endroit était quasiment exclusivement peuplé de touristes français. Paco s'était adapté à cette clientèle, et sa playlist n'était composée que du meilleur du pire de la variétoche française.

Au début, surpris par les ré interprétations très personnelles de Paco, j'ai ri en entendant certains standards de Clo Clo sur lesquels le chanteur s'égosillait. Au-delà des bandes sons pré enregistrées qui jouaient un accompagnement digne d'une démonstration de B*ontempi*, l'interprète avait avec un accent espagnol très prononcé. Je m'étonnais même d'apprécier différemment certains tubes que j'exécrais pourtant, d'habitude. « Ça s'en bat et ça re bien », par exemple, m'a paru être beaucoup plus supportable que sa version originale.

Mais cette félicité a trouvé sa limite lorsque Paco a annoncé :

– Et mainténant, pour botre plous grand plaisir, et pour le mien aussi, je vais interpréter quelques sansons de Miguel Sardou.

À ces mots, j'ai tressailli et mes yeux ont cligné plusieurs fois, dans un tic nerveux. Fébrile, je tremblais alors que retentissaient les premières notes de « La maladie d'amour ». Je me suis brusquement levé et j'ai tourné en rond, littéralement, tentant de me calmer depuis ma petite terrasse, alors que Paco entamait « Ne m'appelez plus jamais France ». Puis, lorsque le chanteur a annoncé « Si les ricains n'étaient pas là », j'ai su qu'il ne pourrait désormais plus y avoir de retour possible. Paco devait mourir.

Il a clôturé la soirée en annonçant que son récital avait lieu tous les mardis et jeudis.

Voilà pourquoi, le jeudi suivant, je me suis installé tôt dans le bar, sur une table à l'écart pour observer ma proie. Je profitais de l'installation du matériel pour réfléchir stratégiquement : quelle était la meilleure solution ? On était proches d'un canal, mais il ne me paraissait pas très profond. De plus, l'endroit était très fréquenté et je ne pourrais agir sereinement. Et si je le séquestrais et l'obligeais à écouter en boucle les chansons ignobles du chanteur abhorré ? Mais je n'avais pas l'infrastructure nécessaire, et rien que l'idée de devoir télécharger, un à un, les titres de Sardou me révulsait. Non, il fallait trouver une méthode radicale, qui, si possible, devrait passer pour un suicide.

En attendant de pouvoir agir, j'ai dû prendre sur moi et subir le répertoire endiablé de ce Julio des bacs à sables, sans montrer mon désarroi et la haine qui montait, à chaque nouvelle reprise. J'étais obnubilé par le besoin de me contrôler et, quand j'applaudissais, je rêvais de tenir son cou entre mes mains et de le serrer à n'en plus finir.

À la fin de la soirée, Paco a rangé son matériel avant de rentrer tranquillement chez lui. C'était l'occasion que j'attendais. Je l'ai discrètement suivi et l'ai accosté au moment où le chanteur sortait ses clés pour les introduire dans la serrure :

– Excusez-moi, cher Paco, c'est bien vous ? Je vous ai reconnu de suite.

– Ah bon ? On se connaît ? s'étonna l'Espagnol

– Pas vraiment mais…J'ai assisté à votre concert ce soir, dis-je en avançant d'un pas pour exposer son visage à la lumière du lampadaire.

– Ah, en effet, je vous remets, señor. Vous m'avez applaudi avec ferveur, je vous en remercie, dit Paco en se détendant.

– Avec plaisir, j'ai passé une très bonne soirée, renchéris-je, étonné d'être crédible. Pourriez-vous m'accorder une faveur, Paco ? Je ne voudrais pas abuser mais…Je n'ose pas le demander.

– Allez-y, voyons ! Qu'est-ce que vous souhaitez ? s'est amusé mon interlocuteur.

– Pourriez-vous me jouer une chanson, rien que pour moi ?

– Mais bien sûr ! Venez, entrez ! Mettez-vous à l'aise, a-t-il lancé en sortant sa guitare de sa housse. Je vais vous faire un cadeau : je vais interpréter ma chanson préférée du grand Michel. Vous comprenez, je ne peux pas la chanter en public parce que …Bon, certains n'aiment pas qu'on leur dise quoi penser mais là, on est entre amis. Laissez-moi le temps de changer cette corde, je l'ai cassée à la fin de mon récital.

À ce stade, je me fichais de la teneur de la chanson, je répondais automatiquement, attentif à ne pas perdre une occasion d'atteindre mon but, cherchant le moyen comme le moment opportun. Paco a accorda sa guitare avant de fredonner :

« Tu as volé mon enfant, versé le sang de mon sang, aucun Dieu ne m'apaisera, j'aurai ta peau. Tu périras… »

Je me suis figé d'horreur. « Je suis pour », la chanson qui prônait la peine de mort et la loi du talion. Celle qui me dégoûtait le plus. Si j'avais encore le moindre doute, il a fondu comme neige au soleil. J'ai saisi la corde de guitare usée, feignant de jouer avec, la tordant entre mes doigts. Paco continuait, les yeux fermés, comme possédé par sa chanson :

– Tu as tué l'enfant de l'amour, je veux ta mort, je suis pour.

Je me levais sans bruit et passais derrière le pseudo chanteur. J'ai alors agi avec une vitesse et une dextérité qui m'ont moi-même étonné. La corde a entouré le cou et je serrais, serrais encore… l'Espagnol a lâché sa guitare, tenté de se débattre mais le nylon de la corde pénétrait sa chair, obstruait sa trachée. Il tentait de hurler mais aucun son ne pouvait sortir de sa gorge maltraitée. Puis, il n'a plus bougé. J'ai gardé toutefois la même position, je n'arrivais pas à relâcher la pression. Je voulais être certain qu'il avait atteint le point de non-retour. Mes muscles étaient douloureux et, finalement, j'ai stoppé avant que la crampe ne me gagne. Puis, j'ai fait le tour du fauteuil pour observer le visage gonflé, rougeaud. Alors, soulagé et heureux, j'ai éclaté de rire.

L'Espagne a été une parenthèse enchantée, où j'ai cru tout oublier. Ce n'était qu'un leurre. J'ai trouvé ma vocation, mon leitmotiv, mon objectif de vie : éradiquer tous ceux qui chantent du Sardou, et Sardou lui-même. Pour que les enfants ne subissent plus la même enfance que moi, pour que le monde soit un peu moins laid…

En bref, les affaires reprennent.

*19 février*

Pour atteindre ma mission, j'ai décidé de revenir en France et de m'installer dans la ville la plus anonyme qui soit : Paris. Mes finances s'amenuisaient et j'ai donc décidé de m'inscrire sur BlaBlaCar pour prendre des passagers avec départ le lendemain. J'ai donné rendez-vous à la personne qui s'était inscrite devant la poste de Rosas, à dix heures. Il s'agissait d'un homme d'une cinquantaine d'années, au profil de commercial, costume et attaché case. Je devais le laisser à Narbonne. Au départ, la conversation était des plus banales et nous avons cherché nos mots. Je faisais attention à en dire peu sur moi de peur de me trahir mais je me suis vite aperçu que mon passager aimait s'écouter. Parfait.

L'autoroute était embouteillée et nous avons dû

quitter l'axe principal pour passer par des petites routes, au milieu des vignes. Le paysage était charmant et cela aurait pu être de bonnes conditions sans les propos racistes et de plus en plus assumés du commercial. Il a commencé par des phrases au message douteux, puis en est venu à des allusions franches sur ses intentions de vote. Je n'ai pas pu en placer une et j'ai eu de plus en plus de mal à garder mon calme. Mes arguments étaient balayés d'un revers de main et autant de mauvaise foi, et je sentais que je perdais peu à peu le contrôle de mes nerfs. Puis, il m'a dit d'un ton condescendant.

– Ecoute, petit, ne parle pas de ce que tu ne connais pas. La domination blanche ne date pas d'hier. Personne ne le dit à haute voix maintenant, mais tout le monde le pense. Je dois avoir l'âge de ton père et je me rappelle encore, quand j'étais petit et que Sardou chantait « Au temps béni des colonies »

Comme si son laïus réac ne suffisait pas, il a fredonné :

– J'avais plein de serviteurs noirs, et quatre filles dans mon lit, au temps béni des colonies.

Là, c'était trop. J'ai ralenti mon véhicule, puis l'ai stoppé au bord de la route avant de ne prononcer qu'un seul mot :

– Descends.

– Quoi ? Ici ? Mais il n'y a rien, on est en rase campagne. Je vais mettre trois plombes à rentrer jusqu'à Narbonne !

– Je n'en ai rien à battre. Tu descends ou c'est moi qui te fais descendre ! ai-je dis en le dardant d'un regard menaçant.

– Ah oui ? Tu le prends comme ça ? Je vais te mettre une appréciation bien salée sur BlaBlaCar, personne ne voudra plus monter avec toi, j'te le dis !

L'homme a claqué la porte avec fracas histoire de signifier son mécontentement, mais je n'en avais cure. Soulagé, j'ai fait vrombir le moteur et enclenché la première quand le mec a tapé sur la carrosserie :

– *Eh* mec ! Attends j'ai ma mallette dans le coffre !

Assuré de le savoir en position d'infériorité, lui qui avait voulu m'écraser avec ses certitudes, j'ai démarré et fait quelques mètres, amusé de constater qu'il avait perdu sa verve et courrait derrière le véhicule, les traits déformés par l'effort, tandis qu'il s'époumonait pour réclamer ses biens.

Mais le petit jeu avait assez duré. J'ai stoppé mon véhicule et enclenché la marche arrière. Il a affiché un soulagement relatif, qui s'est changé en stupéfaction devant la vitesse de la voiture. Il a soudain compris qu'il risquait sa vie et a fait demi-tour. Il a couru à perdre haleine, si vite qu'il a du croire qu'il allait s'en sortir, tentant même de zigzaguer…mais pas assez rapidement. Son pied a heurté la roue et toute sa jambe a été entraînée par le bolide, qui écrasait et déchiquetait ses mollets, puis ses cuisses. Sa tête a touché le pare choc et un « *bong* » de mauvais augure a résonné dans son crâne. Satisfait du résultat, j'ai alors stoppé mon véhicule, avancé, puis reculé à nouveau. Je répétais la manœuvre plusieurs fois, ne lésinant pas sur le crissement de pneus, tandis que les bosses provoquées par le corps semblaient de moins en moins consistantes. Sous la voiture, les tissus s'ouvraient, se déchiraient, le sang affluaient. Le commercial n'était plus de ce monde, il ne représentait plus qu'une flaque de chair et de sang, ses organes s'étalaient sur le bitume et y laisseraient une trace, telle une signature, pendant plusieurs jours.

Je suis descendu pour constater l'étendue des

dégâts. Je n'avais pas prémédité ce crime mais, comme pour Paco, je n'éprouvais ni culpabilité ni remord. J'ai cherché à définir ce que je ressentais après avoir franchi de telles limites et compris que le mot exact était : jouissance. Je me sentais si bien ! Proche de l'orgasme. J'étais prêt à recommencer, tant pour connaître à nouveau cette sensation que pour servir ma cause.

*1er mars*

Mon installation à Paris s'est assez bien passée. J'ai trouvé un travail dans un hôtel en tant que réceptionniste et le logement est fourni.

Je me sens bien dans ma nouvelle vie et je ne force pas le hasard, mais l'autre jour, j'ai assisté à une scène d'un autre monde.

Alors que je dégustais un café, un attroupement a attiré mon attention. Des mères maquillées comme pour le rencard de leur vie tenaient la main de gamins impatients, tandis qu'ils patientaient en cœur dans une file monumentale. Allaient-ils voir le nouveau spectacle de Disney ou de M Pokora ? Certaines d'entre elles semblaient sereines, tandis que d'autres déversaient ce qui semblait être des recommandations à n'en plus finir. Etonné par ce curieux manège, j'ai hélé le cafetier :

– C'est quoi ce cirque, y a Jul en concert ou quoi?

– Qui ça? répliqua l'homme, perplexe.

Je m'apprêtais à lui expliquer qui était ce mec qui s'auto-qualifiait d OVNI mais je me suis ravisé :

– Laissez tomber, c'est de la merde de toute façon.

– Et ben, figurez-vous, a renchéri le serveur d'un

ton précieux, qu'il s'agit des sélections pour the Voice kids.

Affligé, j'ai jeté un regard neuf sur cette cohue. Voilà donc le but de cette foire aux enfants, un télé crochet pour que les parents puissent réussir leur vie par procuration, grâce aux capacités vocales de leurs minots.

Je repérais une femme, passablement énervée, qui quittait la file en traînant son fils derrière elle. Il était engoncé dans un jean's extra slim et les mouvements de torsion caractéristiques au niveau de son bas ventre auguraient d'une envie pressante. Si elle n'allait pas plus vite, la chemise à jabot du petit serait vite imbibée ! ai-je pensé, amusé.

– Les toilettes, je vous prie! a-t-elle réclamé d'un ton exaspéré.

Le serveur lui a désigné une porte où elle a engouffré le môme avant de revenir vers le comptoir.

– Un café, serré ! a commandé la donzelle.

– Votre fils vient pour le casting ? a demandé le serveur, décidément très perspicace.

– Oui, a-t-elle soupiré, faussement blasée. Il a une voix d'ange !

– Oh, super ! a repris l'homme en servant le café tant attendu. Et que va-t-il chanter ?

– Il va reprendre la chanson « être une femme », version 2010, de Michel Sardou.

À ces mots, mon poil s'est hérissé. Que faisait cette chanson d'un sexisme sans nom dans le répertoire d'un petit garçon ?

– Je ne la connais pas celle-là, a regretté le serveur. Il a fait une reprise de l'ancienne ?

– Non, rien à voir, a commenté la mère, d'un ton expert. Elle est bien plus moderne !

Je me retenais de réagir devant l'ineptie de ces

mots. Moderne ? Cette version qui critique l'autonomie de la femme ? Au même moment, la mère a fredonné, d'une voix de crécelle rouillée.

– *Depuis les années 80, les femmes sont des hommes à temps-plein*

*Fini les revendications, c'qu'elles ont voulu, maintenant elles l'ont*

Elle se trémoussait devant le serveur, prêt à entonner le refrain, quand le petit garçon a ouvert la porte des toilettes et vociféré :

– Maman, je t'ai dit que je ne voulais pas chanter cette chanson !

Sur ce, il a claqué l'huis avant de repartir dans les WC. Sa mère a poussé un soupir exaspéré avant de le suivre :

– Sheldon, mon poussinet, tu dois obéir à maman !

Ce gamin avait une conscience, bordel ! Je devais le sauver de l'emprise de cette mère maléfique, tant qu'il en était encore temps. Le serveur secouait sa main dans un geste théâtral :

– Ça barde, on dirait ! a-t-il dit avant de gagner la réserve.

C'est le moment que j'attendais. J'ai foncé dans les sanitaires, ai sorti mon opinel qui ne me quittait plus, au cas où l'occasion se présente - comme quoi, j'avais été bien inspiré- La mère, éplorée, suppliait son fils de lui ouvrir tandis que l'enfant produisait des « non » retentissants. « Brave petit ! » ai-je pensé fièrement.

À ma vue, la femme, surprise, s'est tourné vers moi en souriant, imaginant sans doute que je comptais lui venir en aide. Sans un mot, j'empoignais le haut de ses cheveux, j'ai fait basculer sa tête en arrière et d'un geste sûr, je tranchais sa gorge sur toute la largeur. J'aime bien ce qui est spectaculaire ! Je me suis écarté prestement sur le côté, tandis que le sang se répandait sur le sol en une belle flaque grenat. Je n'ai pas pu, néanmoins, éviter quelques éclaboussures. « Les risques du métier », ai-je regretté avec philosophie. J'accompagnais la chute du corps avec dextérité et la posais au sol.

Le petit s'est bientôt manifesté :

– *Eh oh* ! Maman ! Tu es là ?

Mince, le gosse ! Dans l'euphorie, je l'avais oublié, celui-là ! J'ai saisi le corps par les épaules et l'ai trainé jusqu'à la porte suivante. Vite, je la basculais sur la cuvette et m'essuyais les mains sur le haut léopard de la femme. Voilà une bonne chose de faite !

– Petit ? Petit ? ai-je appelé doucement. Tu peux sortir, ta mère est partie.

Le silence s'est fait et le bruit caractéristique de la serrure a retenti. Le jeune garçon a passé la tête et demandé, inquiet :

– Elle est où, maman ?

Il ne devait pas avoir plus de cinq ans, ses grands yeux apeurés attendaient une réponse. Son air innocent m'a attendri instantanément.

– Elle est allée prévenir le casting que tu changeais de chanson.

À ces mots, le visage du garçon s'est illuminé.

– C'est vrai ? Elle est d'accord ?

– Oui, et elle m'a chargé de veiller sur toi, en attendant. Mais dis-moi, que voulais-tu chanter, au final ?

– Une chanson de Christophe Maé, dit-il fièrement. Je l'adore !

J'ai vu rouge. Finalement, le garçon aussi était perdu pour la société ! Avec un léger regret, cette fois, j'ai planté l'opinel entre les deux yeux du mioche avant qu'il n'ait le temps de bouger.

Et oui, c'est aussi ça la dure réalité du boulot.

*Le 15 mars*

Ce soir, c'est le grand soir ! J'ai fomenté mon action depuis un certain temps pour qu'elle soit le point culminant de mon combat contre la médiocrité et son ambassadeur.

J'ai repéré que la tournée d'adieu de Michel passait dans les environs et j'ai réussi à me faire embaucher dans le staff des petites mains qui met tout en place, afin que le spectacle soit réussi. J'ai donc eu accès à la salle. Tournée d'adieu, tu parles ! Il en fait une tous les deux ans depuis dix ans, au moins…

J'ai attendu le bon moment pour placer stratégiquement deux bombes artisanales que je m'étais appliqué à reproduire, grâce au tuto que j'ai déniché sur internet. Elles devaient exploser à la fin de la première série du spectacle et je comptais sur la panique et le mouvement de foule pour éliminer la plupart des survivants. Je n'en revenais pas, je fomentais froidement la mort de milliers de personnes sans éprouver une once de culpabilité. Peut-être parce que, à mon avis, je ne considérais déjà plus ces futures victimes comme des humains, mais plutôt comme des ennemis sans visage ni nom ?

Les intérimaires ont tous eu droit à une place pour le concert, mais je n'ai pas voulu m'infliger une telle torture. Néanmoins, je ne pouvais pas me résoudre à rentrer chez moi. Je voulais rester à proximité, sentir l'odeur de la peur et du sang. Je ne voulais pas penser à demain et à ce que serait ma vie. L'essentiel était de vivre dans un monde sans Sardou.

Je me suis installé dans un restaurant que j'avais

repéré stratégiquement : depuis ce lieu, je ne pouvais pas louper la longue file de fidèles qui criait le nom du chanteur et hurlait les refrains de ses chansons. Des musiques s'échappaient de la salle, malgré l'isolation du lieu... plus l'heure avançait, plus j'étais fébrile, ne lâchant pas les aiguilles des yeux avec l'impression qu'elles restaient figées. Et si les bombes n'explosaient pas ? Et si quelqu'un les avait trouvées et désamorcées ? Ils ne devaient pas en réchapper, sinon, cette tournée d'adieu transformerait le chanteur en icône. Je ne le supporterais pas.

Je fumais cigarette sur cigarette, me rongeais les ongles. En cas d'échec, c'est certain, je mettrais fin à mes jours. J'avais toujours mon surin sur moi.

Perdu dans mes pensées, j'ai sursauté lorsque j'ai perçu le bruit de la première déflagration, suivie de près par la deuxième. Dans le restaurant, chacun était pris de panique et, croyant à un attentat, des clients se précipitaient sous leurs chaises. Puis, quelqu'un a montré du doigt la salle de spectacle :

– Regardez, il y a le feu ! Appelez les pompiers !

À ces mots, la clientèle s'est ruée à l'extérieur afin d'assister de plus près à la scène macabre. Certains filmaient déjà.

J'ai pris mon temps. Je me suis dirigé d'un pas assuré vers l'arrière, au cas où des petits malins accèderaient à la sortie de secours. Je ne voulais rien laisser au hasard. Je me suis terré dans un recoin de la ruelle et j'ai attendu, le cœur battant. Ma joie était si grande que j'avais envie de crier, de chanter, de partager ma réussite avec quelqu'un. Mais avec qui ? J'étais un éternel incompris....

Au même moment, la porte arrière s'est ouvert sur un homme toussant, crachant, paniqué par la scène qu'il venait de vivre. Je l'ai reconnu, c'était Michel Sardou, en personne ! J'étais si ému ! Si mes parents me voyaient, eux qui rêvaient de le rencontrer et partaient en vacances dans les mêmes lieux que lui dans l'espoir de le croiser... Je me suis revu lorsqu'à huit ans j'avais chanté « je vole « pour la fête des mères, tentant de ne pas craquer devant les larmes de la mienne... l'une des seules fois où je l'avait vue pleurer.

Je me suis précipité à sa rencontre et l'homme m'a supplié :

– Aidez-moi, par pitié... Je suis blessé... C'est un carnage là-dedans....

– Monsieur Sardou ? Michel ? ai-je balbutié avec émotion.

– Oui, je vous en prie, aidez-moi !

– Vous savez, mes parents étaient de grands fans de vous ! ai-je articulé avec des tremolos dans la voix.

Puis, j'ai planté mon couteau dans le foie du chanteur en enfonçant la lame de toutes mes forces.

*16 mars*

Ça y est, je l'ai fait.

Je ne sais pas vraiment si j'ai réussi à dormir la nuit dernière. J'étais comme dans un état second. Tournant et retournant dans mon lit, je n'arrivais plus vraiment à savoir si tout ce qui c'était passé était bien réel ou si c'était un rêve. Dès six heures du matin, je me suis levé pour faire le tour des chaînes infos. Les différents présentateurs avaient tous l'air surexcités au moment d'annoncer la macabre nouvelle.

*Attentat ignoble à Paris. Un témoin aurait distinctement entendu un individu hurler « AllahAkbar » peu avant l'explosion. La piste islamiste est retenue. Vient-on de vivre un bataclan bis ?*

*Michel Sardou est mort. En marge de l'attentat on a retrouvé le corps du chanteur, sans vie, dans une ruelle attenante aux coulisses de la salle de spectacle qui allait accueillir son dernier show. Il a été poignardé alors que des bombes explosaient dans la salle, tuant ou mutilant une grande partie de ses fans, venus l'écouter en nombre. Les enquêteurs n'ont pas encore de certitude sur les circonstances exactes de la mort du chanteur et si elle est ou non liée à l'attentat.*

Les commentateurs et différents experts autoproclamés des plateaux télé ne faisaient pas preuve d'autant de prudence. Pour eux, il était évident que Sardou avait été la victime d'un islamiste, ce qui me laissait un temps à l'abri de tout soupçon. En le tuant, on s'attaquait à un symbole, celui de la France et de sa culture. La plupart exigeait qu'on organisât une journée de deuil national. Ces cons avaient l'air bien plus bouleversés par la mort du vieux que par la disparition brutale de centaines de parents, d'enfants, de membres de l'organisation, qui avaient péris dans l'explosion et pour qui on ne demandait rien et dont on parlait à peine. S'en suivait une pluie d'hommages et de rediffusions des tubes du disparu.

J'ai éteint la télé. Satisfait, je suis retourné me coucher et me suis endormi comme une masse.

Quand je me suis réveillé tout à l'heure, dans la soirée, j'ai commencé par me préparer un vrai gueuleton. Je devais fêter ça. Machinalement, j'ai allumé la télé. J'ai pu constater que toutes les chaînes avaient bouleversé leurs grilles de programmes pour organiser des « spéciales Sardou ».

Sur France2, cet abruti de Christophe Mae s'égosillait sur « Le rire du sergent ». Une fois sa basse besogne accomplie, il a répondu à une interview en expliquant qu'il avait toujours été fan. L'horreur a succédé à l'indicible quand Bob Sinclar a entamé un remix de quinze minutes des Lacs du Connemara. La foule était en délire et chantait les paroles. Sinclar a ensuite expliqué que la disparition brutale de son idole l'avait particulièrement touché et il lançait officiellement, dès ce soir, un hashtag #jesuismichel.

Je n'ai pas pu m'empêcher d'aller vomir précipitamment le repas que je venais d'ingurgiter.

Hagard, J'allumais mon ordinateur et j'allais sur Twitter, Facebook, Instagram. Le hashtag était en tête des tendances. Des jeunes expliquaient qu'ils ne connaissaient pas ce chanteur qui leur avait toujours semblé d'une autre époque, mais que ce drame avait au moins un mérite, faire redécouvrir l'œuvre de Sardou à une nouvelle génération. Sur Tik Tok des milliers de gamines publiaient des chorégraphies sur les deux versions de femmes des années 80.

*21 mars*

Les choses n'ont fait qu'empirer.

Une pétition circule sur le net pour que le statut de martyr du chanteur soit reconnu, qu'il soit établi en tant que vénérable, l'étape avant la canonisation. C'est trop ! Je n'en peux plus, je suis cerné par les chansons de et sur Sardou, les infos le concernant, les discussions dans la rue… Je deviens fou, j'ai envie d'étrangler tous ceux qui prononcent son nom et, vu le nombre, cela devient impossible.

Dommage…

J'en veux surtout à ceux à cause de qui tout a commencé. Alors, je retournerai discrètement à la maison de mes parents demain, jour des funérailles nationales, puisque je suis certain qu'ils feront le déplacement.

*22 mars*

Je suis comme prévu au domicile de mes parents. Des cierges ont été allumés à plusieurs endroits, dans le jardin, devant l'entrée et autour d'un nouveau canevas grandeur nature de Michel Sardou, que ma mère a probablement créé pour l'événement.

J'ai acheté trois jerricans d'essence. J'ai pu vérifier que mes parents cachent leur double de clefs toujours au même endroit. Rien n'a jamais pu leur faire changer leurs habitudes.

Quand j'aurai terminé ces quelques lignes, je rangerai mon journal à l'abri, dans ma voiture. Puis je retournerai chez eux. Je vais commencer par cramer ce putain de canevas. Puis j'entrerai dans la maison endormie. Elle brûlera toute entière, avec ses habitants. Mais je sais que, même ainsi, je n'aurai jamais la paix.

Pétri de bonnes intentions, j'ai engendré un monstre qui, même mort, me bouffe de l'intérieur. Je dois assumer mon échec et mettre fin à ma trop grande souffrance.

Le dernier bidon sera pour moi...

# LES LIENS DU SANG

Céline Servat

Il n'est pas facile de parler de cette nouvelle sans la spoiler. Cette nouvelle était dans les 8 finalistes – sur 80 participants – du concours de Toulouse polar du Sud. Ce texte est lié à la famille, qui est mon thème professionnel de prédilection. Heureusement, le reste n'est que fiction...

# Les liens du sang

Blottie contre le frigidaire, Léa tremblait de tous ses membres.

Elle espérait encore, malgré tout. Malgré les larmes qui coulaient sans discontinuer sur son visage fatigué, sur ses joues creusées.

Les souvenirs affluaient.

Leur histoire avait commencé neuf ans auparavant, dans un deux pièces d'un quartier populaire.

Elle avait rencontré Louro lors d'une soirée entre filles, celle où l'on va pour faire plaisir aux copines, sans faire d'effort particulier pour plaire. Et puis, il l'avait abordée et l'avait fait tellement rire… Elle avait frissonné de plaisir quand son bras l'avait frôlé, il avait caressé sa joue avant de l'embrasser. Ils s'étaient revus, tous les soirs.

Léa n'aurait jamais pensé s'engager si vite dans une relation amoureuse. Avant de vivre avec lui, elle avait connu plusieurs mois de galère. Elle avait été hébergée par des amis, avait squatté leur canapé suite à une rupture qui ne l'avait pas vraiment attristée mais l'avait laissée sur la paille. Puis, Louro l'avait conquise et elle s'était installée chez lui.

Rapidement, la promiscuité du studio leur pesa. Au bout de quelques mois, ils louèrent un T3 au huitième étage d'une tour du quartier Rangueil, au pied du métro. Du balcon bétonné, trop étroit pour mettre une table, ils observaient les immeubles environnants et les parkings, puis au loin, un peu de verdure représentée par un terrain en friche. Ils étaient heureux.

Cet appartement leur avait fait l'effet d'un château, et puis, ils aspiraient à plus de place pour une raison bien précise : Léa était enceinte de cinq mois. Elle sentait le petit corps bouger en elle, dans ses entrailles. Instinctivement, elle apposait sa main sur sa rondeur plus que naissante et elle était comblée.

Le couple ne se connaissait pas vraiment, en fin de compte, mais le fruit de leur passion les avait unis dans une force sans faille. Du moins, le croyaient-ils. Puis, le bébé était arrivé. Ils l'avaient appelé Gabriel, comme l'ange, lui avaient octroyé toute leur attention, avaient centré leurs priorités autour de lui. À tel point qu'il ne restait plus rien de leur relation de couple, mis à part leur attachement réciproque pour leur enfant. Et c'était tout ce qui comptait, tentaient-ils de se convaincre.

En devenant mère, Léa se découvrait un instinct de louve. Elle ne supportait pas que son fils pleure, ni qu'il souffre. Elle voulait tout lui donner, dans un désir d'être la meilleure des mères, afin qu'il soit le plus heureux des enfants. Elle devança tous ses désirs, rien n'était trop beau pour son fils chéri. Il était le centre de sa vie, sa raison d'exister, et elle l'admirait sans cesse. Le trouvait parfait.

Peu à peu, Louro se rendit compte du

comportement décalé de Gabriel, notamment de son besoin d'écrans de plus en plus prégnant. Le téléphone portable lui servait de doudou. Qu'importe, la technologie ne pouvait que stimuler son garçon, se dit-il, attendri devant l'enfant qui dormait, l'air innocent et le mobile à la main.

Et puis, il avait tellement peur de le réveiller et de déclencher l'une de ses colères dignes d'une catastrophe naturelle qu'il n'avait rien dit là non plus.

Léa ferma les yeux et se remémora un soir de Noël, trois ans plus tôt. Gabriel avait ouvert ses treize cadeaux avec empressement, sous les regards affectueux de ses parents, puis il s'était tourné vers eux et avait hurlé de rage. Il manquait des présents, ils n'avaient pas acheté la totalité de ce qu'il avait demandé. Louro était reparti, piteusement, tête baissée jusqu'au magasin pour rattraper leur bévue.

Le couple s'était éloigné de leurs amis intimes qui ne supportaient pas leur relation à leur fils. Un soir, certains d'entre eux avaient osé leur dire qu'ils torturaient mentalement leur progéniture.

Foutaises ! avaient-ils conclu, les larmes aux yeux et le mal aux cœur. Ils n'avaient pas besoin d'eux. Ils se suffisaient, tous les trois.

Gabriel avait sept ans lors de son premier véritable passage à l'acte. En y repensant, les larmes envahirent de nouveau les yeux de Léa. Sa détresse était encore si vive ! Cet instant marquait le début de la descente aux enfers, la chute dans l'abîme. Son chien, son vieux chien qui l'accompagnait depuis quatorze ans, qui avait suivi les épisodes de sa vie avec toujours autant d'amour dans ses yeux… un voisin l'avait retrouvé éventré, littéralement partagé de moitié. Les boyaux gisaient autour du cadavre, dans une mare de sang. Cette image la hantait encore. Alertée, elle avait hurlé à pleins poumons en serrant entre ses bras le corps encore chaud de son compagnon à quatre pattes. Elle avait voulu savoir : un animal sauvage ? Une voiture lancée à vive allure ? Aucune de ces hypothèses n'étaient crédibles. Pourtant, elle avait refusé de faire le lien avec le sang sur le petit tee-shirt que Louro avait retrouvé dans la cave, cherchant une explication tangible, une excuse bancale, tout mais pas l'inacceptable.

Pourtant, dès cet instant, elle avait senti la peur s'emparer d'elle. Elle avait lutté contre cette sensation, niant ce que son esprit envisageait, mettant à distance toute hypothèse épouvantable pour continuer à vivre et à rester une mère formidable.

D'autres actes suivirent. Les animaux du voisinage disparaissaient, les enfants de l'école étaient terrorisés. Gabriel balafra une petite fille tellement profondément qu'elle en avait gardé une cicatrice disgracieuse. Ils déménagèrent, alors. C'était ce quartier qui donnait une telle influence à leur enfant. La campagne arrangerait tout, leur permettrait de recommencer à zéro. Un leurre parmi tant d'autres.

Ils ignorèrent tour à tour les avertissements des institutrices, les plaintes des parents, les propositions de placement en institution. Pourquoi voulait-on tant de mal à leur enfant ? Sa place n'était-elle pas auprès de parents aimants et entourants plutôt qu'avec des inconnus ? Ils s'offusquaient du manque de professionnalisme des enseignants, conféraient à Gabriel une place de victime. L'enfant ne se plaignait pas, lui, du traitement qu'il subissait quotidiennement au contact des autres enfants. Léa, elle, montait au créneau, invectivant l'équipe pédagogique, leur reprochant leur manque de savoir-faire avec les enfants différents, plus matures, plus intelligents. Louro et Léa voulaient juste que leur fils grandisse avec tout l'amour qu'ils pourraient lui donner. Et puis, que se passerait-il s'ils donnaient foi aux propositions et lui imposaient un suivi, un changement ?

Pendant des années, Léa avait refusé de se confronter à cette question. Maintenant, elle savait.

Depuis quelque temps, elle sentait que Louro semblait dubitatif, prêt à se rallier à l'autre camp. Tout à l'heure, il avait osé donner son avis clairement, pour la première fois en neuf ans, à voix basse, rapidement. Comme un gosse avoue une faute, mais avec une certaine fermeté.

Léa s'était sentie trahie, lâchée, elle n'avait pas voulu l'entendre… mais Gabriel, lui, l'avait entendu.

Il avait poussé la porte, avançant vers son père sans prononcer un mot, le fixant de son regard si bleu et pourtant si noir en cet instant, tant il était chargé de rage. L'ange Gabriel se montrait si terrible parfois que Léa avait tremblé pour Louro, mais aussi pour elle… la chair de poule avait gagné ses bras, remonté telle une vague de frayeur impossible à endiguer. Son compagnon s'était levé, calmement, soutenant difficilement le regard de leur fils. Il avait prétexté une douche pour fuir l'animosité qui déferlait chez son enfant et éclaboussait tout le monde au passage, sans aucune limite.

Quand Louro avait quitté la pièce, Léa eut un mauvais pressentiment qu'elle tenta de repousser. Elle ferma les yeux, tremblante, apeurée, récita une vague prière et attendit.

– Non ! cria Louro d'une voix emplie de peur.

C'était la première fois qu'il adressait ce mot à son fils et, quasi simultanément, la maison s'était retrouvée dans le noir. Les plombs avaient sauté, conséquence du court-circuit.

– Louro ! avait-elle hurlé, effrayée.

Elle devait se tromper, cela ne pouvait pas finir comme ça. Louro était le père de Gabriel, il ne lui aurait pas fait de mal… sa litanie fut stoppée par le rire de l'enfant. Un rire sans joie, sans émotion, un rire qui la glaça. Un rire diabolique.

Léa ne pouvait plus continuer à se voiler la face. Elle n'avait pas voulu se confronter à la réalité pendant des années mais là, la limite était franchie.

C'était si dur ! Elle avait si mal que la douleur en était presque physique ! Que deviendraient-ils ? Malgré tout, elle devait agir. Léa, sanglotante, composa un numéro sur son téléphone.

– Allô, police ?

Le message d'attente enregistré se déroulait à l'autre bout du fil quand Léa avait entendu un bruissement près d'elle, alors qu'elle avait prononcé ces deux mots ; L'avait-il entendue ? Terrorisée, elle avait couru dans le noir, couru encore… mais pour aller où ? Elle ne pouvait pas abandonner son garçon ! Quel genre de mère serait-elle, alors ? Épuisée, elle s'était laissé tomber devant le frigidaire. Cela ne pouvait que finir ainsi. Une mère ne doit-elle pas se sacrifier pour son fils ? Elle aussi l'avait mis en colère, quoi qu'elle fasse, elle allait maintenant en payer le prix. Peu importe sa frayeur.

—Maman ? Maman tu n'aurais pas dû. Tu m'as contrarié.

Le lampadaire extérieur projetait un peu de

luminosité et, dans cette semi-obscurité, elle aperçut le contour d'une lame qui brillait. Le couteau de cuisine. Gabriel le brandissait au-dessus de sa tête, tandis qu'un sourire sans joie habitait sa face d'ange.

À bout de force, elle essuya ses larmes et tendit les bras pour accueillir son joli petit garçon.

# L'INSTIT

## Céline Servat

Quand on veut enseigner, on s'imagine souvent dans l'école de notre enfance... La réalité est souvent différente, notamment dans les premiers postes. Mon personnage est de ceux-là.

# L’instit

L’homme seul dans la salle de classe dominait les rangées de sièges vides. Son regard balaya la pièce, l’armoire en fer contenant ce que l’on appelait dérisoirement la bibliothèque, tout au plus une rangée de BD en piteux état. Ensuite le tableau, blanc, en plastique, sans odeur ni bruit. Ce tableau, objet de tortures et de moqueries, devant lequel il écrivait tous les jours sous les huées et les projectiles. Écrire était une joie auparavant, aligner des mots, des phrases. Il avait appris à aimer les livres, à les comprendre, à sentir leur importance et leur empreinte dans les actes de la vie, grâce à un professeur hors du commun. Au contact de cet homme, il s’était ouvert. Son exemple l’avait conduit à devenir instituteur. Un enseignant, préfèrent dire ses confrères, alors qu’ils sont les seuls à employer ce mot.

L’instit voulait partager cette richesse, cette passion. Il pensait qu’il y parviendrait.

Le bruit d’un pot d’échappement le tira de ses pensées.

« J’avais presque oublié les camions », se dit-il.

Pour ajouter au charme de l'école cloisonnée entre deux immeubles de dix-huit étages, une quantité innombrable de semi-remorques desservaient une décharge publique, à quelques centaines de mètres.

« Ce n'est vraiment pas ce que j'imaginais quand j'ai choisi ce métier, se dit-il, dépité. Je ne le voyais que sous des abords positifs. »

Il se serait bien vu parcourant à vélo un chemin de campagne puis se garant sous un préau à l'ancienne à l'orée d'un bois. Et la cloche… mais ici pas de cloche. Une sirène stridente le ramena brusquement à la réalité une fois encore, lui rappelant qu'il allait accueillir les élèves. Ses élèves. Ce mot ne contenait pas une grande affection, mais plutôt une angoisse sourde, grondante. Un jet de lave qui lui brûlait l'œsophage, lui retournait l'estomac.

Ils allaient arriver d'une minute à l'autre : énervés par les vacances, par tout ce temps passé auprès de parents démissionnaires ou dépassés, si excités par leurs actes de délinquance qu'ils ne manqueraient pas de les raconter, pour se mettre en avant sans crainte de la moindre sanction.

Vandalisme, vol à main armée. Il n'aurait jamais cru qu'ils puissent commencer si petits.

Il allait passer une journée infernale.

« Pourquoi ce constat, se raisonna-t-il, tu as déjà passé une journée correcte dans cet établissement ? » Mais au même instant, il entendit les premiers hurlements stridents et le bruit des baskets martelant le couloir dans une course effrénée.

Il avait pourtant prévu un programme allégé mais la première heure fut toutefois parasitée par le récit des anecdotes de vacances, ponctuée par des rires en chaîne et des « Oh ! » d'admiration. Les élèves ne suivaient pas vraiment le cours, mais il en avait l'habitude. Il continuait néanmoins, d'un ton monotone, haussant la voix au passage incessant des camions, ou s'arrêtant quelques secondes, si le bruit des pots d'échappements était trop bruyant.

Seulement, il savait. Il les connaissait. La classe était trop calme. Certains d'entre eux n'attendaient qu'un signe pour s'enflammer, et ce serait terrible.

Cela se produisit vers dix heures. Juste avant la récréation. Un élève, absent jusque-là, entra dans la classe. L'air emprunté. Mal à l'aise. Il bredouilla une excuse et s'assit à la première place libre.

L'homme sentit les regards du groupe du fond se concentrer sur le retardataire. Ardents. Violents. Haineux. Il comprit qu'ils venaient de se donner un signal.

Des frissons lui parcoururent tout le corps. Comment allait-il gérer la situation ? Il reprit comme il put le fil de son cours, pris par le drame qui risquait de se jouer, jetant des coups d'œil furtifs vers le clan du fond, puis vers l'élève, seul. Extrêmement seul.

Tout à coup, il les entendit. Les murmures.

Ils montèrent du fond de la salle comme un grondement, une annonce de tremblement de terre. Un ouragan. Un tsunami, prêt à déborder. Les élèves mettaient la pression au rival du jour, et ils étaient capables du pire.

– Silence, vociféra-t-il, tenez-vous tranquille ou je serai obligé de sévir.

– Et vous ferez quoi, M'sieur ? On peut savoir ? répondit le caïd, du ton insolent qui ne le quittait jamais.

Les bruits ambiants gagnèrent en intensité, témoins sonores de la tension qui montait si vite, si fort. Une ambiance électrique. Pour la plupart des élèves, cela devenait intéressant. Pour les autres, cela devenait terrifiant.

Il se tourna vers le tableau, abandonnant le combat et donnant toutes les raisons de se gausser à la bande de meneurs. C'est vrai, qu'allait-il faire ? Il restait encore quelques minutes avant la récréation. De si longues minutes à supporter encore cette tension...

À son arrivée pour ce poste d'enseignant de CM1 dans la cité, l'homme était naïf, crédule. Et il n'avait pas peur. Pas encore. Jusqu'au jour où il avait compris que les menaces n'étaient jamais des mots en l'air. Pas ici. Quand son collègue de CE2 fut hospitalisé pendant trois mois après un passage à tabac, il avait compris. Il lui avait rendu visite et n'avait pas reconnu le visage boursouflé et tailladé, l'homme brisé face à lui. Il était effrayé à l'idée d'être un jour à sa place et, depuis lors, une angoisse folle l'avait peu à peu envahi pour ne jamais le quitter tout à fait.

Il fixa de nouveau l'élève isolé. Il aurait voulu l'aider, mais il ne pouvait y parvenir qu'à la condition d'affronter ce groupe. Mais après, que se passerait-il pour lui ? Il ne savait que trop ce que cela voulait dire. Gâcher sa vie, risquer le peu de dignité qui lui restait encore en se faisant tabasser à mort dans une ruelle, sous le regard dédaigneux de plusieurs de ses élèves. Et en fin de compte, pourquoi ? Pour un gamin qui, s'il jouait le rôle de la victime aujourd'hui, ne se privait pas de le dénigrer hier et continuerait demain ? Et puis, pourquoi n'était-il pas avec ses copains ? Pourquoi restait-il seul ? Il fallait être inconscient pour narguer ces garçons ! Et pour le mouiller lui aussi, par la même occasion ! Et puis d'abord, qu'est-ce qui lui donnait le droit de l'impliquer dans ce conflit ?

Il n'avait rien demandé lui, il n'allait pas, en plus, se culpabiliser pour un gamin suicidaire qui était loin d'être un élève exemplaire ? Ah, non ! Surtout que les autres ne pouvaient lui en vouloir que pour une histoire sombre et illégale, une prise de territoire qui s'était mal passée ou des affaires délictueuses pour lesquelles ils étaient plusieurs sur le coup. Et bien, il se débrouillerait tout seul ! Il n'allait pas tremper dans ces combines. Surtout pas.

Il souffla, soulagé par l'issue de son raisonnement et reprit le fil du cours. Il s'habituerait à tout cela, petit à petit. Les rixes, les maltraitances, les chantages, les rackets. Comme il s'était habitué aux bruits des camions, finalement. Il sentait qu'il en prenait déjà le chemin. Il était plus calme. Ce n'était peut-être qu'une impression, mais il s'en moquait. Il ne devait plus y penser.

Il attendrait la récréation, et là, advienne que pourra ! Ses collègues pourraient intervenir, s'ils le souhaitaient. S'ils osaient. Il ne serait plus le seul à être désigné comme responsable…

Il stoppa sa réflexion. À présent, il se passait quelque chose de bizarre. D'inhabituel.

Le silence.

Il régnait un silence total dans la pièce. Un silence de mort.

C'était le pire. Quand ils parlaient, ils extériorisaient leur haine. Mais s'ils ne disaient rien, c'est qu'ils allaient passer à l'acte.

« Oublie ça, se dit-il. Je te rappelle ta résolution ? Tu ne t'en mêles pas. De toute façon, ils l'auront, d'une manière ou d'une autre. Si ce n'est pas maintenant, ce sera après l'école. Tu ne peux rien faire, à part compliquer ta situation. Alea Jacta Est. »

La sonnerie de la récré retentit mais, juste avant, il entendit un « clic ». Petit bruit au milieu de ce silence maintenant si pesant.

L'instit se retourna et, par réflexe, saisit le couteau papillon du caïd et le gifla.

La peur déferla soudain, comme si un barrage s'ouvrait pour la laisser déferler. Il paniqua, le monde bascula autour de lui alors que les huit enfants de la bande se levaient comme un seul homme. Le chef le fixa de ses yeux noirs. Il n'avait pas bougé.

– Tu as signé ton arrêt de mort, lui dit-il d'un ton glacial.

Une menace. D'un enfant de dix ans. D'un élève qu'il avait giflé, malgré la règle, malgré la loi. Il n'avait pas le droit.

Mais qu'est-ce qui lui avait pris de réagir ainsi, lui si calme, si posé ? Il avait commis une faute. La faute. Il voulait juste défendre un gamin face à une mise en danger manifeste. Le protéger de leur violence. Tout tournait autour de lui. Il avala de l'air et n'en put plus. Il lui fallait sortir sous peine d'exploser, de craquer devant eux.

« Tu ne vas pas laisser ta classe seule ? s'offusqua t-il.

Et alors ? Une erreur de plus ou de moins. Sors ! se commanda-t-il. Tout de suite ! »

Il franchit la porte de la salle de classe aussi vite que si sa vie en dépendait, comme s'il allait s'étouffer, courut à perdre haleine dans le couloir et passa enfin le sas d'entrée.

L'instit respira l'air à pleins poumons. Il ne pouvait plus continuer ainsi. Il était si mal, si tendu, et maintenant qu'il avait franchi une limite, sa limite, il devait réagir. Il fallait réfléchir, ne pas différer sa prise de décision. Il continua à marcher, à toute vitesse, droit devant lui. Il traversait maintenant le préau. Dans son esprit, tout se mélangeait à une vitesse folle. Il allait tout laisser tomber. Fini les cours, terminé l'enseignement, exit la banlieue. Il allait vivre comme il le souhaitait. Enfin. Quel soulagement !

Il s'arrêta net. Mais où était-il ? Comment avait-il atterri là, au milieu de la route, la chemise débraillée ? Il ne se reconnaissait plus, lui d'habitude si prudent. Il devait se ressaisir. Faire demi-tour, vite, éloigner le danger.

Et puis, il y eut ce coup de klaxon. Terriblement long et fort, tout près de son crâne.

Les camions.

L'espace d'un instant, il les avait oubliés ! Il leva le bras pour se protéger le visage. Vaine protection. Le véhicule le faucha. Adieu l'enseignant idéal qu'il aurait tant aimé être ! Sous l'impact, il fut propulsé comme une plume qui tournoie au contact du souffle d'air et son corps, son sang et sa cervelle imprégnèrent le goudron de la chaussée.

# NE JAMAIS BAISSER LES BRAS

Tomas Jimenez

Les nouvelles précédentes étaient toutes des « commandes ». Il y avait un thème imposé, et je dois avouer que cela m'a aidé à libérer mon écriture. Aussi, j'ai cherché pour celle-ci, qui n'était pas une commande, à m'imposer à moi-même une contrainte. Écrire un récit plausible mais plutôt absurde sur un personnage qui prendrait trop au sens littéral une expression populaire. Quand j'ai commencé à écrire, j'ai très vite été confronté à des questionnements sur ce qui pouvait être plausible ou pas dans l'idée d'un « homme qui ne baisse pas les bras ». En faisant des recherches sur le net, j'ai été surpris de découvrir l'histoire de Sadhu Amar Bharati et cela m'a conforté dans la volonté d'écrire cette nouvelle. Pour tous les aspects médicaux, c'est mon neveu, Tristan Servat, étudiant en médecine, qui a fait des recherches et m'a conseillé. Un grand merci pour son aide précieuse.

## Ne jamais baisser les bras !

Un matin pluvieux de novembre, un homme entre dans le cabinet de consultation du docteur Servat, le bras gauche levé et le poing fermé.

Le chirurgien, peu surpris par cette entrée étonnante, l'invite à s'installer :

– Asseyez-vous monsieur, je vous en prie. J'attendais impatiemment notre rencontre. Sans vouloir vous vexer, votre cas est vraiment atypique et je ne crois pas avoir déjà croisé de patient souffrant de la même pathologie dans ma longue carrière.

– Docteur, tout d'abord merci de me recevoir. Vous êtes mon dernier espoir.

– Racontez-moi tout. Comment en êtes-vous arrivés à cette situation ?

– Cela risque d'être un peu long, docteur. Mais c'est un temps nécessaire pour comprendre au mieux mon histoire.

– Je vous en prie, commencez et prenez le temps qu'il faudra. Je vous écoute.

– Bien. Je me souviens parfaitement du jour où tout a commencé. Je crois même que c'est le seul souvenir de ma petite enfance que je pourrais raconter aussi précisément. Et même si je n'avais à l'époque que six ans, je parviens encore à ressentir aujourd'hui ce mélange d'excitation et de fierté que j'éprouvais ce matin-là. J'allais, pour la première fois de ma vie, accompagner mon père sur son lieu de travail. Je l'avais tant de fois imaginé ! Je l'avais même supplié de porter pour moi son uniforme à la maison et de me montrer son arme de service. Mais il avait toujours refusé.

Dans ma tête, il était l'équivalent de ces justiciers, ces shérifs, que je voyais dans les films à la télé. Et c'était mon père. Un vrai héros, quoi !

Ce matin-là, donc, était doublement exceptionnel. Je n'allais pas à l'école et, comble du bonheur, j'allais voir mon père en action sur son lieu de travail : l'agence locale de la banque populaire.

Je lui posais mille questions, sur le trajet que nous fîmes à pied, auxquelles il ne répondit pas. La maîtresse nous avait pourtant donné un questionnaire pour donner un semblant d'aspect pédagogique à cette journée loin de l'école.

La seule phrase que mon père daigna prononcer clairement fut :

– On verra ça plus tard.

Mon père n'était pas du genre causant. Il jouait même carrément en ligue pro dans la catégorie « taiseux ». Il faisait rarement état de ses émotions et se bornait à n'avoir avec moi que des échanges limités, et ce pas seulement à cause de mon jeune âge. Mais cela renforçait pour moi son côté mystérieux et ses silences alimentaient tous les fantasmes possibles sur ce qu'il pouvait vivre ou penser… Je le voyais tel mes héros dans les films d'actions, à la fois sage et blasé par tout, y compris face à la mort.

Lorsque mon premier animal de compagnie -un lapin que j'avais baptisé copain - décéda, il a cherché à me réconforter en me disant :

– On en achètera un autre !

Bref, quand nous arrivâmes à la banque, il salua un collègue à l'entrée et me présenta à lui. L'homme me pinça la joue et me bredouilla quelques mots. Nous pénétrâmes ensuite dans le gigantesque hall. Là, il me confia aux soins d'une secrétaire qui ouvrit un tiroir rempli de bonbons, tandis que mon père partit se changer dans les vestiaires. Quand il en ressortit quelques minutes plus tard, je le vis pour la première fois de ma vie dans son uniforme. Il me parut encore plus grand et plus fort que d'habitude.

Mes yeux étaient rivés sur le pistolet qui pendait à sa ceinture.

Je me souviens qu'il me fit alors faire le tour de l'établissement, en m'expliquant plus ou moins les lieux. Nous revenions à peine de la salle des coffres quand quatre bandits armés et cagoulés, firent irruption dans la banque. L'un d'eux hurla : « C'est un braquage, je veux voir tout le monde les mains en l'air ! »

Tout le monde s'exécuta aussitôt. Mon père, les deux bras levés, me demanda de faire de même en m'expliquant que c'était un jeu et qu'il ne fallait surtout pas que je baisse les miens.

Le reste de la scène est plus confus… Je me souviens de mon père, baissant ses bras pour tenter de saisir l'arme qu'il portait à la ceinture. Je me rappelle aussi d'un cri, suivi d'une grande détonation. J'ai toujours cette image du corps de mon père qui chute lourdement sur le sol. Et d'une tache rouge qui se répand de plus en plus autour de lui.

Ses yeux ouverts me regardent fixement. Autour de moi, tout s'agite. Les braqueurs s'engueulent, paniquent et finissent par s'enfuir. Une voix de femme hurle alors :

– Vite une ambulance, une ambulance !

Malgré les attentions de la secrétaire qui tente de me rassurer, je pleure encore, les deux bras toujours en l'air, lorsque mon père est emmené sur un brancard. Je suis autorisé à monter dans l'ambulance avec lui jusqu'à l'hôpital où ma mère doit nous rejoindre. Alors qu'il est en train d'agoniser, il demande à me parler. Je m'approche de lui juste à temps pour entendre ses dernières paroles :

– Écoute bien mon fils, dans la vie, le plus important, c'est surtout de ne JAMAIS BAISSER LES BRAS !

Puis, il s'est éteint dans un dernier souffle...

Je vécus alors la période la plus douloureuse de ma courte vie.

Terrassé par la mort brutale de mon père, j'assistais impuissant à la déchéance de ma mère. Elle refusa de me laisser assister à l'enterrement, décrétant que cela serait trop éprouvant pour moi. Elle sombra très vite dans une profonde dépression et m'interdit de sortir de la maison. Incapable de reprendre son travail, elle y restait prostrée et passait ses journées à pleurer. Elle ingurgitait plus de médicaments que ce qu'elle ne mangeait, et adoptait un comportement erratique. Elle ne faisait plus attention à moi et m'expliqua que je n'irai plus à l'école pendant quelques temps. Elle ne remarqua même pas que, depuis le décès de mon père, je gardais en permanence les deux bras levés.

En effet, j'avais décidé de respecter scrupuleusement ses dernières paroles. Il est vrai qu'au début je souffrais le martyr. Plusieurs fois, la douleur, aiguë, constante, faillit me faire renoncer...

– Oui j'imagine bien, l'interrompit le médecin. La douleur s'intensifie à mesure que les muscles élévateurs des bras utilisent leurs dernières ressources en sucre, en graisse/lipides et en eau afin de maintenir leur effort. Ils produisent de plus en plus d'acide lactique quand l'oxygène se raréfie, et celui-ci contribue à cette douleur lancinante.

– D'accord, je ne connaissais pas cette explication scientifique.

– Ce qui est tout bonnement irrationnel, c'est que vous soyez parvenu à l'endurer.

– Pendant les premiers temps de mon supplice, je revoyais constamment le visage de mon paternel, je me remémorais ses dernières paroles, et c'est ce qui me motivait à ne pas renoncer. Mon mental prit alors le dessus et me permit de dépasser les limites de ce qui était physiquement supportable.

Je me suis finalement autorisé à baisser l'un de mes deux bras – le droit – pour des raisons pratiques. Chaque geste du quotidien, manger, se laver, écrire, était quasiment impossible avec les deux bras en l'air et une mère absente. Cette décision m'a également aidé à mieux tolérer la souffrance pour finalement parvenir à la surmonter. Au bout de quelques mois, je ne la ressentis plus du tout. Y'a t-il là aussi une explication scientifique ?

– En effet, les muscles et les articulations se rigidifient et se calcifient. Ces muscles élévateurs se retrouvent atrophiés après avoir détruits des parties d'eux-mêmes afin de créer une once d'énergie pouvant alimenter le reste du muscle, jusqu'à ce qu'il n'en reste que des lambeaux.

Le sang ayant du mal à atteindre les parties périphériques du bras, les muscles étant très énergivores et n'étant plus sollicités, ont régressé jusqu'à quasiment disparaître.

La douleur constante induit une désensibilisation, entraînant une perte de sensations dans tout le membre. Mais je vous en prie, reprenez !

– Après de nombreuses semaines d'absentéisme scolaire, les services sociaux, prévenus par mon école, nous ont convoqués. Ils ont fait appel à un médecin qui a prononcé un internement d'office pour ma mère. Il avait constaté une dépression sévère. Une assistante sociale m'expliqua que c'était pour son bien. Elle fut la première à poser des questions sur mon étrange habitude. Elle tenta de m'en dissuader, de me raisonner mais je tins bon.

J'ai été placé dans un foyer spécialisé pour jeunes présentant des troubles mentaux. Je n'étais pourtant pas fou ! Quelques jours seulement après mon entrée au foyer, j'appris que ma mère était morte. « Elle a baissé les bras ! », m'avait-on dit pour m'expliquer. Moi qui me sentais en sécurité, entouré de mes deux parents, me retrouvais brutalement seul au monde, sans personne sur qui compter : Où allais-je vivre ? Comment allais-je faire sans eux ? Je restais silencieux tandis que des larmes coulaient sur mes joues, sans discontinuer. Je me sentais vide. Seul. Désœuvré et profondément triste.

Mon chagrin renforça ma détermination à continuer mon combat en mémoire de mes parents, même si tout était plus compliqué. Les autres enfants se moquaient de moi et me maltraitaient, profitant du fait que je ne puisse me défendre que d'une main. En classe, l'instituteur spécialisé m'interrogeait constamment, pensant que je levais la main pour répondre ses questions. Les autres élèves me traitèrent de « chouchou du prof » et me martyrisèrent d'autant plus. J'étais de plus en plus isolé. Mais je tenais bon, malgré, ou grâce à ma détresse psychologique. J'ai aussi eu droit à des heures et des heures de thérapies, qui ne m'ont mené à rien. Les psychologues avaient beau m'expliquer que le traumatisme vécu lors de la mort de mon père, puis de ma mère, m'avait amené à interpréter de façon trop littérale une expression populaire, je me refusais toujours à baisser le bras gauche. Ils ne comprenaient pas que leurs explications, qui se voulaient rationnelles, n'avaient aucune prise sur moi. J'avais été témoin de la malédiction qui frappait ma famille. Ils pouvaient raconter ce qu'ils voulaient, je l'avais constaté à deux reprises. Mon père m'avait averti, explicitement ! Qui étaient-ils pour juger ses dernières paroles ? Pourquoi voulaient-ils que je rompe mon engagement ? mes deux parents avaient baissé les bras et la conséquence avait été irrémédiable : comment, après de tels exemples, pouvaient-ils me demander de renoncer à mon tour ? Voulaient-ils que je meure pour se débarrasser de moi ? Alors, pour afficher ma colère et ma détermination sans faille, je garderai dorénavant constamment le poing gauche fermé. Les psychiatres m'ont gavé de cachets, considérant que mon état s'aggravait. Ils m'ont contraint à assister à des groupes de paroles de patients présentant des troubles plus ou moins similaires. J'y rencontrais Dylan, un enfant irascible et colérique, à qui on avait répété toute sa vie de garder la tête froide. Il portait constamment un bloc de glaçons sous sa casquette et souffrait de rhumes de cerveaux chroniques. Sianna et Sienna, elles, étaient sœurs siamoises. Leur mère leur avait fait promettre sur son lit de mort, de toujours se serrer les coudes. Elles refusaient une opération, risquée mais nécessaire pour leur survie, afin de les séparer. Alexis lui, était né grand prématuré. Et sa mère, inquiète pour sa survie, lui répéta des centaines de milliers de fois de « ne rien lâcher ». Résultat, il avait certes survécu mais gardait depuis cette époque les deux mains constamment crispées. Bref, je compris que je n'étais pas seul et cela me conforta dans ma décision. Je pris peu à peu mes marques et mes habitudes dans ce lieu. Je passais deux demi-journées à l'hôpital de jour, le reste au foyer.. Mais à ma majorité, j'ai été mis à la porte. Je me suis retrouvé à la rue et j'ai dû me débrouiller comme j'ai pu. Avec ce bras constamment levé, j'ai eu du mal à trouver du boulot. Ce n'était pas un handicap reconnu et les employeurs n'y voyaient aucun bénéfice à retirer. J'ai essayé de faire la manche en tendant la main droite mais les passants prenaient peur en voyant mon bras gauche qu'ils jugeaient menaçant. Dans la rue, j'ai même été pris pour cible et tabassé régulièrement par des skinheads. Ils me prenaient pour un militant antifasciste. Je touchais le fond. Je voulus baisser le bras, et mourir. Mais cela s'avéra impossible. Il était comme figé, ne répondant plus à ma volonté. Je ne pouvais même plus desserrer mon poing. Je voulus en finir en me jetant du haut d'un pont du périphérique. J'allais sauter quand une voix douce m'interpella.

– Arrête ! Qu'est-ce que tu vas faire ? Tu es si jeune ! Tu as la vie devant toi ! Ne baisse pas les bras !

Lorsque je me suis retourné pour voir qui me parlait, j'ai vu le visage d'un ange. Elle s'appelait Nadia. Elle m'a aidé à reprendre goût à la vie, croire à l'amour. Elle a même réussi à me trouver un boulot dans l'entreprise de son père. J'ai touché le mois dernier ma première paie. Ce n'est pas grand-chose mais je suis sur la bonne voie.

Voilà aussi pourquoi j'ai sollicité cet entretien, docteur. Je devais vous expliquer mon cas en détail afin que vous mesuriez que je n'ai pas les moyens financiers de payer les dépassements d'honoraire de l'opération.

– Votre histoire est tout bonnement incroyable ; surréaliste même. Puis-je examiner votre bras de plus près ?

– Je vous en prie.

– Si je ne constatais pas par moi-même l'extrême rigidité de votre bras, les nombreuses nécroses etc, j'aurai du mal à porter crédit à votre histoire. Depuis vingt ans, vous dites ? Et pourquoi vouloir revenir sur votre engagement aujourd'hui ? Je ne vous cache pas que l'opération comporte des risques certains et s'avère relativement compliquée, même pour moi.

– Je ne peux plus vivre dans ces conditions, docteur. J'ai aujourd'hui vingt-six ans. Nadia a su trouver les mots pour me convaincre et… je l'aime. Je suis prêt à tout pour elle. Elle est enceinte et nous allons nous marier. Je veux pouvoir la serrer dans mes bras et porter notre futur enfant. Je sais aujourd'hui que c'est la bonne décision.

– Monsieur, votre récit m'a touché. Je vous opérerai et gracieusement qui plus est, même si ce n'est pas dans mes habitudes. Votre histoire m'a convaincu et je me dédommagerai par la publicité que va me faire cet événement, lorsque je communiquerai dessus, si vous m'y autorisez. Allez prendre rendez-vous auprès de ma secrétaire. Nous nous reverrons avant votre entrée au bloc.

Trois semaines plus tard, l'homme qui ne baissait jamais le bras fut hospitalisé dans la clinique du Dr Servat, pour une intervention qui faisait déjà parler d'elle dans le milieu médical. Les étudiants se pressaient pour assister à cette grande première et le médecin préparait déjà l'article qu'il enverrait aux revues scientifiques, expliquant le déroulement d'un tel acte opératoire.

Lors de l'opération, un malheureux mouvement entraîna une lésion de l'artère axillaire, le chirurgien tenta de colmater la brèche vasculaire dont le débit était très important. Or, ses tentatives échouèrent : l'environnement de nécrose musculaire et l'inflammation importante proche de cette artère avait endommagé sa paroi.

Ainsi à chaque tentative, la paroi vasculaire se déchirait en un autre point, ne faisant qu'aggraver la situation.

Les garrots ne furent pas suffisants. Le patient finit par se vider de son sang, son bras se baissa et il mourut au même instant sur la table d'opération.

Le docteur Servat garda contact avec Nadia, celle qui devait devenir, après l'opération, « la veuve de l'homme qui avait baissé le bras ». Il l'aida comme il put et la dirigea vers ses confrères gynécologues et obstétriciens les plus compétents pour que sa grossesse et son accouchement se passent dans les meilleures conditions possibles. Très vite, la future maman lui raconta qu'elle sentait déjà dans son ventre les premiers coups de poings.

Un jour, le docteur Servat reçut dans son bureau un appel d'un confrère. Le Docteur Yang s'occupait du suivi de la patiente. Il venait de réaliser l'échographie des 6 mois.

– J’ai l’écho sous les yeux. Je te l’envoie tout de suite par mail .Regarde la !

– Pourquoi ? Il y a un souci ?

– Quand la mère a vu l’enfant sur l’écran de contrôle, elle a fondu en larmes.

– Il a une malformation ? Un problème quelconque ? Arrête avec ton suspens à deux balles ! Qu’est-ce qui se passe ?

– Non aucune malformation. Tu vas comprendre, ouvre la pièce jointe du mail

Sur l’image de l’échographie, il vit distinctement un fœtus, le bras gauche levé et le poing fermé...

# UN AVANT-GOÛT DE L'ENFER

Céline Servat

Quel sera notre avenir quand notre monde sera en passe de s'effondrer ? Vous vous doutez que mon regard est plutôt pessimiste...

# Un avant-goût de l'enfer

2070. Les forêts luxuriantes n'existent plus. À leur place, des clairières, parsemées çà et là de troncs calcinés ou pourris. Les champs ne sont plus que des étendues arides et craquelées. La sécheresse a tout envahi, par la faute de l'homme, de sa folie destructrice au profit de son confort, de ses besoins sans cesses plus grands. Pourtant, la Terre les a prévenus et les alertes ont été nombreuses. Plusieurs fois, des volcans se sont réveillés, le sol a tremblé, des villes ont été immergées. Des sommets de clochers, de toits se détachent encore de ça de là, dans le reflet de l'eau sale et polluée.

La Terre est à bout. À chacune de ses colères, les humains ont pleuré, supplié, promis, mais n'ont jamais changé leurs habitudes, leur surconsommation. Leur destruction massive. Alors, la planète sature. Elle se rebelle, s'affirme. Elle veut reprendre le pouvoir et punir les ingrats qui la mettent en péril. Car dans la balance, une seule possibilité : Ce sont eux ou elle.

Des failles apparaissent subitement, zébrant le sol un peu partout, telles des ventres insatiables engloutissant les constructions, ainsi que toute personne qui se trouve malencontreusement sur le passage. Dans ce paysage désolé, la nature n'aime pas le vide. Les paysages se peuplent d'animaux difformes, inconnus jusque-là. Ces monstres accaparent tout, envahissent les lieux et dévorent tout ce qui traîne. Ils répandent la terreur en même temps qu'une infâme odeur de putréfaction.

Dans ce monde devenu fou, où le danger peut surgir à tout coin de rue, les humains sont perdus. Ils cherchent des solutions, mènent des conciliabules pour contrer les conséquences sans tirer de leçons des causes. Les hommes ont des divergences sur la manière de calmer la fureur de la planète. Des conflits éclatent partout. La majorité s'unit sous forme de clans, liés par la force de leurs convictions communes sur la meilleure réponse à apporter. Les théories sont diverses, chaque clan s'accrochant à la sienne comme à une vérité absolue.

Le groupe le plus important est celui des Celluloïdes. Ils sont persuadés que la solution est de rendre à la terre la matière première détruite, et ils se focalisent sur les arbres. Mais comment procéder ? Ils utilisent les produits transformés, meubles, poutres et charpentes, puis se tournent vers les livres. Les Celluloïdes veulent lutter contre le temps, ils ont besoin d'une main d'œuvre efficace. Ils piochent parmi les orphelins, les enfants des rues qu'ils font trimer sans vergogne. Une partie des prisonniers a intégré ce lieu de leur propre gré, en croyant leurs mensonges : la promesse de repas chauds, d'un lieu protégé. Ils se sont bien fait avoir ! Les autres ont été kidnappés ou ramassés dans les ruelles, quittant des conditions d'existences désolantes pour une vie qui l'est plus encore.

Officiellement, les Celluloïdes s'érigent en protecteurs, officieusement ils détiennent une manne d'esclaves qui déchirent des livres à une cadence folle. Tout y passe, du manuel scolaire aux incunables. La plupart des gamins remplissent des brouettes que d'autres garçons vident dans les failles pour restituer à la nature le produit de la transformation.

Les petits prisonniers sont anéantis. Le manque de sommeil, la répétitivité de la tâche les épuise, sans aucun espoir d'amélioration. Ils arrachent autant de pages que possible, avec des gestes mécaniques et saccadés. Certains ont mal aux bras, leurs mains les brulent. D'autres ont tellement faim qu'ils croquent un vers de Baudelaire ou de Lamartine dès qu'ils échappent au champ de vision de leurs geôliers. Les moins discrets récoltent des coups de fouets, les lanières de cuir lacèrent les peaux, provocant des douleurs cuisantes et des cicatrices boursouflées. Les zébrures des corps en écho aux fissures de la planète, telle est leur réponse.

Voici l'endroit où Jolan est né. Dans ce cloaque où ses parents s'aimaient si fort que leur relation était excessive, exclusive. Ils ne se quittaient pas, leurs mains jointes à tout moment, leurs regards plongés dans celui de l'autre sans jamais être rassasié de ce qu'il y lisait. Ils étaient fusionnels, leur corps et de leurs âmes entièrement tournés l'un vers l'autre. Avaient-ils décidé de le concevoir ? Quand le ventre de sa mère s'était arrondi, il n'y avait pas eu de place pour lui dans leurs cœurs. Le couple se suffisait, leur duo ne ferait jamais un trio. Encore moins une famille.

En fait, le petit garçon n'en sait rien mais telle est l'explication qu'il s'est façonnée. Celle qui lui parait la moins insupportable. Il a tellement besoin de comprendre que, sans réponse, Jolan devient fou. Pourquoi ses parents ne l'aiment-ils pas ? Comment accepter que des adultes abandonnent leur enfant ? Est-il si mauvais ? Cette idée tourne en boucle dans sa tête. Il a si peu de souvenirs, ce n'est pas normal ! Il avait bien une vie avant son errance. Pourquoi ne s'en rappelle-t-il pas ? Parfois, il souhaite tellement que les images lui reviennent qu'il se tape la tête contre les murs humides des immeubles. Mais rien ne vient.

Jolan est terriblement seul. Toute la journée, il traîne dans des rues obscures et mal famées, à la recherche de nourriture. Son quotidien est fait de trois préoccupations majeures : éviter les fissures qui surgissent dans le sol à tout moment, lutter contre les rats pour récolter les derniers morceaux, et se cacher quand les adultes font des descentes et raflent les mômes. Une vie pas facile quand on a huit ans et demi.

Seul, effrayé, il s'épuise jour après jour et pleure pendant des heures. Il a entendu des histoires sur des adultes capturant les enfants pour les aider à apaiser la Terre. Il n'a pas tout compris mais a toujours su les éviter. Dans cette vie de désolation, il est une proie facile. Un matin, alors qu'il se frotte les yeux encore sensibles à la lumière, deux mains l'attrapent et le tirent en arrière avec une force colossale. L'enfant a peur, il crie, se débat. Que lui arrive-t-il ? Que lui veut-on ?

Moins d'une heure plus tard, Jolan, enchaîné à une chaise, déchire des livres, encore et encore. Il trouve tout cela vain et même aberrant, mais il n'a pas le choix. Les hommes n'écoutent pas les enfants, ils les tancent pour qu'ils arrachent des pages de plus en plus vite, afin d'atténuer la colère de la planète mère. Au gré de cette corvée abrutissante, l'esprit de Jolan s'évade par la pensée et l'imagination. Alors qu'il survit dans des conditions terribles, il refuse d'avoir une histoire sordide et invente son roman familial. Puisqu'il ne maîtrise pas le présent, il veut avoir le choix de son passé.

Jolan n'est pas plus grand ou plus fort que les autres, mais il sait lire, alors que la majorité de ses compagnons ne savent pas compter autrement que sur leurs doigts. Même s'il ne le sait pas encore, ce point fort peut causer sa perte.

Le temps passe, les hommes constatent que leur action ne change rien au problème mais ils refusent de l'admettre. Alors, ils se déchaînent sur les enfants dans des accès de violence insupportables. Il est plus aisé de désigner des coupables plutôt que d'admettre qu'ils sont les seuls responsables de cette horreur. Ils lacèrent les corps comme ils ont lacéré la nature.

Les arrachements de pages ne comblent plus le vide. La Terre souffre, gronde et se mutile. Les hommes cherchent des solutions et les enfants déchirent sous peine d'être déchirés.

Une nouvelle idée émerge, une horreur de plus au milieu du marasme. Des sacrifices humains pourraient calmer la planète ! L'idée se répand comme une traînée de poudre. Les enfants les moins performants seront offerts, jetés en pâture dans le magma brûlant. S'il leur faut une motivation pour garder la cadence, celle-ci est radicale.

Dans la torpeur qui l'envahit, Jolan essaie d'imaginer ce qu'a été la vie avant ce gâchis. Il se creuse la tête, cherche à se souvenir. Une verte prairie, une montagne au sommet blanchi par la neige, une eau limpide peuplée de poissons de toutes les couleurs, un couple d'amoureux à l'ombre d'un arbre en fleurs... L'enfant sursaute. Il a dû s'endormir pendant son travail ! Il regarde fébrilement. Droite, gauche… heureusement, ils ne l'ont pas vu. A-t-il sommeillé longtemps ? Comment ces mots qu'il ne connaît pas ont-ils peuplé ses pensées ? Prairies, fleurs, ruisseaux… A cet instant, il pose les yeux sur une page. Tout y est décrit avec la même intensité. Ce ne sont pas des réminiscences, il a lu, et il lit encore ! Jolan sent les poils de ses bras se dresser. Il a commis l'outrage extrême : Lire. Il tremble de crainte et d'épuisement. Que va-t-il lui arriver ? Combien de pages devra-t-il déchirer en urgence pour rattraper le temps perdu ? Il angoisse déjà et arrache avec un tel acharnement que l'attention des gardes se focalise sur lui. Ils l'entourent en posant sur lui leurs regards curieux. Ils sont si proches que le petit garçon retient son souffle, sa vision se brouille sous l'effet de la panique. Il doit se reprendre ! Il sait bien qu'ils s'en prennent aux plus faibles. Ils ne me feront rien, on ne meurt pas à huit ans et demi ! se répète-t-il pendant toute la journée.

Quand vient le soir, le garçon s'aperçoit avec consternation que son vocabulaire s'est encore enrichi. Il ne peut plus s'empêcher de lire !

Chaque soir, à la tombée de la nuit, le conseil se réunit et désigne les sacrifiés. Va-t-il en faire partie ? L'enfant tremble à l'idée du sort qui plane sur lui. L'ont-ils vu ? A-t-il porté son attention sur une ligne de trop, montré une hésitation en arrachant la dernière page ? Le petit cherche à tromper sa frayeur, alors que, dans quelques instants, les Celluloïdes choisiront l'un d'entre eux pour leurrer la Terre.

Quand ils s'approchent de lui, quand leurs bras musclés le saisissent et l'entraînent dans leur sillage, Jolan crie, pleure, se débat. Alors on peut mourir à huit ans et demi ? Comment peut-on laisser commettre une telle injustice ? Juste avant de sombrer dans le gouffre, une ultime pensée le traverse : pourquoi ses parents se sont-ils tant aimés sans jamais penser à lui ?

Puisqu'il ne maîtrise pas le présent, laissons-lui au moins le choix de son passé.

# UN NOËL ROUGE ET BLANC

Céline Servat

J'ai écrit cette nouvelle pour le concours de Noël du groupe facebook le comptoir de la culture, il y a quelques années.

Vu le titre, vous vous attendez peut-être à un joli conte... Détrompez-vous. Celui-là est plus rouge que blanc !

# Un Noël rouge et blanc

D'aussi loin que je me souvienne, j'ai toujours vécu seul.

Évidemment, enfant, ma mère n'était pas loin. Pour être plus précis, elle restait souvent dans le salon jouxtant ma chambre. Mais sa présence n'était ni chaleureuse ni bienveillante, et elle pouvait passer des journées entières sans m'adresser la parole. Les moments de Noël étaient les plus tristes pour moi, car il n'y avait aucune différence avec les autres jours. Ils étaient mornes et froids. J'avais bien compris à l'école, en écoutant les enfants parler, qu'ils profitaient de ce moment pour faire la fête en famille et recevoir des présents.

C'était toujours douloureux de discuter des autres enfants, même des années plus tard : c'est simple, ils n'en avaient rien à faire de moi. Avec le temps, j'étais devenu invisible. Bien sûr, je préférais ce traitement aux moqueries que j'avais pu subir, lors de mes premières années scolaires, quand ils me prenaient à partie et m'invectivaient en me traitant de sauvage et de taré.

Je n'ai jamais demandé à naître auprès de cette folle dans cette cabane sordide, j'aurais aimé savoir qui était mon père ; mais cela leur était égal, leurs sarcasmes fusaient, jusqu'à ce qu'ils se rendent compte que je n'y répondais plus. Le temps et ma patience ont glissé vers un statu quo qui m'arrangeait, même s'il me laissait un goût amer et de profonds regrets. Combien de fois, dans la protection relative de ma chambre, je rêvais que j'étais entouré d'amis qui m'incluaient dans leurs jeux !

Je n'ai jamais réussi à m'intégrer. Ma mère me disait toujours que j'étais un moins que rien, un fardeau, que je n'avais rien dans la tête… Je m'apercevais bien que les autres pensaient la même chose. Comment j'aurais pu lutter ? Avec les années, je suis devenu grand et fort, toutefois, malgré l'évolution de mon corps, je ne m'autorisais pas à m'imposer.

Quand elle a compris quel profit elle pouvait en tirer, ma daronne ne voulut plus que je m'enferme dans ma chambre. Elle m'a fait travailler dehors, quelle que soit la météo. Tour à tour, je cultivais le lopin de terre accolé aux rondins de la cabane, et je sortais nos deux vaches et trois chèvres régulièrement.

Pourtant, elle n'a jamais proféré une parole de remerciement, alors même que la critique était quotidienne.

Et puis un jour, les choses ont changé.

Elle traînait une mauvaise toux de fumeuse invétérée depuis des années, mais elle s'intensifia et en peu de temps, sa respiration fut pénible, douloureuse. Ma mère avait toujours refusé de voir des médecins et elle mourut en quelques journées.

J'étais désemparé, et en même temps, soulagé de ne plus subir sa mauvaise foi et sa désapprobation. Je décidais de prendre les choses en main et débarrassais la cabane de tous ses bibelots et souvenirs que je haïssais. Dans l'élan, j'éjectais son lit pour faire de sa chambre un atelier. À l'école, j'avais aimé la peinture et les loisirs créatifs. Sauf que je ne pouvais pas me permettre de les utiliser à la maison jusqu'à ce jour, ma mère m'aurait traité de pleutre et de fillette.

Puisque j'avais enfin carte blanche, j'allais au supermarché du coin dans l'idée de faire l'acquisition des feuilles Canson de couleur, des ciseaux crantés et autres accessoires. Mais en entrant dans le magasin, je compris grâce à la décoration que l'on était la veille de Noël. Ce Noël que ma mère n'avait jamais voulu fêter, j'allais en profiter ! J'achetais du papier doré, et un bon stock d'objets à embellir. J'avais le cœur qui battait fort, j'étais tellement excité !

Je passais ma journée est ma soirée à créer. J'étais ravi du résultat, mais une fois tous ces cadeaux emballés, je ne sus pas quoi en faire. Je me confrontais encore une fois à ma solitude et je sentis une pointe dans ma poitrine. Mais ce n'était pas inéluctable. Ma mère, mon bourreau n'était plus là et je pouvais tenter de me faire des amis !

Ces jours-ci, j'avais remarqué un groupe de gosses qui venait jouer dans le pré en dessous de ma cabane. Ils faisaient de la luge à tour de rôle et poussaient souvent des cris de ravissement.

Je décidais alors de leur offrir mes cadeaux dès le lendemain et je me couchais, excité et plein d'espoir. Le matin, je remplis un sac de mes créations et me dirigeais vers les d'enfants, prêts à dévaler les pentes enneigées. Je les observais d'abord, de loin, avec un peu d'appréhension à l'idée de devoir entamer la conversation. Je n'avais pas l'habitude !

Ils étaient quatre, trois garçons et une petite fille. Je les imaginais déjà m'expliquant comment monter sur cette luge et riant aux éclats devant ma descente maladroite.

Je me résolus enfin à les aborder et je choisis de m'approcher de la gamine malingre. Je me faufilais dans son dos afin de lui susurrer à l'oreille :

– Salut petite fille, tu veux jouer avec moi ? Je suis venu t'apporter des cadeaux.

Son visage se figea d'horreur et elle poussa un hurlement désespéré. Je ne compris pas ce qui m'arrivait. Je tentais de la raisonner alors que ses amis se rapprochaient, menaçants. Le plus grand de la bande se ramena en serrant les poings. Il m'invectiva :

– Casse-toi sale clochard ! Tu crois que tu nous fais peur ? Je sais qui tu es ! Mes parents nous ont prévenus de nous méfier de toi. Tu n'es qu'une vermine ! Si tu crois pouvoir tripoter une petite fille en toute impunité, tu te trompes.

Les autres se rassemblèrent autour de moi, alors que je restais paralysé devant cette réaction incompréhensible. Ces gamins étaient les mêmes que leurs géniteurs, ceux qui m'avaient fait souffrir toute mon enfance.

Je tentais de leur expliquer mes intentions en bredouillant :

– Je voulais juste être votre ami ! Regardez, je vous ai apporté des cadeaux !

La petite fille fit un pas en arrière et s'écria :

– Maman a dit de ne jamais rien accepter des inconnus ! Il veut nous faire du mal, dis, Jules ?

Celui qui semblait être le chef de la troupe reprit la parole :

– Tu es complètement maboul, ma parole !

Pourquoi on voudrait être ton ami ? Tu es un vieux et on voit bien que tu es louche, comme gars !

– Ouais le mec il veut nous offrir des trucs pour mieux profiter de nous ! reprend un deuxième. On doit lui faire sa fête !

Je reconnus l'expression, car elle était la préférée du grand Léo, une espèce de brute qui était dans ma classe. Il n'avait jamais été très malin et compensait son manque d'intelligence par des rapports de force déséquilibrés et marqués par l'humiliation de l'autre. En effet, le gosse lui ressemblait : mêmes traits lourds et nez aquilin.

Ces réactions firent vaciller mon espoir et mon désir : il n'y avait rien à faire, je n'aurais jamais d'amis ! À cette idée, une vague de détresse me submergea. Je ne supportais plus de rester sans réagir, à subir, encore ! Je bousculais deux enfants pour faire demi-tour et je partis en courant vers ma cabane si rassurante. Puisqu'ils ne voulaient pas de moi, j'allais les chasser de mon territoire !

Devant mon réflexe, les petits monstres crurent avoir gagné et poussèrent des cris de joie. Ils ne savaient pas ce qui les attendait !

Pendant tant d'années, je m'étais tu et j'avais enduré le pire. Cela ne pouvait plus durer ! Je ne pouvais pas rester leur objet, c'était intenable ! Je m'approchais du tas de bois et saisis la hache que j'avais utilisée l'avant-veille pour fendre le tronc du chêne. Je l'avais désormais transformé en bûches dont je pourrais me servir l'hiver prochain. Je redescendis vers le pré et me dirigeais en courant vers le plus grand des quatre, le plus méchant aussi. Il allait voir ce qu'il allait voir ! Il me tournait le dos et eut à peine le temps de se détourner au son des cris d'effroi de ses camarades. J'abattis ma hache de toutes mes forces.

J'avais de la force et je le savais. Mais je fus très étonné de constater que je l'avais pratiquement fendu en deux. Le sang gicla à profusion, tachant la neige blanche de grenat. J'étais vraiment dans le code des couleurs de Noël ! Dans ma fureur, je fauchais en trois mouvements la petite fille toute tremblante qui regardait le corps de son frère sans pouvoir esquisser le moindre geste. Son torse finit rapidement en bouillie. Rasséréné, je me dirigeais d'un pas leste vers les deux autres garçons qui couraient dans la même direction. Les sots ! S'ils s'étaient séparés, un des deux aurait pu avoir une chance, mais j'avais l'impression d'être à la chasse aux lapins. Je rattrapais le premier rapidement et l'assommais en projetant sa face contre le tronc d'un arbre, le laissant là, inconscient, le temps de régler le sort du dernier. Je m'amusais tellement ! Je m'appliquais alors afin de découper des morceaux égaux et bien proportionnés, car cette petite balade du matin avait aiguisé mon instinct créatif et m'avait donné des idées.

Je fis de même avec son comparse, qui entre-temps s'était réveillé et produisait des sanglots très désagréables. Son cas fut vite réglé ! En vingt minutes, la clairière avait retrouvé son calme. Et moi aussi. Je me sentais si apaisé ! J'étais enfin à ma place.

Je décidais de faire une pause avant de m'attaquer à la tâche suivante : je me dirigeais vers ma cabane pour déguster la daube qui mijotait depuis deux jours ; une fois rassasié, je regagnais mon terrain de jeu, impatient de commencer.

C'était par cet acte que j'allais exprimer toute ma

créativité. J'avais toujours rêvé d'avoir un sapin de Noël, ce qui était impossible du temps de ma mère puisqu'elle s'opposait à tout signe festif.

J'allais donc y remédier et connaître la magie de Noël pour la première fois en dix-neuf ans. Je me dirigeai vers l'épicéa situé à proximité de la cabane et l'étoffai peu à peu de mes décorations : bottes de lutin, morceau de bras et de jambes, torses sanguinolents et visages figés. Je répartis symétriquement tout ce que la nature et mes nouvelles rencontres m'avaient offert, et je finalisais ma composition en hissant la main de la petite fille, toujours dans son gant rouge, jusqu'au sommet de l'arbre, de telle sorte qu'elle prenne la place de l'étoile. Puis, je me reculais afin de contempler le spectacle avec fierté. Le sang dégoulinait sur les branches, donnant un air de guirlandes naturelles à l'ensemble.

J'admirais mon chef-d'œuvre, déçu de ne pas le partager, mais satisfait du résultat.

L'année prochaine, je devrai étoffer mes décorations, les magnifier. Pourquoi ne pas y ajouter des scalps de cheveux blonds, roux et bruns ?

Je m'assis bien tranquille devant ma réalisation. J'avais été bien sage, j'attendais donc le clou du spectacle : j'espérais que le père Noël passerait sans trop tarder.

# PENSÉES

## Luna Jimenez

**Céline :** On reste dans la famille avec un texte écrit par Luna, la fille aînée de Tomas et, donc, ma nièce. Passionnée de plantes, elle s'appuie sur ses connaissances pour nous livrer une nouvelle qui s'inscrit totalement dans le registre du noir et du pathologique, avec un style épuré qui cible juste. Bravo à elle !

# Pensées

« Folie paraît être ennemie de Bonheur. Paradoxalement c'est d'accepter cette folie qui me sauve, Pour être heureuse dois-je me laisser aller ? Me laisser sombrer pour remonter la pente ? »

Ma psy m'a dit que je faisais une dépression.

C'est vrai qu'avec le covid, je ne sortais plus. Après le covid aussi en fait. J'ai pris de mauvaises habitudes, j'ai installé tik tok. Mes amis me reprochent de ne plus leur donner de nouvelles, mais je n'y peux rien. Voir tous ces gens autour de moi et sur les réseaux qui vont bien, font des choses merveilleuses alors que moi, je n'ai même pas envie de mettre un pied dehors. Pourquoi je ne peux pas être comme eux ? Elle a peut-être raison ma psy, ça ne va pas trop. Pourtant j'essaye d'aller mieux: déjà, je la vois elle.

J'ai essayé le sport, le dessin, l'écriture, mais c'est trop frustrant. Faire quelque chose c'est prendre le risque d'échouer, de ne pas être la meilleure. Puis je suis tombée sur cette vidéo où la fille radieuse en « dépression », la parfaite malade avec toujours un teint illuminé et illuminante avec ses cinquante-deux kilos pour un mètre soixante-dix, explique que chaque fois qu'elle est triste, elle achète une plante, que c'est une addiction, que ça la soulage de s'occuper de quelque chose. Au point où j'en suis, tout conseil est bon à prendre.

Dehors il fait chaud. Il y a du bruit, du monde, tout s'agite autour de moi et se mélange. J'étouffe de ces rires qui résonnent, de ces «ça fait du bien de sortir !» Non, moi ça ne me fait pas de bien.

À un moment, j'ai pensé que j'aurais aimé être seule au monde, ou du moins ne voir les gens que derrière mon écran. Je devrais peut-être parler à ma psy, de ça aussi.

J'entre dans un de ces petits supermarchés de coin de rue beaucoup trop chers et je vois un petit cactus, tout seul. On se ressemble. Je l'achète et le rapporte chez moi. Chez moi, c'est grand, trop grand pour moi toute seule, d'ailleurs. C'est un peu ma grotte, je m'y cache, parfois je m'y perds aussi. Quand je suis chez moi, je ne sais pas quelle heure il est. Parfois je regarde un film, souvent je suis sur mon téléphone. Mais la plupart du temps, je ne fais rien.

J'attends. Je pense. Je ne sais pas trop à quoi, mon esprit vagabonde mais je pense beaucoup.

Dans la vidéo, la fille avait donné un nom à chacune de ses plantes. Mon petit cactus s'appellera Victor, comme ce personnage dans Les noces Funèbres. Il est gringalet, plutôt long, il se sent seul. Alors je lui demande si Victor lui va comme prénom. Il ne répond pas, je prends ça pour un oui.

Ma psy m'a félicitée d'entamer des démarches pour aller mieux, elle pense aussi que les plantes peuvent m'aider à guérir. Dans son bureau, il y en a quelques-unes, pleines de poussière. Elles me font de la peine.

En allant acheter de quoi manger pour les prochaines semaines, je tombe, dans la grande surface, sur un rayon plante. Je regarde, l'air de rien quand je perçois cette grande dame, aux énormes feuilles vertes et découpées, qui attend sagement. Elle a l'air déchirée, toute cassée. Sur son étiquette humide, écornée, où les caractères se mêlent comme de petits insectes, il y a marqué « *monstera deliciosa* ». On se ressemble elle et moi. Elle tiendra compagnie à Victor, qui se sent un peu seul parfois.

En rentrant à la maison, je regarde sur internet ce qu'elle aime, ce dont elle a besoin. Elle n'est pas vraiment difficile, elle s'entendra bien avec Victor. Par contre, elle a besoin de lumière. C'est plus ennuyeux que ce que je pensais, je vais devoir ouvrir les volets, au moins partiellement. Je décale du sol les affaires qui traînent et obstruent le passage vers le balcon. Un jour je rangerai, quand j'irai mieux. Maman me dit souvent qu'avoir un appartement rangé aide à ranger son esprit. Pour l'instant, c'est trop le bordel, partout. Je ne sais pas par où commencer. J'ai peur de commencer. Ça aussi, je le dirais à ma psy la prochaine fois.

Je regarde tendrement Anissa, en lui souriant. Ça lui va bien, Anissa.

Ma psy m'a dit que j'avais aussi une phobie sociale. Ça je le savais déjà, pas la peine de payer 55€ la séance pour s'en apercevoir. Elle pense qu'on devrait se voir plus fréquemment mais je n'en ai pas envie. Je le ferai quand même, maman insiste. Heureusement qu'elle paye, sinon je n'y serais jamais allée.

Au téléphone, maman me dit qu'elle s'inquiète, elle veut que je vienne. J'accepte pour ne pas qu'elle me propose de venir, elle. « Je vais bien maman, je te jure ». Elle me demande si je vois du monde. Je déteste mentir mais je ne veux pas qu'elle s'alarme alors je lui dis que je me suis fait deux nouveaux amis, Victor et Anissa. Je l'entends soupirer fort, comme soulagée. Elle dramatise toujours.

En l'accompagnant faire les courses, elle me demande si j'ai besoin de quelque chose. Je lui demande de passer à la jardinerie. Sur place, elle me dit que je peux choisir ce que je veux. Alors je traîne, je regarde. C'est marrant ces rayures sur une plante, comme un zèbre. Ma psy m'a dit que je suis une personne zèbre. Je n'ai pas vraiment compris ce qu'elle voulait dire. *Alocasia zebrina*. Elle me plaît. Maman me l'achète, me dépose devant chez moi parce qu'Alice est trop lourde. Elle me propose de m'aider à la transporter, je sais qu'elle veut monter, alors je refuse. Alice sera à côté d'Anissa, elle aussi aime la lumière, je vais devoir lui faire un peu plus de place.

Ma psy m'a appelée, j'ai raté un rendez-vous. C'est dommage, me dit-elle, on fait des progrès. C'est vrai, je pleure beaucoup moins. Je suis mieux entourée. Jacob a une nouvelle feuille, Julie est en fleur, je vais devoir tailler Léo, tout le monde va bien. D'ailleurs, Victor a fait des petits. Ils sont mignons. Je ne pensais pas être aussi vite marraine. Maman n'arrête pas de m'appeler. Elle m'a laissé des messages vocaux en râlant parce que ma psy l'a appelée, parce que je n'y suis pas allée. J'irai la prochaine fois, promis.

Petites pierres précieuses vertes et brillantes

milles et une lumières, couleurs chatoyantes
vous m'êtes familières, vous êtes passionnantes,
le soleil se joue de vous, belles plantes.

Maman est venue aujourd'hui. Je ne sais plus quel jour on est. Je n'ai pas regardé mon téléphone depuis un moment, c'est la saison du rempotage, j'étais trop occupée. J'entends sonner. Je n'attends personne. Je n'attends jamais personne. Je regarde à l'œilleton et je vois un olivier, magnifique. Cette fois-ci je ne pense pas et ouvre. Derrière l'olivier, maman. « Bon anniversaire ! ». Mince, elle va vouloir entrer. « Je peux entrer ? ». Bien sûr, ai-je le choix ? Dès qu'elle rentre, son visage change, à la fois de satisfaction mais en même temps de stupéfaction. «C'est propre ! Ça fait longtemps que tout n'était pas aussi bien chez toi ! Mais tu es seule ? Les amis dont tu me parles si souvent ne sont pas là ? Et puis, toutes ces plantes... tu vas finir par étouffer. Tu en as combien ? Je n'aurais pas dû t'en acheter une... ».

Je n'ai rien écouté de ce qu'elle m'a dit, j'étais trop occupée à regarder Olivier. je n'avais jamais encore mis de plante sur mon balcon, ça fait longtemps que je n'ai pas sorti le bout de mon nez. Peut-être plusieurs jours, peut-être plusieurs semaines ? La notion du temps est floue, ici. Je propose un café à maman, qui me tend une enveloppe pour mon anniversaire. De l'argent. Je m'en fous de l'argent. J'aurais préféré une autre plante.

Aujourd'hui, je suis de bonne humeur, Olivier se sent bien, je ne me souvenais pas que ma terrasse était si grande. Je vais pouvoir y mettre tellement de plantes ! La vue me déplaît, elle donne sur des rails de chemin de fer. Je vais aller acheter de quoi peupler mon extérieur et, par la même occasion, cacher cette vision métallique d'horreur, assourdissante, vrombissante.

Ma psy m'a dit que j'avais des comportements obsessionnels. C'est faux. De quelle obsession me parle-t-elle ? J'entends vaguement en fond qu'elle me parle d'addiction, de reporter un manque, mais je n'écoute pas. Je pense à mes pieds de tomates qui fleurissent. À mes pommiers nains qui grandissent. Bientôt, je pourrais cueillir mes fraises. Je souris. Je suis bien.

J'ai repris un peu de poids, presque un kilo. Je mange beaucoup mieux. Je ne mange plus de viande ni de produits transformés, mais j'arrive à bien manger avec tout ce que je plante. Parfois, j'aimerais manger des pâtes ou même une tranche de jambon, mais j'arrive à bien manger avec tout ce que j'ai. Je m'adapte selon les saisons. Pommes de terre, salade, tomates, fraises, poires, framboises, carottes, navets... Je cuisine un peu plus, je découvre de nouvelles choses. Ça fait très longtemps que je n'ai pas été faire de courses. Je n'ai plus de raison de sortir, j'arrive à vivre avec ce que je produis, à récupérer les graines de mes plants, à faire des boutures. Ce dont je peux avoir besoin et ne peux produire moi-même, je me le fait livrer. Maman m'appelle de moins en moins. On se dispute souvent. Elle est en colère, je ne vais plus voir la psy. Je suis trop occupée, je n'ai pas le temps mais ça, elle ne le comprend pas. Elle ne me comprend jamais de toute façon.

Ma terrasse est en fleur. Après s'être dégarnie en hiver, tout bourgeonne. Je me sens revivre. À l'intérieur, tout le monde est resté tranquille pendant les dernières semaines mais aujourd'hui, tout explose : tout ce qui paraissait dormant, lent, presque mort, prend aujourd'hui plus de place que jamais. Je me reconnais beaucoup en mes amis. On se ressemble tellement ! Moi aussi, j'explose.

Je n'entends plus le train depuis ma terrasse. Parfois, je l'oublie, même. Ça fait longtemps que je n'ai pas eu de nouvelles de maman. Elle n'a pas essayé de m'appeler. Pourtant, j'ai fait attention à mon téléphone. Il faudrait que j'aille la voir, je m'inquiète un peu. Elle n'est plus vraiment jeune. Je sens comme un besoin alarmant d'aller chez elle. Je n'ai pas envie de sortir mais je dois sortir. Je le sens. En descendant, je m'arrête à ma boîte aux lettres. Elle est remplie, prête à craquer, elle dégueule toutes sortes de journaux, prospectus, publicités, lettres. Une lettre. Cette lettre. Elle est à mon intention. Je ne l'aime pas. Je laisse tout le reste, la remonte, comme un trésor maudit. Je sais ce qu'elle contient mais je la lis quand même.

Maman est morte. Elle est morte et enterrée depuis plusieurs semaines. C'est pour ça qu'elle ne m'appelait plus. Je n'ai pas été à son enterrement, c'est trop tard. Je m'en veux, un peu. J'étais trop occupée. J'ai envie de pleurer mais tout ce qui sort de ma bouche c'est un petit cri aigu. Maman est morte, j'éteins mon téléphone, je n'en ai plus besoin.

Sur ma terrasse, je regarde les oignons. Je taille la menthe. J'aperçois le soleil, le ciel est caché par la glycine et le jasmin qui s'enroulent, s'attachent à toutes les branches d'arbres sur leur chemin. Les odeurs se mélangent, s'entrechoquent. Je ne me souviens plus de ce qu'il y a derrière tout ça. Je m'en moque, en vérité. Il fait humide, la température est clémente, le climat est tendre. je me sens heureuse.

*Piléa peperomia, monstera deliciosa/monkey leaf, alocasia zebrina/silver arrow/ black velvet, calathea picturata/lancifolia, beaucoup de cactus, pothos N'joy/golden queen/marble queen, dracaena marginata, philodendron white princess/pink princess/scandans, ficus, érable du japon, anthurium, caladium, pommier/poirier/cerisier/oranger/citronnier/olivier/pêcher nain, jasmin, glycine, lierre, fraisier, oignon, navets, oignons, carottes, pomme de terre, radis, salade, framboisier,* etc etc etc

Je ne sais pas quel jour on est. Ni quelle année. Je connais la saison. J'ai appris à reconnaître l'heure à la lumière, je sais quand je dois donner à boire à mes amis. On parle beaucoup. Je leur chante des musiques, enfin je fredonne. Ils apprécient, me félicitent, parfois on chante tous ensemble, comme un hymne à la vie et à la joie. Je me demande de quelle couleur était mon sol. En quelle matière il était. De mauvaises herbes ont poussé partout. Enfin, mauvaises, c'est ce qu'on dit d'elles. Moi, je les aime bien. Je les aime toutes.

Souvent, j'entends du bruit derrière la porte. Je sais qu'elle est là, même si je ne la vois pas, je me souviens de cette porte, grande, grinçante, immense, impressionnante. Je me souviens que la franchir me faisait peur mais je ne sais plus pourquoi. Un jour, j'irais voir ce qu'elle cache, pour me souvenir. Mais pas aujourd'hui. je suis trop occupée.

Les cafards dans ma tête sont maintenant de magnifiques papillons qui volent chez moi, tourbillonnent, leurs couleurs me fascinent et me transportent dans de magnifiques rêves. Le bruit assourdissant dans ma tête est maintenant remplacé par une douce mélodie. Les feuilles qui se frottent, les battements d'ailes des insectes, l'eau qui coule. Tout est si beau, si simple et en même temps complexe. Le temps semble ralentir ici.

Mes mains sont semblables aux feuilles de mon érable. Elles sont longues, pointues, rougies, nervurées. Beaucoup de nervures. Je n'avais pas remarqué, on dirait que j'ai passé beaucoup de temps dans l'eau. Pourtant je fais attention à ne pas trop en utiliser, le strict minimum, pour en laisser suffisamment aux autres.

Aujourd'hui, je décide de déplacer tout ce qui obstrue la porte, je dois aller voir dehors si je peux avoir plus de place. J'ai besoin de cette place. Quand je franchis la porte, il n'y a aucun bruit. Tout semble mort. Je décide de sortir de mon bâtiment. J'avais oublié la consistance du sol froid, dur, laid. Je passe la porte d'entrée et je suis frappée par l'horreur qui m'entoure. Le ciel est sombre. L'air est étouffant. Il fait chaud, beaucoup trop chaud. Le seul bruit audible est un énorme grognement, étonnamment strident. Mais le plus frappant sont les couleurs autour de moi. Du rouge, du noir, du gris mais pas de vert. Je ne vois aucune touche de vert. Pas un brin d'herbe. Pas une feuille, même sèche. Tout ce qui m'entoure est mort, brûlé.

Je me retourne, le cœur battant et plein d'angoisse. Je vois une feuille par terre. Pas une feuille comme celle de mes amies, une feuille blanche, enfin jaunie.

Je crois me souvenir qu'elle provient d'un journal, mais je n'en suis plus si sûre. Je la ramasse délicatement, la caresse du bout de mes doigts. J'ai du mal à lire, les caractères se mélangent et se ressemblent. Je devine une date tout en haut, dans le coin écorné. En plissant les yeux j'arrive à déchiffrer "16 juin 2053".

Juste en dessous, en gros et gras, il est écrit quelque chose. "C'est la fin". Je ne comprends pas. Je ne sais pas ce que je suis censée comprendre. Je retourne à l'intérieur le plus rapidement possible, pleine d'incompréhension, de peur, épouvanté de ce que j'ai pu voir.

Dès que je franchis la porte, que je suis chez moi, je souris, je soupire. Du vert. Partout. C'est si beau. Je sens leur cœur battre, à toutes et tous. Je les entends parler, penser, vivre. Tous s'entremêlent, se mélangent. Tout paraît si vrai, sincère. Je me sens happée, ils m'appellent. Alors, je m'enfonce dans ce tableau vivant. C'est mon œuvre. Je suis la mère de toute cette beauté. J'ai donné la vie. Tout est si vivant. Je me sens enfin vivante. Pour la première fois de ma vie, je vis.

Chez moi ce n'est plus une grotte, chez nous c'est une jungle.

# LE BANQUET

Céline Servat

La consigne du concours de TPS était treize à la douzaine... J'ai donc imaginé un huis clos, autour d'un repas de famille sur une île perdue.

# Le banquet

Je m'appelle Laura, j'ai vingt-trois ans.

Selon mon père ou ma tante, je suis une moins que rien, une dépravée sans intérêt. Selon ma mère... Je ne sais pas vraiment. Il m'a fallu du temps pour oser me regarder dans un miroir, pour sourire à mon reflet sans finir par une grimace. Et puis… le regard d'Adrien m'a aidée. Sa douceur, sa patience et son humour m'ont permis de redresser la tête alors que je la cachais jusque-là derrière mes longs cheveux noirs, de bomber le torse quand auparavant je dissimulais ma silhouette malingre dans l'ombre des autres. Il a voulu savoir l'indicible, je lui ai toujours refusé les détails de ma vie avant lui. Seul compte l'avenir, en tout cas c'est ce que je me répète depuis que j'ai quitté le lieu où j'ai grandi. Je veux m'en sortir, me prouver que je sais maintenant me défendre et pour cela, je dois vivre une épreuve : affronter mon premier repas de famille depuis un an.

Adrien a tant insisté que je n'ai pas eu le choix. Notre discussion n'a pas été facile :

– Depuis que nous vivons ensemble, tu ne m'as

jamais présenté à ton entourage. Tu as honte de moi, avoues.

– Mais non, cela n'a rien à voir avec toi. Ma famille est… bizarre.

– Toutes les familles le sont, arrête de dramatiser.

– Je ne suis pas sûre que tu mesures leur taux de bizarrerie.

– Alors laisse-moi me rendre compte ! Je ne m'échapperai pas en courant.

– Impossible, nous serons sur une île.

– Ne joue pas avec les mots, Laura ! Tu as compris ce que je voulais dire.

– Adrien, je te promets d'y réfléchir…

—Pas la peine. Je viendrai à ce repas de famille.

C'est le grand jour. Nous embarquons donc sur la navette en direction de l'atoll, située sur la côte bretonne. Mes grands-parents y ont acheté un manoir. De nos jours, le village est désert. Depuis le décès de mon grand-père, Mamie est la seule habitante à l'année.

Je jette un œil vers Adrien ; ses cheveux châtain sont déjà en bataille. Il est mince et ses yeux verts donnent à son visage pâle une fragilité qui n'est qu'apparente. Comment va-t-il réagir devant nos conflits familiaux ? J'ai mal au ventre, J'ai peur. Que dis-je ? Je suis terrorisée ! Adrien me regardera-t-il de la même manière après que mon père aura exprimé ce qu'il pense de moi ? Pourra-t-il m'aimer encore quand il comprendra d'où je viens et donc, qui je suis vraiment ? Et au final, ne regrettera-t-il pas son choix à la vue de ma superbe cousine Kim ?

Je n'aurais pas dû céder, je m'en veux. La panique monte, j'ai envie de rentrer chez nous ! Je m'apprête à demander à faire demi-tour quand le conducteur nous lance :

– On y est.

À la vue du manoir, je suffoque. Le mur que j'ai érigé entre ma famille et moi s'effrite. Je me sens vulnérable. Adrien détecte mon désarroi et prend ma main. Je la serre fort, ne la lâche plus, m'y cramponne comme à une bouée. Mais déjà, ma grand-mère ouvre la porte et son visage se décompose quand elle découvre Adrien. Elle qui m'a souvent demandé de le lui présenter, je m'attendais de sa part à un accueil chaleureux ! Or, elle reste silencieuse et ses sourcils froncés me désarçonnent. Déconcertée par son expression sévère, ma voix n'est qu'un souffle inaudible :

– Bonjour Mamie. Je te présente Adrien.

Visiblement décontenancé, mon fiancé s'avance sans un mot.

– Désolée, je pensais que tu serais seule, assène-t-elle avant de claironner : Laura est venue accompagnée. Nous serons donc treize !

Non sans une certaine appréhension, je lui emboîte le pas vers le salon Je me méfiais de mes ennemis déclarés, pas de mes alliés et je regrette d'autant plus ma venue.

Mes détracteurs sont rassemblés. Ma tante Alyssa trône sur un fauteuil. Sa chevelure blonde tombe impeccablement sur ses épaules et elle me jauge de son air glacial. Ma cousine Kim, copie conforme de sa mère, sirote un martini. Mêmes vêtements, mêmes attitudes hautaines. Elles échangent avec mon père et mon oncle et mon entrée stoppe leur discussion.

À ma gauche, ma mère, petite femme frêle dans son éternelle robe noire, m'adresse un sourire craintif :

– Bonsoir ma chérie.

Mais déjà, mon père attaque son travail de sape :

– Ma fille ? Accompagnée ? C'est une première ! Voyons voir qui elle a harponné !

La honte me submerge tandis que je feins l'indifférence :

– Bonjour ! Je vous présente Adrien.

Je le conduis près de ma tante Élise, femme douce et timide qui a un gros défaut : celui d'avoir épousé un crétin avec qui elle a eu trois enfants, dont deux jumeaux ingérables qui se battent déjà sur le tapis. Le silence s'installe puis le crétin, du nom de Tony, presse Adrien de questions sans écouter les réponses, puisque le seul sujet qui l'intéresse, c'est lui. Mamie, en face de moi, compte encore les convives :

— Je ne me suis pas trompée, conclut-elle en se tournant vers Adrien. Ça ne laisse rien augurer de bon ! Les deux fois où nous étions treize, tout a mal tourné. La première, mon mari est décédé, il s'est étouffé devant nous et on n'a rien pu faire ! Trois ans plus tard, nous étions treize à table et l'arrivée d'eau a cédé. La maison a été inondée.

— Ce n'était pas une catastrophe, protesta Tony, ils ont appelé un plombier et je suis venu ! Du coup, j'ai repéré Élise et j'ai pensé : elle, je vais la croquer !

Il saisit sa frêle femme par les épaules et la secoue comme un prunier :

– Heureusement que j'étais là pour t'apprendre l'amour !

– Donc ce jour-là aussi nous aurions voulu l'éviter…soupire Mamie.

Un silence stupéfait suit le sarcasme, interrompu par mon père :

— Mais bien sûr, Laura daigne venir et elle ne précise pas qu'elle n'est pas seule !

– D'habitude, Alyssa et Kim sont accompagnées,

tenté-je de me défendre, je ne me suis pas posé la question ! Alors, quoi, vous n'aviez aucun bellâtre à ramener aujourd'hui ? poursuis-je en me tournant vers les deux blondes.

– Ça y est Laura, te voilà repartie en croisade contre nous, me retourne mon père du tac-au-tac. Qu'est-ce qu'on t'a fait ? Pourquoi tu nous en veux autant ?

Les larmes me montent aux yeux. Le salaud ! Comme s'il ne connaissait pas la réponse ! Un sentiment d'injustice et de haine me submerge et je lutte pour contenir les mots qui se bousculent sur mes lèvres. Face à la situation qui menace de dégénérer, Mamie nous interrompt :

— Ça suffit ! Passons à table.

Nous rejoignons la salle à manger en silence. Les enfants dévorent leur assiette et regagnent l'étage pour jouer à leur aise. Alyssa tente de briser la glace en questionnant Adrien : son travail, ses loisirs... Je l'observe, elle le dévore des yeux et l'image d'une mante religieuse me vient à l'esprit. Comme pour me donner raison, elle assène :

– Comment as-tu pu t'enticher de Laura ? Elle n'a rien pour elle ! Elle est vide, sans intérêt. Regarde ma fille, avec elle tu ne te lasserais pas : elle chante, danse, rit, cuisine. Laura a-t-elle mitonné un plat pour toi ? Gare à l'intoxication alimentaire ! Bien sûr, elle a des circonstances atténuantes : avoir ma sœur comme mère, quelle tare ! Si elle avait hérité des gènes de son père… Mais non ! Pourtant, il a tenté de lui forger le caractère. Quel gâchis !

Je voudrais disparaître. Ces propos continuent de me blesser et je sais qu'il n'y a que la vérité qui blesse. Alicia est peut-être une garce mais elle pointe une triste réalité. À côté de moi, Kim est la perfection incarnée, je ne tiens pas la comparaison. Adrien est livide. Conscient de cette évidence ?

– Je comprends pourquoi Laura semblait réticente à venir, finit-il par répondre. Pourquoi cherchez-vous à l'humilier ? C'est une belle personne et je l'aime pour tout ce qu'elle est.

Je n'ai pas l'habitude que quelqu'un me défende et un soulagement teinté de joie monte en moi. Je me penche vers lui mais la maison est soudain plongée dans le noir. Seuls nos portables éclairent faiblement la pièce. Les enfants hurlent à l'étage et ma mère monte les rassurer. La voix de Tony résonne :

—Je prends les choses en main! Et Élise peut en témoigner, elle est efficace, ma main!

— Au lieu de tenir ces discours plus que limites, agissez ! ordonne Mamie.

À ces mots, il se dirige vers la cave. Profitant de l'agitation, j'interroge Élise :

– Comment peux-tu rester avec ce mec ?

– Pas le choix !

C'est la première fois que j'entends Élise critiquer son mari. Elle s'exprime si peu ! D'une grande timidité, elle n'aurait pas quitté le manoir si cet homme n'avait pas débarqué.

– Que veux-tu dire ? Il est violent ? reprends-je, en désignant son poignet marqué d'un bleu.

Elle s'empresse de baisser sa manche et me dit tout bas :

– Ne t'inquiète pas, il paiera.

Je suis bouleversée. Je me doutais que ma tante n'était pas heureuse avec ce lourdaud, mais je ne le savais pas violent. Je m'apprête à répondre quand, tout à coup, un grand fracas raisonne, provenant de la cave. Tony a dévalé l'escalier et git, inerte, sur le sol. Mon père descend, et signale :

– Attention ! Les marches glissent !

La lumière de la cave révèle une flaque de sang autour de la tête de Tony. Son crâne est encastré dans le pied en fer d'une table. Alyssa, horrifiée, s'écrie :

—Qu'est-ce qu'il a ? Il est blessé ? Il respire ? Faut faire quelque chose !

Mon père vérifie son pouls et le positionne en PLS. Un horrible bruit de succion retentit quand le crâne de mon oncle se détache du métal. Il guette un souffle, tente un massage cardiaque associé à du bouche-à-bouche puis déclare, affolé :

– Il est mort !

Sur ce, il grimpe les marches, ne supportant pas plus longtemps la proximité du macchabée, et Mamie ferme la porte de la cave. Il saisit le téléphone pour appeler les secours, mais il n'y a aucun réseau. La ligne fixe est elle aussi en dérangement. Alyssa pleure :

– Qu'est-ce qu'on fait pour lui ?

– Nous ne pouvons rien faire, répond Mamie. Demain, l'un d'entre nous prendra le bateau et alertera les autorités. Comme quoi, être treize nous a porté malheur !

Alyssa s'effondre sur sa chaise et Kim s'approche d'elle :

– Tiens maman, du champagne.

Elle trempe délicatement ses lèvres dans la flûte pendant que j'interroge Élise, en aparté :

– Tu savais ce qui allait se passer ?

– Comment l'aurais-je su ? répond-elle, affichant un air innocent.

– Voyons Élise, c'était prémédité ! Le sol était gras, et tu venais de me dire qu'il allait payer ! Quelqu'un a dû faire disjoncter le compteur exprès, je ne vois pas d'autre explication.

– Mais enfin Laura, je parlais avec toi au même instant. Comment aurais-je agi ?

Je voudrais encore la questionner mais nous sommes interrompues par mon père, qui susurre à l'oreille d'Élise :

– Tu sais ce qu'on dit ? Quand un homme disparaît, un membre de la famille doit s'occuper de sa femme. Vu que ta sœur ne veut plus de moi dans son lit, je pourrais tester le tien !

Je suis stupéfaite. Non par l'approche libidineuse de mon père – ça lui ressemble bien – mais par ce que je crois saisir : ma mère ne dort plus avec lui ? Depuis quand se rebelle-t-elle ?

Ma mère, justement, tend une coupe de champagne à mon père, interrompant le cours de mes pensées.

– Tu n'es pas aussi conne que ça quand tu veux ! lance-t-il, en buvant d'une traite.

Ce sont ses derniers mots avant de glisser sur le sol en se tenant la gorge. Il semble s'étouffer ! Que faire ? Mes cours de secourisme datent du collège, je ne sais pas comment l'aider. Moi qui ai toujours appris à me méfier de lui, je suis décontenancée quand il perd de sa superbe. Pourtant, je ne peux m'empêcher d'être soulagée aussi. Sa souffrance dure peu, suivie de près par les râles d'Alyssa, qui gît elle aussi sur le parquet.

– Laura, attention ! crie alors Adrien. Quelqu'un a empoisonné le champagne !

Dans la pièce, personne ne semble surpris par cette allégation mis à part nous. Je comprends alors…

– C'est vous qui les avez tués ?

– Exact, assène Élise. Nous tous. On s'est répartis la tâche.

– Mais pourquoi ?

– Ton père m'insultait, me frappait, finit par répondre ma mère. Mais j'étais habituée. Et puis… J'ai repeins ton ancienne chambre, pour la moderniser. J'ai bougé le lit et j'ai trouvé ton journal, que j'ai lu. Le contenu... C'est horrible, Laura ! dit-elle en gémissant. J'ai été tellement aveugle ! Ton père et ton oncle ont abusé de toi, et je n'ai rien vu ! Quand je l'ai compris, le ciel m'est tombé sur la tête. Je m'en veux ! Pardonne-moi de ne pas t'avoir protégée, si seulement j'avais su…Alors j'ai pris une décision. Je devais le punir, mais seule, je ne savais pas comment agir. J'ai demandé de l'aide à Mamie.

Elle se tourna vers ma grand-mère, qui prit la parole :

—Ta mère m'a confié ton carnet. J'ai moi aussi accusé le coup ! Je m'en voulais de ne pas avoir soupçonné quoi que ce soit. D'autant plus qu'en te lisant, je me suis revue à l'époque où Élise et ta mère m'ont appris ce que leur père leur avait fait subir. Elles aussi ont été victimes d'inceste, et elles ne se sont confiées à moi que tardivement, quand elles étaient adultes.

Effaré, Adrien nous fixe. Je n'ose le regarder, stupéfaite par ces révélations, mais aussi honteuse qu'il apprenne la vérité, d'autant plus de cette façon. Tout à coup, mon trouble laisse place à la perplexité. La phrase de Mamie fait mouche, et je la questionne :

– Alors… La mort de Papi ?

– Oui, acquiesce Mamie. Il était allergique à l'ail, je n'ai pas eu besoin d'en mettre beaucoup pour que ce soit efficace. Et puis… Laura, tu ne sais pas tout. Sache que tu n'es pas la seule victime. Ta cousine Kim l'est aussi. Sa mère la livrait à ton père et ton oncle. Kim a vécu un enfer, elle était à bout ! Je me rendais bien compte qu'elle n'allait pas bien et, à force de la questionner, elle m'a confié son calvaire, il y a quelques semaines.

Kim… J'ai du mal à le croire. Je l'ai enviée, puis haïe alors qu'elle est une martyre elle aussi. Je m'en veux ! Si j'avais parlé, elle n'aurait peut-être rien subi… J'étais tellement mal, je n'ai pas envisagé un instant que d'autres puisse en souffrir aussi. Mon sentiment de culpabilité devait se voir sur mon visage, car Mamie reprit :

— Ne te trompe pas de coupable, Laura. Ce sont eux les monstres.

Puis, elle se tourne vers mon fiancé, toujours silencieux et atterré par ses révélations. Elle le prévient :

— Nous te surveillerons, Adrien. Tu n'étais pas prévu dans le scénario mais nous avons dû agir, malgré ta présence. Nous comptons sur ton silence. Tu as l'air attentionné avec Laura, et ton comportement semble différent des leurs, mais sache qu'au moindre faux pas ou en cas de trahison, nous n'hésiterons pas. Tu sais maintenant ce dont nous sommes capables pour protéger les nôtres. Alors…bienvenue dans la famille !

# LA RANDONNÉE

## Céline Servat

Un texte qui date aussi et que j'ai repris il y a peu. Plutôt du genre feel-good, il met en scène le professeur qui a le plus marqué ma scolarité. Claude Chanchole a vraiment joué la scène de théâtre dans le collège pour nous montrer que Molière valait le coup d'être lu, et il nous considérait. Il m'a fait découvrir Romain Gary et m'encourageait dans la lecture de Vian. Il est mort en montagne il y a des années. Cette histoire n'a jamais eu lieu mais elle aurait pu... Les prénoms sont empruntés à mes anciens camarades de classe, sauf Marie, qui est un peu un double de moi, avec ce qu'étaient mes complexes mais qui, elle, osait des fois...

# La randonnée.

Il faisait lourd en cet après-midi d'avril 1988.

Dans la salle de classe en préfabriqué, Claude, le professeur, transpirait à grosses gouttes. Il expliquait l'art poétique de du Bellay à des élèves qui n'avaient qu'une envie : sortir, profiter du soleil.

Il aurait aimé lui aussi les rejoindre dans leurs rêveries, mais le cadre institutionnel rigide, pesant, ne lui permettait pas de continuer le cours assis dans l'herbe. Pourtant, leur attention aurait peut-être été meilleure…

De telles pratiques restaient difficiles à défendre, surtout depuis que la proviseur les tançait chaque matin, en franchissant le seuil de la salle des professeurs :

« Nos élèves doivent avoir les meilleurs résultats de l'Académie au brevet des collèges. Il en va de l'avenir et de la réputation de l'établissement »

Le professeur soupira. Il avait du mal à se plier à une commande institutionnelle sans facéties, alors que le système éducatif pourrait allier efficacité et innovation s'il était pensé autrement.

Comme pour illustrer ses pensées, Sophie intervînt :

– Monsieur, c'est bien joli votre douceur angevine et tout le tintouin, mais moi je ne sais pas ce que ça veut dire, concrètement.

– Ouais m'sieur, dit Patrick, on veut du concret, nous ! Eh, dites, c'est ça la poésie ? Des mots ronflants ? Je peux en faire tous les jours en ouvrant le dico, moi !

– Toi tu dois l'ouvrir les années bissextiles, ton dico, rétorqua Christophe, provoquant les rires de ses camarades.

– Si ce n'est pas ça, c'est quoi la poésie ? le questionna Marie-Claire.

Le professeur aimait quand ils débattaient, s'exprimaient, mais la question le prit de cours. Il avait à cœur de donner une réponse honnête. Il ferma les yeux quelques secondes. Un petit coin de paradis à quelques kilomètres, un air frais qui vous cingle le visage, vous donne de sa force. Une vue magnifique et un silence comme nulle part ailleurs…

– Monsieur ? Monsieur ?

– Vous voulez savoir ce qu'est la poésie ? dit-il, mardi prochain vous comprendrez par vous-même. Notez ce que vous devez emporter : Sac à dos, duvet, gourde, k-way, vêtements de rechange, baskets, pull chaud et deux repas froids, ainsi que de quoi déjeuner…

– Attendez, attendez, pas si vite ! réagirent plusieurs élèves. Où va-t-on, monsieur ?

– En montagne. Nous allons passer la nuit au refuge d'Escalette. Nous partirons aux alentours de dix heures. Je suis certain que sur place, vous comprendrez ce qu'est, pour moi, la poésie.

Le professeur avait tout de suite pensé à ce lieu. Peu de difficultés, une halte au refuge pour le repas de midi, puis, direction les crêtes, avec une vue magnifique et un cadre qui stimulerait leur inspiration. Ce serait parfait pour eux. Ils redescendraient ensuite afin de passer la nuit au refuge et rentreraient le mercredi matin. Bouche bée, écoutant ses explications, les élèves étaient ravis. Ils passèrent le reste de l'heure à préparer la sortie, les autorisations, à lister les parents qui pourraient les emmener au point de rendez-vous, car cela faisait un peu trop juste pour commander un bus. Le professeur se demanda s'il n'avait pas été trop vite en besogne. La proviseur serait furieuse ! Comment lui faire comprendre à quel point une sortie à la montagne permettrait aux élèves d'appréhender le brevet des collèges de la meilleure des manières, à savoir, par l'ouverture d'esprit ?

En effet, elle eut beaucoup de mal à l'entendre. La fantaisie qu'il mettait dans ses cours la déroutait un peu.

La semaine précédente, elle l'avait vu se rouler par terre, déclamer un passage de l'Avare de Molière à travers tout le collège. Il était suivi par les élèves, riants et gesticulants. Quand elle lui avait demandé des comptes, il lui avait expliqué qu'il s'agissait de démontrer aux élèves l'intérêt de lire Molière. Pourtant, les parents comme les jeunes lui reconnaissaient des compétences pédagogiques certaines et un charisme hors du commun. De plus, les résultats scolaires de ses élèves étaient excellents. Elle céda donc sur cette nouvelle excentricité en soupirant, conditionnant son accord au fait de trouver un accompagnant parmi les professeurs. À quelques jours près, cela paraissait impossible. Mais Claude avait plus d'un tour dans son sac et Josette, professeur d'histoire et sa complice de toujours, se porta volontaire.

Le mardi matin en question, les élèves de sa classe de troisième étaient tous là. Les parents les déposèrent au lavoir qui marquait le départ du circuit et chacun remplit sa gourde, se préparant à l'assaut de cette montagne pleine de promesses.

Après quelques conseils préalables, Josette passa devant et Claude ferma la marche.

« Le soleil est au beau fixe, constata-t-il, ce sera une belle randonnée ! » Satisfait, il jeta un œil autour de lui et s'aperçut de la présence de Marie. Discrète, elle ne se faisait pas remarquer, comme à son habitude. Elle avançait par petits pas, mesurant chaque effort avec une grande concentration. Pourtant, son regard furtif trahissait une irrépressible envie de parler à l'adulte. Le professeur commençait à bien cerner Marie. Elle aurait très bien pu passer inaperçue au milieu de ces adolescents plein de vie et de répartie. Mais il avait su percevoir en elle un appétit de lire, une envie de savoir. Elle dévorait les romans, s'en imprégnait comme peu de personnes savent le faire. Avec force, intelligence et douceur. Pourtant son manque de confiance en elle l'empêchait d'exploiter ses qualités, d'exprimer à haute voix tout ce qui se bousculait en elle.

– Marie ?

Elle leva les yeux, lâchant un oui à peine audible.

– Où en êtes-vous de vos lectures ?

Une lueur passa instantanément dans ses yeux marron vert.

– Je lis « L'Écume des jours ». Certaines choses m'échappent dans les images qu'il emploie mais je me sens portée par ses descriptions, ses expressions. Sa vision des choses n'a pas de limite, comme un rêve où tout est possible, où…

Elle s'arrête, rougissante.

– Excusez-moi Monsieur, je vous dis ça, à vous, alors que vous devez savoir beaucoup mieux que moi décrire les aspects de l'écriture de Vian.

– Marie, vous les abordez très bien vous-même, ne vous censurez pas. Vous devriez vous faire un peu plus confiance, soyez audacieuse !

Le professeur allongea le pas. Les premiers élèves arrivaient dans la forêt, Le refuge était proche, mais ils ne devaient pas manquer l'embranchement pour y accéder. Après quelques minutes de marche supplémentaires, ils aperçurent le gîte, au détour d'un rocher.

– Monsieur c'est vachement petit, je ne dors pas dans ce machin, moi ! protesta Patrick.

– Qu'est-ce que tu croyais, qu'on s'arrêterait dans un trois étoiles ? rétorqua Éric.

– On pourra se mélanger aux filles pour la nuit ? Moi, je veux être entre Sophie et Nadège !

– Alors là, tu rêves ! répondirent les deux intéressées, en chœur.

– Pour le moment nous allons manger, rétorqua le professeur. Quant à vos accès pubertaires, Cyril, vous allez les passer en dormant avec les moutons si vous ne vous calmez pas de vous-même.

Des rires fusèrent instantanément.

– Où sont les toilettes ? demanda Sandrine, timidement.

– À côté de la douche et du jacuzzi, répondit Christophe. Les toilettes en pleine montagne, pourquoi pas la télé, non plus ?

– Oh, ça va ! répondit la collégienne, vexée.

– Nous allons définir un lieu qui servira en effet de

toilettes, reprit Josette. Et de manière générale, nous devrons faire attention à ne pas laisser nos emballages dans la nature.

Le repas terminé, ils grimpèrent en direction des crêtes. Elles les dominaient, comme si elles leur lançaient un défi, se croyant insurmontables. Josette jeta un coup d'œil à Claude. Son collègue semblait épanoui dans cet environnement et elle sourit, heureuse de partager ce moment rare à ses côtés.

La chaleur se fit moins sentir, laissant la place à un vent frais et vigoureux, caractéristique de ce mois d'avril. Marie frissonna. Elle passa sa main derrière elle, touchant l'intérieur de son sac à dos afin d'attraper le pull-over en laine qu'elle avait placé sur le dessus, par précaution. Elle cherchait au petit bonheur la chance, quand elle sentit une main se poser sur son épaule. Elle se retourna brusquement et devint écarlate quand elle comprit à qui elle appartenait.

Éric était derrière elle, lui tendant le sweat qu'il avait sur les épaules la seconde d'avant.

– Prends-le, lui dit-il, j'ai trop chaud et tu ne peux pas attraper le tien sans tout défaire.

Elle était sur le point de lui dire qu'elle l'avait atteint, mais elle se tut et passa le vêtement prestement.

– Merci, dit-elle brièvement. Mais tu me préviens si tu as froid, je te le rendrai.

– Bien sûr, répondit-il en lui souriant.

Ah, ce petit sourire ! Il avait le don de faire fondre le cœur de Marie.

« Mais des autres aussi, pensa-t-elle avec regret. Laisse tomber, il est trop bien pour s'intéresser à toi. » Le conseil du professeur lui revint alors à l'esprit : « soyez audacieuse ! »

Elle se reprit alors. « Il y a peut-être des filles plus jolies, pensa-t-elle, mais c'est à moi qu'il a prêté son pull ! songea-t-elle avec fierté. Je peux peut-être espérer… »

Marie était toujours surprise quand quelqu'un prononçait son prénom, elle avait tendance à penser qu'elle était si transparente que personne ne se rappelait jamais comment elle s'appelait. Elle allongea le pas, humant le parfum d'Eric qui avait imprégné la laine.

Une fine brume se déposait maintenant sur les cheveux, les visages et les vêtements. Le sommet était à moins d'une heure de marche mais ils avaient du mal à le discerner. Les professeurs commençaient à s'inquiéter, et ils échangèrent à voix basse. Les pentes étaient abruptes, ils ne pouvaient pas s'aventurer trop près du point culminant. Claude se retourna. Le brouillard avec gagné en altitude et il n'apercevait plus le refuge, pourtant si visible par beau temps.

– Monsieur, on y voit que dalle, souffla Patrick. C'est pas le top ! Votre poésie, elle tourne plutôt au cauchemar.

– Attendez, on va s'arrêter. On est bientôt arrivé au sommet.

Josette lui lança un regard circonspect.

Le professeur savait que le problème ne serait pas d'arriver en haut, mais plutôt de redescendre. Quelle idée avait-il eu d'amener ces gamins jusqu'ici ? Comment allaient-ils s'organiser avec ce froid latent ?

Les adultes expliquèrent aux adolescents comment passer la brèche, qu'ils sentaient plus qu'ils ne voyaient. Ils les guidèrent de l'autre côté, à dix mètre environ. Le terrain était plat et protégé du souffle du vent de plus en plus insistant, grâce à de gros rochers.

Une fois assis, Claude et Josette réfléchirent au milieu des questionnements angoissés. Sa collègue le prit à part pour un rapide conciliabule et ils n'eurent pas d'autre choix que d'informer les élèves sur la réalité de ce qu'ils vivaient.

– Voilà la situation. Nous sommes en haut des crêtes d'Escalette, donc à deux heures bien tassées du refuge. Il serait dangereux de descendre dans ces conditions de brouillard extrême. Nous devons donc attendre que la brume se disperse.

La panique gagna la plupart des élèves.

– Ça va durer longtemps, ce brouillard ? hasarda Sophie.

– Ça peut durer une heure, mais il est possible que nous soyons contraints de passer la nuit ici, expliqua Josette.

Des cris étouffés retentirent.

– Nous avons de quoi nous couvrir, et des rochers nous protègent du vent. Il suffit de s'organiser pour se retrouver dans des conditions tout à fait acceptables. En attendant, profitons du peu de lumière pour s'installer, au cas où.

Un bruit de pleurs retentit alors. Les adolescents s'écartèrent pour chercher sa provenance. Sandrine séchait des larmes qui n'arrêtaient pas de couler le long de son visage poupin.

– Allons, qu'est-ce qu'il vous arrive ? demanda le professeur avec un peu d'irritation dans la voix.

Il craignait un accès de panique qui pourrait s'avérer contagieux rapidement, dans le groupe.

– C'est… c'est mon sac, arriva-t-elle à bafouiller.

– Ben quoi, il est là ton sac, rétorqua Marie-Claire, circonspecte.

– Oui mais il était tellement lourd que je n'ai pas

voulu tout porter, alors j'ai laissé le pique-nique au refuge. On devait bien y prendre notre repas ! Mais maintenant, je n'ai rien à manger… poursuivit-elle, en sanglotant de plus belle.

Claude soupira. Tant que les problèmes se résumaient à cette partie, il pouvait les résoudre.

– Ne vous inquiétez pas, on va partager ce que l'on a. Vous mangerez plus que ce que vous croyez.

– Ouais, en plus j'ai plein de trucs dans mon sac. Des mars, des lions…

– Bravo Cyril tu as amené un repas équilibré, lança Sophie.

– Je n'ai pas besoin de maigrir ! rétorqua-t-il. Je m'en fous, de l'équilibre.

– Et si on se mettait au travail maintenant ? proposa Marie-Claire. On commence par quoi, Monsieur ?

Ils établirent un campement improvisé à l'abri, près des rochers, et ramassèrent des morceaux de bois pour le feu. Le professeur espérait que les branches prendraient rapidement, grâce au papier journal qu'il avait dans le sac. Après plusieurs tentatives, le feu s'alluma. Sa lueur rassura les collégiens qui s'assirent instantanément, tendant leurs bras en direction des flammes. Lentement, ils déballèrent leurs provisions et le repas se fit en silence. Le stress et la fatigue s'accumulaient et le seul bruit restait celui des mâchoires.

Tout à coup ils entendirent un hurlement qui résonna dans l'immensité montagneuse. Un cri terrible, un hurlement long et douloureux qui leur glaça les veines. Marie sursauta et Éric l'attira vers lui, dans un réflexe de protection. Elle ferma les yeux sous la douce pression de son bras. Marie-Claire hurla et l'écho de son cri porta pendant plusieurs secondes.

– Espèce d'idiote, lança Patrick, tu n'as qu'à mettre

un panneau lumineux : chair fraîche à dévorer sur votre gauche, tant que tu y es !

– Tu… tu crois qu'il m'a entendu ? C'était quoi ? demanda-t-elle, d'une toute petite voix.

– C'est au moins un ours, dit Cyril. Le mâle qu'ils ont lâché il y a peu a perdu son collier, ils n'arrivent pas à le localiser. C'est peut-être lui ; et quand on voit dans quel état il laisse les moutons sur son passage, on peut imaginer ce qui nous attend.

Josette le stoppa.

– Calmez-vous ce n'est peut-être qu'un cerf. Ce n'est pas la peine de paniquer.

Le silence devint plus de plus en plus pesant, chacun restant à l'affût du moindre bruit. Éric desserra doucement son étreinte. « J'espère qu'il le fait à regret, » se dit Marie.

La nuit avait maintenant gagné Escalette, et ils distinguaient à peine les visages à la lueur du feu.

– Hôtel trois étoiles, c'est ça, hein, Eric ? rugit Patrick.

– Oh, la ferme.

– Ce n'est pas toi qui va me dire de la fermer, explosa Patrick. Ni vous, dit-il en se tournant vers ses professeurs. Ici, plus de Monsieur, Madame, plus de collège. C'est vous qui nous avez mis dans la merde alors maintenant, qui veut essayer de me faire taire ? Allez, osez, pour voir !

Patrick a raison, se dit Claude. Quelle folie de les avoir entrainés dans cette aventure ! Qu'est-ce que je croyais ? Qu'ils allaient tout naturellement prendre conscience de la beauté de ce qui les entoure ? Qu'ils allaient aimer ces montagnes autant que je les aime ?

Personne n'osait se regarder, honteux et mal à l'aise, quand une toute petite voix s'éleva.

– Qu'est-ce que tu cherches Patrick, dit Marie fermement. Un conflit ? Tu crois qu'on a besoin de ça, maintenant ? Arrête de crâner, de provoquer sans cesse tout le monde. Tu n'as pas à te faire remarquer sans arrêt. On sait que tu as peur, que tu as froid, comme nous. Alors ne te mets pas à part, ne joue pas le dur. Serrons-nous les coudes, pour une fois.

Marie se tu et son visage s'empourpra. Elle n'avait jamais réussi à énoncer tant de mots devant autant de monde et se demanda si elle n'avait pas eu tort. Son regard se posa alors sur le professeur qui, d'un geste de la tête et d'un sourire, lui fit part de son assentiment, ce qui la fit rougir plus encore.

– Qu'est-ce que tu proposes, Marie ? demanda Sandrine, d'une voix empreinte d'un nouveau respect. Tu as une idée ?

– Peut-être pourrait-on chanter pour se donner du courage ? hasarda-t-elle.

– Je marche, dit Éric.

– Moi aussi, enchaîna Christophe.

– Monsieur, vous êtes aussi prof de musique. Donnez-nous une idée, dit Sophie.

Le professeur entonna un air, suivi par le reste de la classe. Chacun mit son duvet sur ses épaules, prêt à lutter contre le reste du monde. Après quelques chansons, le professeur les regarda un par un. Ils s'étaient endormis. Josette lui sourit et ils ne tardèrent pas à faire de même.

Claude se réveilla brusquement, certain de n'avoir dormi qu'une heure. Pourtant, devant lui, le refuge apparaissait sous un soleil de plomb. Et en dessous, la mer de nuages. Une étendue blanche où les formes se croisaient, bondissaient comme les vagues de l'océan.

Cyril, perché sur un rocher, cria :

– Eh, il est réveillé ! Monsieur, vous voyez comme c'est beau ? On dirait une course au milieu des montagnes, ou une cascade.

– Monsieur, renchérit Christophe, je crois que j'ai compris votre message. Cette poésie-là, elle me plaît.

– À moi aussi, merci Monsieur, dit Patrick, repris en cœur par les autres.

– Je me trompais, chuchota le professeur. La plus belle des poésies, c'est vous.

# HISTOIRE BONUS, POUR LES ENFANTS

# PANIQUE À VIELMUR SUR AGOUT

Céline Servat

J'ai écrit cette histoire pour ma petite cousine, Lina, en la mettant en scène. J'ai choisi de la mettre ici pour ceux qui souhaitent la partager avec leurs enfants.

# Panique à Vielmur sur Agout

– Allez Gégé on va promener Sidney ? Tu avais dit qu'on y allait !

– J'arrive Lina ! J'attrape la laisse et on y va !

Lina a très envie de promener le chiot, mais il remue tellement ! Elle n'est pas rassurée quand il vient trop près. En plus, elle sait qu'il lorgne sur sa tartelette au citron meringué, et la petite fille se méfie. Le chiot est aussi gourmand qu'elle.

– Je suis prête ! dit Géraldine depuis la cuisine.

Lina ouvre la porte d'entrée et ferme les yeux, profitant des rayons du soleil qui apportent une douce chaleur sur son visage. Tout à coup, elle a l'impression qu'un coup de vent souffle très fort, manquant de peu de la faire tomber. Elle se retient au montant de la porte alors que son cœur bat à cent à l'heure. Que s'est-il passé ? Sa main droite ne tient plus qu'une miette de la pâtisserie, et elle se doute de l'identité du coupable.

– Sidney ! Tu exagères ! râle-t-elle, contrariée.

Géraldine la rejoint bientôt. Inquiète, elle regarde partout autour d'elle.

– Mais Lina, où est passé le chien ?

– Je ne veux plus le promener, Gégé, il m'a poussé et en plus il m'a volé mon goûter ! Il n'est pas très poli, ce chien.

Géraldine regarde partout autour d'elle mais le chiot a disparu. Il est encore petit, il peut lui arriver tellement de malheurs ! Et si une voiture le renverse ? Ou si quelqu'un le vole ? Elle l'appelle à tue-tête mais rien ne marche. Il a disparu.

– Lina, va prévenir ta maman, moi je pars à sa recherche.

La petite fille, toujours contrariée, monte les escaliers. Elle sait que sa mère prépare ses cours de danse dans la grande chambre à l'étage.

– Maman ! Sidney a mangé mon gâteau et Gégé veut le gronder, mais il est parti !

– Il est parti où ?

Lina retient une grimace. Les adultes ont de ces questions, parfois ! Elle ne peut pas savoir où il est parti. À l'école des chiens ? Au centre de loisir des chiens ? L'important est surtout qu'il lui a volé son goûter, mais ça l'étonnerait qu'il lui en ait laissé.

Inquiète, Hélène descend précipitamment et attache Lina dans son siège auto. Elles rattrapent bientôt Gégé, partie à pieds, et parcourent toutes les rues du village, mais Sidney est introuvable.

– Tu comprends, il est encore petit, quelqu'un a pu lui faire du mal ou le garder pour lui, lui expliquent-elles.

Lina n'est plus en colère et l'inquiétude des adultes devient la sienne.

Qu'est-ce qui a pu arriver au chiot ? Elles finissent par rentrer à la maison, tristes et préoccupées. Pendant la nuit, Lina croit entendre des aboiements. Serait-il revenu ? Mais ce n'est qu'un rêve et elle pleure à l'idée de savoir le bébé chien dehors, tout seul, la nuit. A-t-il peur ? Reconnaît-il son chemin ?

Le lendemain, alors qu'elle se prépare pour l'école, elle n'a pas beaucoup faim. Un nœud semble lui bloquer l'estomac.

Hélène et Géraldine téléphonent aux vétérinaires et aux refuges pour chiens Mais personne ne l'a vu.

À l'école, Lina raconte son histoire à sa copine Athénaïs, qui a une idée.

– On a qu'à mettre des affiches partout, comme ça les gens te préviendront.

– Super ! Mais comment faire ?

– On n'a qu'à demander à Jules, c'est lui qui dessine le mieux, répond Rachel.

Les trois filles partent en courant, expliquent à leur ami ce qu'elles attendent de lui.

– Fastoche ! dit Jules, sûr de lui. Alors, comment il est, ce Sidney ?

– Petit comme ça, blanc, avec les oreilles qui tombent un peu. Il a souvent la truffe mouillée et il est très gourmand !

– Un peu comme ça ? demande le garçon.

Jules dessine quatre traits pour les pattes, un rond pour la tête et un plus gros pour le ventre. Lina est tellement déçue !

– Ça ressemble à tout sauf à un chien ! déplore-t-elle.

– Eh oh ! Moi je suis en moyenne section alors je sais pas faire mieux !

– Tu ne devrais pas le colorier ? propose Aubin.

– Mais non, il est blanc ! dit Lina de plus en plus déçue. Elle est si triste que les larmes lui montent aux yeux, et ses amis l'entourent.

– Ne pleure pas Lina on a qu'à écrire que c'est un chien, et puis mettre son nom.

– Mais comment ? On ne sait pas écrire ! dit Athénaïs.

– Je sais comment faire, reprend Lina en essuyant ses joues mouillées de larmes. Je vais demander à mon grand cousin Léo d'écrire. Il est en CP, il connaît des lettres.

Déjà, Nathalie, la maîtresse, les appelle pour entrer en classe.

– Aujourd'hui, nous allons peindre avec nos mains ! leur dit-elle fièrement.

Ses camarades poussent des cris de joie tandis que Lina fait la moue.

« Je déteste me salir ! J'espère au moins que je ne tacherai pas mon pull licorne... »

***

À la cantine, Lina parle à Léo de la disparition de Sidney et lui demande de faire le texte. Le blondinet note : CHIEN, en haut de la page, mais quand Lina lui demande d'écrire « disparu », il la regarde d'un air désolé.

– C'est trop compliqué comme mot, je ne sais pas encore l'écrire. Peut-être on peut marquer SOS, comme dans les films ?

Lina a enfin une affiche. C'est trop compliqué d'en faire plusieurs ! Elle demandera à maman de l'afficher à la pizzeria, en face de chez elle. Est-ce que ça marchera ?

***

Ce soir-là est un soir spécial. C'est sa marraine qui la récupère à l'école, puisque sa mère travaille tard. Lina aime beaucoup aller chez Sonia, qui vit avec mamie Augustine, son arrière-grand-mère.

D'ailleurs, mamie Augustine lui a promis qu'elles goûteraient les nouveaux macarons à la pistache qu'elles ont repérés dans un magasin près de chez elle. Elle a hâte ! Mais surtout, elle sait que Sonia pourra peut-être l'aider à retrouver Sidney. Des fois, elle ferme les yeux, se concentre et elle sent des choses... bizarres. Comme de la magie !

Dès le début du trajet, Lina demande de l'aide à sa marraine. Une fois le goûter avalé, elles montent dans la chambre de Sonia. L'adulte s'assoit en tailleurs sur le tapis, ferme les yeux et pose ses mains sur ses genoux, les paumes tournées vers le ciel.

– Qu'est-ce que tu fais, Sonia ?

– Chut, je me concentre ! Je questionne l'infini.

Lina ne comprend pas bien ces derniers mots mais elle se tait et regarde l'adulte avec curiosité. En plus, elle a monté un gâteau en cachette. Elle sait que Sonia ne veut pas qu'elle mange dans sa chambre, mais puisqu'elle a les yeux fermés, elle ne le saura pas…

La petite fille mâche en silence quand sa marraine ouvre les yeux d'un coup et la fixe :

– Pat patrouille ! s'écrie-t-elle.

Lina est tellement surprise qu'elle avale un morceau de travers. Elle tousse et recrache un bout de biscuit. Berk, c'est sale ! Et elle n'a pas de mouchoir ! Elle ne veut pas salir son haut licorne, ah ça non ! La bave gluante colle à ses doigts. Pas le choix ! Elle l'essuie sur le pyjama de Sonia, posé sur le bord du lit. L'adulte ne la voit pas faire. Ouf !

– Pat... patrouille ? bredouille-t-elle, étonnée.

Elle connaît bien ce dessin animé, d'ailleurs, elle râle souvent après mamie Isabelle qui l'empêche de le voir pour mettre « N'oubliez pas les paroles », mais là, elle ne comprend pas pourquoi Sonia en parle. Il est vrai que les héros sont des chiens... peut-être Sidney est-il devenu un chien de Pat patrouille ? Est-ce qu'elle le trouvera dans le prochain dessin animé ? Elle pourra dire à Rachel :

« moi, je connais un chien de pat patrouille, il est venu chez moi ! »

Mais comment devient-on un chien de dessin animé ? Sa mère lui avait dit que c'était impossible…

– Ton puzzle de Pat patrouille, reprit Sonia. Tu trouveras l'endroit où est Sidney dedans.

Lina est encore plus étonnée, mais si une adulte le lui dit... Il n'y a pas de temps à perdre.

– Sonia, tu peux m'amener chez mamie Isa ? Mon puzzle est chez elle.

– Bien sûr ! Grimpe dans la voiture.

Isa prend un café dans sa cuisine en lisant Internato, de Céline Servat. Elle vient de lire une scène qui l'a un peu stressée. Soudain, elle entend un bruit de voiture et un claquement de portes. Elle n'attend pas de visite !

La porte s'ouvre avec fracas, laissant place à Lina et Sonia qui, essoufflées, parlent en même temps.

– Isa, où est le puzzle ?

– Mamie, le puzzle de Pat patrouille, viiite !

Les deux tornades se précipitent au salon et Isa finit de boire son café. Elles se calmeront, pense-t-elle.

Quand elle les rejoint, elles ont presque fini le puzzle. Une fois la dernière pièce posée, elles se penchent toutes les trois sur l'image. Un héros de Pat patrouille est penché au-dessus d'un trou profond, où un bébé chien est tombé. Il fait signe à ses camarades pour qu'ils viennent l'aider à sortir de là.

– Sidney serait donc dans un trou ? dit Sonia. Mais où ? Il y en a plein, des trous, par ici.

– C'est marrant, commente Isa, ça ressemble à l'endroit où je vais chercher des champignons, près de chez toi, Lina, justement...

– On y va mamie, montre-nous !

– Mais il va bientôt faire nuit, vous ne voulez pas attendre demain ?

– Non ! s'écrient Sonia et Lina en cœur, se précipitant déjà vers la voiture.

Une fois garées, elles font quelques mètres à pied et Isa leur désigne l'endroit :

– C'est juste là !

– Sidney, Sidney ! crie Lina, pleine d'espoir.

Pourtant, elle n'entend rien. Et si ce n'était pas là ? Et si elles arrivaient trop tard ?

Un gémissement retentit alors, celui d'un petit chien apeuré. Son cœur se serre et elle se précipite vers la source du bruit.

– Eh, doucement, la retient Sonia. Il ne faut pas que tu tombes, toi aussi.

Son cœur bat à cent à l'heure, elle l'a trouvé ! Sidney est bien là, au fond d'une cavité, allongé sur des branches. Quand il les voit, il gémit longuement, comme s'il pleurait ou qu'il voulait leur raconter toute sa peur. Sa patte est pliée selon un angle bizarre.

– Il a dû se la casser en tombant, dit Isabelle.

Le trou est trop profond, elles ne peuvent pas descendre. Sonia appelle les pompiers qui arrivent avec une échelle et sauvent le chiot apeuré.

Lina caresse Sidney qui lui lèche la main avec

reconnaissance. Beurk, pourquoi les chiens font des choses aussi dégoûtantes ? Pourtant, la petite fille est soulagée de le retrouver en bonne santé.

« On va lui soigner la patte et tout ira bien ! » lui dit le pompier.

Au même moment, Hélène et Géraldine arrivent. Isabelle les a averties de l'extraordinaire nouvelle ! Quand elle les voit, Lina se lève, fière d'elle.

– Heureusement que je suis là pour retrouver Sidney, hein ?

Les deux adultes lui sourient et la remercient. Le chien, épuisé mais rassuré, gémit sous les caresses de sa maîtresse. Il boit un peu d'eau en éclaboussant partout autour de lui, avec sa langue. « Comme un bébé » pense Lina.

Sa mère n'en revient pas : elle a mené une vraie enquête ! Elle lui demande des détails. Lina adore les compliments mais elle voudrait rentrer chez elle. Il est tard et elle baille plusieurs fois. Les adultes ne se rendent-ils pas compte de l'énergie qu'elle a dépensée pour sauver Sidney ?

– Bon, on y va ? Je suis épuiséeee ! Demain, j'ai école !

# REMERCIEMENTS

**Céline :**

Pendant ces temps d'écriture, je me suis appuyée sur des bêtas lectures et des conseils sur l'une ou plusieurs de mes nouvelles. Je remercie donc :

– Céline Denjean, qui, de par ses retours, me permet de ne pas me contenter d'un texte tant que je n'en avais pas tiré tout ce que je peux.

Les regards acérés et les conseils avisés de : Sylvie Darrouy, Cécile Houel, Emmanuelle Etévé, Corinne Bertrand, Rose-Marie Jean, Valérie Saulnier, Sophie Galerne-Deglane, Raphaël Pouriel, Mallaury Peiffer, Isabelle Wilhelm Florimont, Delphine Doucy-Rondeaux, Lili Ravier, Lydia Perot, Sophie Loizeau, Yaël Le Bras, Caro Savéant-Dutertre, Émilie Dubeau-Brunet. Merci à tous et toutes !

À Tomas pour ce projet commun, et à Luna pour sa nouvelle si aboutie.

Merci à ma famille, mes amis, mes proches pour leur soutien et leurs encouragements.

La nouvelle n'est pas forcément le format le plus vendeur en France alors qu'il demande de répondre à des aspects techniques précis. J'apprécie d'en écrire entre deux romans et j'espère que vous prendrez plaisir à les lire.

Je remercie donc Marc Duteil et M+éditions pour avoir donné sa chance à ce recueil.

Merci aussi à tous ces personnages, fictifs ou réels, qui ont occupé mon imaginaire pendant des jours et des nuits, avant de se rejoindre mes récits et d'y trouver leurs places...

**Tomas :**

Merci à ma sœur Céline, à l'initiative de ce recueil, pour ce projet, ses conseils et relectures et pour la complicité née de nos nouvelles « à 4 mains ».

Un grand merci à tous les bêta-lectrices et bêta-lecteurs qui m'ont permis, par leurs remarques ou leurs conseils, d'améliorer ces nouvelles.

Au futur Dr Tristan Servat, pour son aide ô combien précieuse sur la nouvelle « Ne jamais baisser les bras ».

À mes parents José et Danièle, ma compagne Nadège, mes filles Luna (avec un merci spécial pour sa participation à ce recueil et pour sa nouvelle) et Margot, toute ma famille, pour son soutien.

À Patrick Amand qui m'a incité à écrire mes premières nouvelles, et aux éditions du Caïman pour la confiance qu'ils m'ont accordée en les publiant. À Marie-Pierre Vieu et aux éditions Arcane17 pour leur implication et pour l'intérêt qu'ils portent à mon travail.

À tous mes amis fidèles, Domingo, les Juan, Pierre,

les Olivier, Luc, Marc, les Laurent, Jojo, Bic, Max, Reno, Mathieu, Élodie, Alain

À celles et ceux qui m'ont inspirés, pour telle ou telle nouvelle, Ramon Vila Capdevila, Brassens, Mika Etchebehere, Manuel Jimenez, à tous les révoltés, les libertaires, les révolutionnaires...

À Marc Duteil et aux éditions M+.

# TABLE DES MATIÈRES

HISTOIRE BONUS, POUR LES ENFANTS

Achevé d'imprimer en France par
Centre
Littéraire
d'Impression
Provençal
imprimerie-clip.com
Imprimé sur papier Clairefontaine fabriqué dans les Vosges.

M+ éditions
5, place Puvis de Chavannes
69006 Lyon
mpluseditions.fr